LES INTRUS D'UN AUTRE MONDE

LE GAMBIT KURTHÉRIEN
TOME 12

MICHAEL ANDERLE

INTERNATIONAL

Première édition américaine publiée par LMBPN® Publishing en August 2016

Première édition française publiée par LMBPN® International en September 2023

ISBN de l'ebook : <978-1-68500-933-5>

ISBN du format poche : <978-1-68500-934-2>

ÉQUIPE DE CORRECTION

Équipe « Juste à Temps » (JAT)

Delphine Flament
Stéphanie Lyon
Marie-Isabelle – Le bec de la Plume
Lorène Plat
Valérie

Si j'ai manqué quelqu'un, faites-le moi savoir !

À ma famille, à mes amis et à tous ceux qui aiment lire.
Que nous puissions tous connaître la grâce
de vivre la vie à laquelle nous étions destinés.

PROLOGUE

Le président du gouvernement chinois regarda ses deux généraux et hocha la tête avant de s'asseoir à la grande table. La sécurité s'était assurée qu'il n'y avait aucun dispositif d'écoute. La pièce ne comportait que le strict nécessaire : la table, dix chaises et une petite armoire avec des rafraîchissements.

Les hommes ouvrirent leurs carnets pour passer en revue leurs trouvailles des trois dernières semaines. Le but de cette réunion était de discuter de leurs plans pour l'avenir suite à ce qu'ils appelaient leur 'désaccord' avec la Société TRG.

Le général Tsang, qui avait été chargé d'étudier l'étendue des dégâts et des morts à travers le pays, fut le premier à s'exprimer.

— La cordillère du Kunlun est dans un état de dévastation impressionnant. Nos scientifiques estiment qu'elle a dû être causée par des frappes cinétiques. Les enregistrements filmés par nos hommes confirment nos données. Toutefois, nos spécialistes se demandent encore comment des projectiles ont pu atteindre une telle vitesse et causer autant de destruction. (Il but une gorgée de son thé.) De toute évidence, nous en serions nous-mêmes incapables.

Le général Li, qui s'était penché sur le côté informatique de l'attaque, renifla. Le président lui lança un regard noir. Tous les trois étaient ici plus détendus qu'ils ne l'auraient été dans un cadre plus formel.

— Nos scientifiques, poursuivit le général Tsang, pensent que le même type d'arme fut utilisé pour défoncer l'entrée de la base secrète. Étant donné la puissance employée à Kunlun, il nous serait totalement impossible, à l'heure actuelle, de développer une protection efficace.

— Et combien de temps nous faudrait-il pour y parvenir ? demanda le président.

Tsang haussa les épaules.

— Il nous faut d'abord comprendre leur maîtrise de l'anti-gravité. Nous pensons toutefois pouvoir construire un champ de répulsion qui serait au moins capable de minimiser les dégâts.

— Si je comprends bien, nous ne sommes nulle part à l'abri de leurs armes ? (Tsang secoua la tête.) Et lorsque l'avatar est apparu sur l'écran de notre bunker, ils auraient pu nous anéantir à ce moment-là ?

— C'est vrai, dut reconnaître Tsang. Qu'ils ne l'aient pas fait était un choix purement stratégique. Ils auraient très bien pu le faire s'ils l'avaient voulu.

Le président enleva ses lunettes. À son grand agacement, il en avait besoin désormais chaque fois qu'il devait lire quelque chose. Il gratta son nez, l'air pensif, puis remit les lunettes en place pour examiner le document qui se trouvait devant lui.

— D'accord, dit-il enfin. Et qu'avez-vous pour nous, Li ?

L'autre général soupira.

— Aucun survivant à la base secrète. Tous les hommes, jusqu'au dernier, se sont battus. Nous avons des échantillons de sang... mais aussi des éléments médico-légaux suspects. (Il fit une pause.) *Très* suspects.

— Développez, je vous prie.

— Nous avons des poils provenant de deux types de loups, peut-être même trois. Certaines portes, à l'intérieur de la base, ont subi des dégâts qui semblent être de nature organique. Et c'était bien avant que nos hommes ripostent en tirant sur les portes en question. En outre, nos hommes sont entraînés pour toujours garder leur calme et penser rationnellement peu importe la situation. Or, ici, il est évident que c'est tout le contraire qui s'est produit à plusieurs reprises. Parmi les victimes, certaines ont reçu des balles, ont été poignardées, ont eu la gorge arrachée par des animaux ou le corps déchiqueté par... eh bien, *quelque chose* d'une force prodigieuse. À plusieurs endroits, nous avons trouvé des marques de griffes qui, selon les spécialistes, devraient correspondre à une créature pesant des centaines de kilos et mesurer au moins trois mètres.

— Suggérez-vous que nous ayons été attaqués par des monstres ? demanda le président, son visage demeurant impassible.

Li haussa les épaules.

— C'est ce que les *indices* suggèrent. De toute évidence, pour une raison ou une autre, l'entraînement de nos hommes s'est avéré insuffisant. Les psychologues supposent qu'ils ont subi une agression de type primaire qui aurait fonctionné à un niveau instinctif. Ce qui les aurait poussés à juste réagir au lieu de répondre de la manière dont ils ont été entraînés.

Li fit une pause pour voir si quelqu'un avait des questions. Quand aucune ne fut soulevée, il poursuivit.

— Par ailleurs, en enquêtant sur l'évasion du général Sun, nous avons trouvé de nouveaux poils à la fois sur le lieu de son enlèvement et plus tard à l'intérieur de l'avion abandonné.

— Pourquoi la TRG s'intéresserait-elle à Sun ? demanda le président, l'air confus.

— Je m'excuse, monsieur, pour mon manque de clarté. En fait, nous ne pensons pas que la TRG soit responsable de cet enlèvement.

Le général regarda vers son collègue, qui était assis en face de lui, puis de nouveau vers le président.

Il s'éclaircit la gorge avant de reprendre.

— En fait, nous pensons avoir affaire à deux camps opposés.

1

VRG ARCHANGE, AU-DELÀ DE LA LUNE

Nathan et Ecaterina préparaient les affaires de leur fille Christina. C'était la première fois qu'ils passaient une soirée seuls et tante Bethany Anne avait proposé de garder la petite. Le garou soupçonnait que sa femme résisterait à l'idée, même si l'offre venait de leur reine. Mais lorsque la Roumaine regarda Nathan pour voir ce qu'il en pensait, elle vit qu'il faisait de son mieux pour rester neutre. Du moins aussi neutre que possible pour qu'elle ne culpabilise pas si elle décidait de refuser la proposition.

Elle connaissait suffisamment son mari pour comprendre qu'il souhaitait si possible passer du temps avec elle sans qu'ils soient sans cesse interrompus. Alors, elle avait reconnu que ce serait agréable d'avoir quelques heures en tête-à-tête avec son homme.

Nathan jeta un coup d'œil autour d'eux. Ils vivaient dans une suite sur l'*Archange* qui était composée de deux chambres, toutes les deux remplies d'affaires de bébé. Bobcat avait promis que dans deux jours arriverait un conteneur en provenance de la lune. Trois mètres leur seraient attribués où il pourrait entreposer la montagne de cadeaux inutiles que Christina avait reçus.

À écouter Ecaterina, au moins un bon quart des objets devraient être dès ce soir transportés dans la suite de Bethany Anne.

— Ma chérie, tenta-t-il de raisonner alors que sa femme tenait deux jouets différents, je ne crois pas qu'elle aura besoin de tout ça...

Ecaterina le regarda en soulevant un petit canard en caoutchouc. Christina aimait entendre le son qu'il produisait lorsqu'elle l'écrasait entre ses petites mains.

— Mais si elle n'a pas le bon jouet, elle risque de pleurer trop longtemps !

Nathan s'approcha d'elle et l'enveloppa de ses bras.

— Tu ne crois pas que Bethany Anne saura trouver un moyen de venir chercher le jouet adéquat si cela s'avérait nécessaire ? Nous allons nous absenter, alors il n'y a aucune raison pour qu'elle ne puisse venir ici et prendre ce dont elle a besoin. Merde, elle enverrait sûrement juste quelqu'un pour récupérer ce qu'il faut.

La jeune femme appuya son front contre la poitrine du garou.

— Je suis en train de flipper, c'est ça ?

Nathan lui frotta doucement le dos, sans rien dire.

Elle soupira bruyamment, lui frappa la poitrine du bout d'un doigt et le regarda dans les yeux.

— Tu ne dis rien ! C'est si grave que ça ?

Nathan ne s'en tirerait pas à si bon compte. Il réfléchit un instant pour choisir ses mots.

— Sur une échelle de un à dix, dix étant un pétage de plomb complet, tu es à six.

Ecaterina considéra ce qu'il venait de lui dire. Elle comprenait qu'il essayait de tempérer les choses, de ne pas lui révéler la brutale vérité. Elle pinça les lèvres en réalisant qu'elle ne pouvait pas comprendre. Soit elle flippait juste un peu plus que la norme, soit il avait trouvé un moyen de lui cacher la réalité en profitant du fait que l'anglais n'était pas sa langue maternelle.

Elle sourit, car de toute façon, d'une manière ou d'une autre, elle avait besoin de se calmer. Elle posa son oreille contre la poitrine de Nathan et l'entoura de ses bras.

— Elle est si belle, mon amour. Parfois, quand c'est juste elle et moi, je lui raconte comment je t'ai rencontré dans un bar et comment son oncle t'a arnaqué d'une fortune.

Nathan ricana.

— Tu plaisantes, j'espère ! Ivan ne m'a pas du tout arnaqué.

— Mais si, il l'a fait ! (Elle ricana à son tour.) C'était une somme astronomique pour une simple balade dans les montagnes.

Elle se blottit plus confortablement contre lui.

— Ah, mais tu as juste mal compris ce que j'achetais.

— Comment ça ?

Il la sentit bouger sa tête afin de pouvoir le regarder et il pouvait parfaitement visualiser son regard interrogateur.

— Tu as mal compris ce que j'achetais. En fait, j'achetais du temps seul avec toi dans la montagne. De cette façon, il n'y avait personne d'autre pour retenir ton attention. Donc, de mon point de vue, c'était plutôt une bonne affaire.

Nathan sourit, content de son coup et d'avoir pris le dessus. Il pouvait presque entendre le cerveau de sa femme tourner à plein régime, analysant les mots, choisissant comment elle les traduirait dans sa langue. Il espérait surtout qu'il n'y aurait pas d'erreurs d'interprétation. Une ou deux fois, il avait merdé, et ça avait été l'enfer le temps qu'il lui fasse comprendre ce qu'il avait réellement voulu dire.

— Donc, dit-elle enfin, tu as acheté mon temps et cela valait beaucoup d'argent ?

Nathan la serra contre lui.

— Mmmmhhmmm, confirma-t-il d'un air béat.

— Alors, j'étais comme... comment vous dites ici, déjà... une call-girl ?

Oh, merde !

Nathan écarquilla les yeux, essayant à toute allure de trouver une parade. Il fallait à tout prix l'éloigner de cette façon de penser.

— Ma chérie, ce n'est pas ce que je voulais dire et tu le sais parfaitement.

Il n'avait rien trouvé de mieux.

— Dans ce cas, que veut dire un « pétage de plomb complet » ?

Désarçonné par ce brusque changement de sujet, Nathan fut rapide à répondre.

— Ce serait le pire cas de panique possible. Mettons, par exemple, l'une de ces émissions de télé-réalité que tu aimes regarder et multiplie la réaction des participants par trois.

— Il s'agit donc d'une échelle logarithmique et non linéaire ? demanda-t-elle d'un ton un peu sec.

— Hein ?

Nathan était maintenant encore plus confus. Ses pensées partaient dans tous les sens, essayant de deviner qui diable pouvait enseigner de telles choses à son épouse.

— Oui, oui, reprit-il. Logarithmique, c'est bien ça. Pourquoi ?

Elle recula d'un pas et le frappa. Nathan eut tout juste le temps de contracter les muscles de son ventre avant que le poing de sa dulcinée ne le percute.

— Parce que ça veut dire qu'un six n'est pas si bon que ça ! s'exclama-t-elle d'un ton triomphal.

Elle était fière d'avoir compris comment son mari avait essayé d'esquiver sa question.

— Oh, marmonna-t-il en se penchant légèrement en avant

sous le coup de la douleur. C'est pour ça que tu demandais toutes ces choses...

Nathan estimait s'être plutôt bien débrouillé sur ce coup... jusqu'à la dernière minute, du moins. Maintenant, s'il pouvait juste éviter de sourire en se redressant, tout irait pour le mieux.

Il fallut vingt minutes à Ecaterina pour donner à Bethany Anne toutes les instructions pour son bébé. La vampire, qui portait actuellement un sweat-shirt rouge et un haut blanc, sourit à son amie. Quand la Roumaine lui donna enfin sa fille, Christina pleura quelques secondes avant de se lover confortablement dans les bras de la reine et de se rendormir.

Ecaterina regarda son bébé, puis Bethany Anne, qui haussa un sourcil.

— Eh bien quoi ? demanda-t-elle.

— Oh rien, dit la jeune mère en regardant de nouveau sa fille. C'est juste qu'elle n'aime pas trop les changements. D'habitude, elle pleure un peu plus longtemps...

Bethany Anne haussa les épaules.

— Elle sait peut-être que j'étais là à sa naissance et du coup nous sommes liées ?

Ou alors, suggéra Tom, *tu pourrais avouer que tu utilises tes pouvoirs pour la calmer...*

La ramène pas, toi ! C'est à mourir de rire.

Comment cela peut-il être drôle ? Je comprends que c'est une bonne chose si le bébé ne pleure pas, mais pourquoi est-ce si drôle ?

Parce que les nouvelles mamans s'inquiètent toujours pour leurs enfants. Au point de l'obsession. Elles utiliseraient n'importe quelle excuse pour annuler leur première sortie après la naissance. Et puis, j'ai entendu dire qu'Ecaterina aime secrètement que Christina pleure chaque fois que quelqu'un d'autre la prend dans ses bras.

Mais pas toi ?

Eh non ! Pas de larmes pour tata Bethany Anne. Les histoires racontant combien elle m'aime seront épiques.

Sauf que tu triches...

Ce n'est pas différent d'une grand-mère qui sait comment tenir un bébé pour l'avoir si souvent fait avec les siens.

Mais la grand-mère ne triche pas, elle utilise son expérience, non ?

La grand-mère utilise ses compétences et moi aussi.

Tu reconnaîtras que ce sont là des compétences pas très ordinaires...

Bah ! Attends un peu, regarde ça...

Le regard d'Ecaterina basculait entre le bébé et Nathan qui avait un grand sourire aux lèvres.

— Euh... (La jeune mère hésita.) On dirait qu'elle va bien.

— Et elle continuera à aller très bien. (Bethany Anne berça la petite fille dans ses bras et se pencha pour l'embrasser sur le front.) Allez, oust ! Je veux que vous passiez une merveilleuse soirée. Oh, et saluez Ivan de ma part. Dites-lui que Gabrielle ne lui en veut pas.

— Ah, t'es au courant de cette histoire ?

Ecaterina regardait Christina en se demandant si elle n'allait pas brusquement se réveiller. Toujours anxieuse, elle se pencha pour embrasser sa fille, puis lança un regard inquiet à sa reine.

— Pas de Coca dans son biberon !

Bethany Anne sourit.

— Je sais bien qu'elle est encore trop jeune pour ça, voyons, je ne suis pas ignare.

@@. Et puis vous me demandez toujours lorsque vous avez des questions. .@@

Juste parce que c'est plus facile que de chercher sur internet ou de demander à quelqu'un. Je n'ai malheureusement plus de mère à qui parler et demander à mon père serait vraiment une très mauvaise idée. Quant à Patricia, elle n'a encore jamais eu d'enfants, alors va falloir te faire une raison, Adam !

Après quelques instants, elle adressa une nouvelle pensée à ses deux compagnons.

De toute façon, cela ne peut pas être bien difficile...

DES LARMES COULAIENT sur ses joues alors que Bethany Anne retenait sa respiration.

— Comment diable une chose si petite peut-elle sentir aussi mauvais ? s'écria-t-elle.

Elle tenait les pieds de Christina en l'air tout en essayant d'enlever la couche souillée.

— Oh, Seigneur Tout Puissant ! Tom, je t'en supplie, bouche mon nez !

Désolé, mais tu m'as demandé il y a trois semaines que j'arrête de t'aider de cette manière pendant quatre semaines. Il reste encore trois jours.

— Mais je vais suffoquer ! Je ne tiendrai même pas trois heures. (Elle poussa la couche sale sur le côté et utilisa sa main libre pour ouvrir la boîte de lingettes.) Putain, sérieux, c'est qui le génie qui a inventé cette merde ?

Je suis à peu près sûr que le commun des mortels l'appellerait une entité divine.

— Je veux pas dire sa merde à elle, p'tit con, je parle de ces couches et de ces boîtes et de... Oh. Mon. Dieu ! Elle pisse !

Bethany Anne passa en vitesse vampirique.

Elle jeta en l'air les lingettes, attrapa une nouvelle couche et la positionna le plus vite possible pour limiter les dégâts sans jamais bouger son autre main qui tenait encore les pieds de la petite. Elle défit le ruban adhésif qui fermait la couche et la mit en place. Ses gestes étaient rapides, bien qu'inexpérimentés. Elle tendit la main juste à temps pour récupérer la boîte de lingettes qui retombait.

— Bordel de merde !

Bethany Anne venait de se rendre compte qu'elle allait devoir changer son couvre-lit.

Dans son exaspération, elle oublia la puanteur et inspira profondément.

BETHANY ANNE DONNA trois couches à son garde de corvée, avec pour ordre de les emporter le plus vite et le plus loin possible de sa suite. Malheureusement, des résidus de l'odeur restaient dans la pièce, agressant ses sens vampiriques hyper-sensibles. En temps normal, cela n'aurait pas été si gênant, mais Bethany Anne n'avait jamais eu à changer une couche depuis sa transformation. À vrai dire, elle n'en avait changé qu'une poignée depuis ses dix-huit ans. En une seule soirée, elle avait presque doublé ce nombre.

Christina dormait à présent au milieu de son lit. La vampire avait déjà changé la couverture et placé des oreillers autour du bébé, juste au cas où elle roulerait. Avec des parents garous, Bethany Anne ne prendrait aucun risque.

Installée dans le canapé en face du lit, elle regarda la petite fille dormir. Elle enleva de son nez la pince à linge qu'elle avait trouvée dans l'un des sacs venus avec Christina.

Je te jure, Tom, si tu ne fais pas quelque chose pour atténuer cette puanteur, je trouverai bien un moyen de te botter le cul.

Ah, mais, en fait, j'ai déjà réduit ton odorat de moitié...

Tu te fous pas de ma gueule, toi ?

Désolé, mais non. La façon dont réagissait ton organisme à cette odeur m'affectait également, alors j'ai triché.

— Nom de Dieu ! À croire que ces couches sont radioactives...

La réponse de Tom vint comme un murmure dans sa tête.

C'est, sans aucun doute, l'épreuve la plus difficile que nous ayons eu à affronter à ce jour.

2

DIVERS ENDROITS À TRAVERS LE MONDE

Dans certains milieux, les secrets et le partage des secrets est le prix à payer pour être intégré. Dans les pays les plus importants du monde, les personnes que vous incluez dans certaines conversations en disent long sur vos amis et vos ennemis potentiels. Cette fois, c'était différent. Cette fois, le secret fut maintenu au sein du groupe. Personne n'osait divulguer l'information par crainte de représailles cataclysmiques. Aucune menace n'avait été émise, mais chacun connaissait les risques. La France, l'Angleterre, l'Allemagne, l'Espagne, le Brésil, le Mexique, l'Australie, le Japon, le Canada, les Pays-Bas, Israël, l'Inde et l'Italie reçurent tous un envoyé spécial qui représentait le Secrétaire d'État des États-Unis.

Son nom était Jimmy.

Il voyageait pour transmettre l'information, mais il exigeait toujours que la rencontre se fasse à bord de son avion. Une fois la réunion terminée, il repartait. Aucun détail n'était omis et jamais plus de trois personnes à la fois n'étaient invitées à la réunion.

Chaque fois étaient présents le chef d'état, le ministre des affaires étrangères et, souvent, le responsable de la sécurité nationale. Parfois une nation trouvait étrange que Jimmy veuille rencontrer la personne qui détenait vraiment le pouvoir plutôt que le pantin qui s'affichait dans la presse et cela l'amusait. Le gouvernement américain savait qui était réellement aux commandes. Pourtant, la sélection des candidats était faite par la Société TRG et cela surprenait les personnes concernées. Mais toutes les réticences se dissipaient dès que l'information leur était communiquée.

La Chine ne pouvait cacher l'ampleur des dégâts subis dans la partie occidentale du pays, car elle en subissait encore les conséquences, jusque dans les régions les plus reculées. Une histoire circulait au sujet d'une petite famille nomade piégée par la montée des eaux. La fonte des glaces, au sommet des montagnes, avait inondé la vallée et les itinérants s'étaient réfugiés au sommet d'une colline, l'eau continuant à monter autour d'eux.

Alors que tout semblait perdu, la famille fut secourue par un conteneur de la TRG. Il descendit jusqu'à eux et quatre hommes en treillis militaires les aidèrent à grimper à bord. Ils accueillirent aussi bien les humains que leur bétail et les déposèrent en lieu sûr quelque trente kilomètres plus loin. Aucun membre de l'équipage ne parlait chinois et aucun nomade ne parlait anglais, ils ne purent donc communiquer que par gestes.

Jimmy soupçonnait qu'il devait y avoir eu beaucoup d'autres incidents de ce genre. Mais, si c'était le cas, personne n'en avait parlé – ou alors l'information avait été censurée.

Par deux fois, Jimmy avait dû expliquer que les États-Unis prenaient les devants afin d'éviter une nouvelle escalade de la violence comme cela s'était produit avec cette brève Guerre de Chine. Non que la Chine ait admis la réalité de cette guerre. Elle prétendait que la destruction partielle de la cordillère du Kunlun était due à un tremblement de terre massif, lui-même déclenché suite à des expériences scientifiques.

Quelques spécialistes s'étaient demandé à l'antenne quel genre d'expériences pouvaient causer de tels dégâts et avec une telle ampleur, mais ceux qui avaient vu les clichés pris par des satellites-espions savaient qu'aucun doute n'était possible. Cette destruction n'avait rien à voir avec de prétendues expériences scientifiques.

En outre, les États-Unis avaient partagé des enregistrements top secret des deux bateaux qui se trouvaient, en ce moment même, quelque part dans l'espace. Ce seul détail avait été suffisant pour inquiéter la plupart des personnes que Jimmy avait rencontrées.

Il n'était pas nécessaire d'être un génie pour comprendre qu'avec deux navires de guerre capables de voyager dans les étoiles et l'étendue des dégâts en Chine, ce serait une foutue mauvaise idée de faire chier ces gens. Tous ces chefs d'état se demandaient maintenant comment gérer leurs relations avec la TRG. Et comment s'attirer leurs bonnes grâces afin d'apprendre leurs secrets par eux-mêmes.

Seuls les États-Unis et l'Australie cessèrent leurs efforts clandestins pour en savoir plus sur l'entreprise.

L'Australie avait envoyé une délégation à la base de la TRG dans l'Outback quelques semaines plus tôt, après l'attaque qu'elle avait subie. Les représentants du gouvernement avaient été reçus dans le réfectoire de la base. L'un d'eux, le général Goddard, avait été invité à visiter la salle des opérations.

À son retour de cette réunion, où il avait discuté avec Lance Reynolds, le général australien avait gentiment détourné toutes les tentatives d'imposer les conditions les plus farfelues à la TRG si elle voulait continuer à opérer sur ces terres qui leur appartenaient.

En rentrant à Canberra, le général Goddard avait partagé ce qui lui avait été montré dans la salle des opérations.

Il avait visionné une vidéo. Lance Reynolds lui avait confié qu'elle révélait la véritable explication de la destruction des montagnes chinoises. La TRG, avait affirmé l'ancien militaire, était parfaitement disposée à avoir des conversations civilisées, mais la bousculer avait tendance à énerver leur PDG. Et puis, toute action agressive recevrait en réponse une action tout aussi agressive.

Après quoi, avait poursuivi le général Goddard, le représentant de la TRG s'était retourné pour pointer vers la chaîne de montagnes détruite.

— C'était un avertissement, avait-il déclaré. Les six cents agents tués, les avions abattus et les navires détruits étaient en réponse aux sept meurtres commis par les Chinois. Ils ont tenté d'autres attaques, y compris une contre cette base et une autre contre notre marine. Leurs missiles ont échoué. (Il avait désigné l'écran.) Mais pas les nôtres.

Puis, le général australien s'était arrêté un instant dans son récit pour s'assurer que tout le monde l'écoutait.

— Il m'a dit encore une chose, reprit-il. Il m'a dit que si nous avions quelques visées sur eux, nous aurions intérêt à ce que pas un seul enfant ne soit tué, qu'il soit né ou à naître. Sans ça, nous pourrions sans doute dire adieu à un bon quart de notre armée.

Le regard dur du général Goddard avait ajouté le point d'exclamation final à l'avertissement.

Après quelques instants de silence, Parry Paterson – un des plus jeunes membres de la Chambre des représentants australienne – avait tourné un regard confus vers le général.

— Pourquoi tuerions-nous des enfants ?

— Parce que certains de ceux qui sont au pouvoir depuis trop longtemps deviennent avides et pensent pouvoir s'emparer impunément de ce qu'ils veulent. Je ne prétends pas que nous ayons de tels individus dans notre gouvernement. (Le général entendit un grognement à côté de lui, mais l'ignora.) Toutefois, c'était un message en deux parties.

— Je comprends bien la première : il ne faut pas tuer d'enfants. Mais quelle est la seconde ?

— La seconde, répondit Goddard, c'est qu'ils observent tout le monde.

Camp David, États-Unis

L'AGENT secret David Dennison se tenait dans une petite clairière, admirant la lune croissante en compagnie du Président des États-Unis. La soirée était chaude.

— Monsieur, pourquoi sommes-nous ici ?

Le Président tourna son sourire vers lui.

— Parce que je vais faire un petit voyage et que tout le monde s'inquiète pour ma sécurité. C'est donc vous qui, ce soir, êtes chargé de ma protection.

David regarda autour d'eux. Le silence baignait les bois et il savait qu'il y avait beaucoup d'autres hommes tout autour du camp.

— Vous attendez de la visite, monsieur ? J'ai vérifié les registres et aucun vol n'est prévu. En fait, personne ne doit venir ici.

Le Président se contenta de légèrement hocher la tête, comme s'il entendait ce que disait David sans l'accepter.

L'agent fit une nouvelle tentative.

— Combien de temps devons-nous attendre là, monsieur ? J'ai besoin de savoir si nous allons avoir besoin de renforts.

Le Président le regarda de nouveau.

— Vous êtes affecté à ma sécurité ce soir, David. Non que j'en aurai besoin, mais je ne veux rien entendre des jérémiades qui circuleraient si quelqu'un avait vent de ce qui va suivre. Vous êtes déjà tenu de garder tout ce que vous voyez et entendez comme un secret national, mais je vais aller plus loin et vous demander que vous me juriez, à titre personnel, de ne jamais révéler quoi que ce soit de ce que vous allez voir ce soir sans mon accord préalable. Est-ce bien compris ?

David haussa les épaules.

— D'accord, mais je ne comprends pas comment nous pourrions voir quoi que ce soit. Nous...

Il s'arrêta de parler en voyant que le Président avait levé les yeux vers le ciel nocturne.

— C'est ainsi que nous allons nous rendre à la réunion.

David tourna la tête et resta bouche bée en voyant une nacelle d'un noir d'encre tomber silencieusement vers eux avant de finalement flotter à quelques mètres du sol.

Une porte à l'avant du véhicule s'ouvrit.

Le Président se dirigea vers la nacelle.

— Je vais monter là-dedans, David. J'ai une réunion qui m'attend. Vous venez ?

L'agent regarda par-dessus son épaule. Ils étaient trop éloignés du camp pour appeler de l'aide. Ses yeux revinrent vers le Président juste à temps pour le voir monter dans le vaisseau et se sangler. Il le rejoignit au trot et se glissa à l'intérieur alors que la porte se refermait.

— Ne nous faites pas regretter ça, marmonna-t-il en s'attachant à son tour. Ni ma patronne ni votre épouse ne veulent que nous disparaissions ce soir...

Le Président tapa le garde à l'épaule, un grand sourire aux lèvres.

— Tenez-vous bien, l'ami. J'ai cru comprendre que le décollage déchiiiiiiiiiiiire !

Son cri résonna dans la cabine alors que la nacelle se propulsait à toute vitesse dans le ciel étoilé.

Elle disparut en quelques secondes.

À l'extérieur de Berlin, Allemagne

— De toutes les mauvaises idées que tu as pu avoir ces dernières années, se plaignit Max von Tupper, celle-ci est certainement l'une des pires.

L'officier du Service fédéral de renseignement discutait avec le président de l'Allemagne, assis dans un petit champ à une heure et demie de Berlin, à quatre heures trente du matin. La température avoisinait les dix degrés... ce qui n'était pas inconfortable en soi, mais la situation compensait largement.

— Tu dis ça maintenant, ricana le président, mais tu changeras vite de rengaine quand tu verras qui vient nous chercher. Tu embrasseras même le sol que je foule pour m'en remercier.

Max renifla.

— Franchement, Theodor, nous sommes amis depuis très longtemps, mais à moins que tu aies bu un peu trop de bière, je...

Il s'arrêta de parler en voyant le président ouvrir la portière et descendre de la voiture.

Une nacelle noire descendait du ciel juste devant leur véhicule.

Il resta un instant bouche bée, choqué par cette tournure inattendue. Le moment ne dura que quelques secondes, après quoi il sauta hors de la voiture pour suivre son ami dans l'inconnu.

En marchant, il se souvint que si le Premier Chancelier est responsable des opérations quotidiennes du gouvernement, le Bundespräsident est le chef d'état et qu'il est considéré comme étant au-dessus des pièges politiques et des affaires courantes... et puis, il faisait tout son possible pour influencer la politique étrangère depuis son inauguration.

Max n'était pas sûr que les affaires étrangères aient jamais été confiées à un conglomérat international, mais il était presque certain qu'aucun autre ne maîtrisait le voyage interstellaire.

La nacelle s'ouvrit, révélant deux sièges vides.

— Tu crois que c'est sans danger ? demanda Max.

Theodor se glissa à l'intérieur.

— Franchement, s'ils nous voulaient du mal, tu crois qu'ils auraient besoin de s'enquiquiner avec des ruses de ce genre ?

Tout en parlant, il attacha la ceinture de sécurité. Le représentant américain qui lui avait parlé au téléphone l'avait prévenu que le décollage pourrait être un peu brutal.

Max s'installa à côté de lui et se sangla à son tour.

— Bon, dit-il. Et sinon, ça te dirait que je te donne une bise plutôt que d'embrasser le sol que tu foules ?

Au-dessus de la Terre

— SEIGNEUR TOUT PUISSANT, murmura le Président en fixant la Terre qui tournait sous eux.

— On est vraiment mal si la nacelle s'ouvre maintenant, grommela David. Nous n'avons pas de combinaisons spatiales ni aucun moyen de nous sauver.

Le Président lui répondit sans détourner la tête de cette vue époustouflante.

— Vous ne pourriez pas arrêter un instant de vous plaindre et profiter de l'expérience ?

— Je ne suis pas payé pour profiter de l'expérience, mais pour assurer votre sécurité.

— Je vous assure que nous sommes encore plus en sécurité ici qu'à Camp David.

— Comment pouvez-vous en être si sûr ?

— Parce que s'ils voulaient me tuer, que pourriez-vous faire, vous ou vos collègues, pour les en empêcher ?

David tourna les yeux vers la fenêtre pour admirer le globe bleu sous eux. Après quelques minutes de réflexion silencieuse, il posa une question.

— Elle vous a rendu visite les deux fois au Centre de Commandement Souterrain, n'est-ce pas ?

Le Président hocha la tête, son regard toujours rivé sur le spectacle.

— Oui, c'est exact.

LE PRÉSIDENT de l'Allemagne et son ami admirèrent le monde pendant quelques minutes avant d'entendre une voix résonner dans le haut-parleur de la nacelle.

— Voulez-vous voir quelque chose avant de rejoindre le VRG *Archange* ?

— La lune.

Max avait répondu avant que Theodor puisse dire quoi que ce soit. Son ami le regarda d'un air surpris.

— Désolé, marmonna-t-il. Je me disais juste que ce serait sympa de voir l'endroit où l'homme a marché sur la lune pour la première fois, où les Américains ont planté leur drapeau et où les Chinois ont leur petit rover lunaire...

Le président haussa les épaules.

— Ça me va.

Ils virent avec fascination la nacelle tourner sur elle-même et la lune apparaître au loin. Puis ils éclatèrent de rire, comme des enfants, lorsque l'accélération les plaqua au siège alors que l'appareil fonçait à travers l'espace.

La suite de la reine, VRG *Archange*

BETHANY ANNE SE REPOSAIT, allongée sur son lit. Les Lowell avaient récupéré Christina quelques heures plus tôt, mais elle était encore émotionnellement épuisée par ce temps qu'elle avait passé à garder sa nièce.

— Je t'en prie, Tom, range ces souvenirs de couches dans ma mémoire à long terme. Remontre-les-moi chaque fois que je pense à avoir des gosses avec Michael.

Je croyais que tu aimais envisager cet avenir ?

— Tout à fait, mais tant que je n'ai pas réglé ce problème kurthérien, je dois me concentrer.

Tu as toujours espoir ?

Bethany Anne bascula sur sa voix interne pour répondre à son ami extraterrestre.

Cette fiente de rat a promis qu'il reviendrait, alors je compte bien lui faire tenir sa promesse. Rien à foutre si je dois traverser toute cette putain de galaxie pour trouver un moyen de voyager à travers le temps. Cet enculé reviendra, d'une manière ou d'une autre. Je ne lâcherai pas l'affaire. Jamais.

Ils restèrent silencieux un moment, profitant juste de l'instant.

@@. Les leaders mondiaux seront là dans dix minutes. .@@

Bethany Anne lâcha un soupir.

— Je suppose que je devrais m'habiller.

Elle se glissa hors du lit, se redressa et s'étira.

— Mon Dieu, marmonna-t-elle, par pitié, laisse-moi combattre des centaines de Réprouvés avant que j'aie à passer dix heures de plus avec un bébé.

Elle se dirigea vers son armoire, qui était construite à l'identique de celle qu'elle avait en Floride.

— Parce que, franchement, ce serait une partie de plaisir en comparaison...

~

DAVID RESTA bouche bée alors qu'ils approchaient de leur destination.

— Monsieur le Président, je crois que nous ne sommes plus au Kansas. (Le vaisseau devait bien faire quatre mille mètres de long, sa silhouette noire cachant les étoiles tandis que la lumière du soleil caressait sa surface.) Où est le moteur de ce monstre ?

Le Président tendit le cou pour essayer de voir sur le côté alors qu'ils approchaient du quai d'atterrissage.

— Je n'en ai pas la moindre idée, répondit-il.

Une voix féminine s'éleva du haut-parleur.

— Veuillez s'il vous plaît rester à l'intérieur du véhicule jusqu'à ce que vous voyiez d'autres personnes approcher. Nous allons faire atterrir quatorze nacelles simultanément. Nous n'avons pas encore les champs gravitationnels nécessaires pour maintenir le niveau d'oxygène.

David leva un regard surpris vers le haut-parleur.

— Et vous pensez y parvenir ?

— Oui, Monsieur Dennison, nous pensons y parvenir.

Le garde observa attentivement le spectacle. Il vit huit nacelles entrer dans le quai, puis deux autres atterrir – une de chaque côté d'eux. Peu après, des lumières rouges clignotèrent sur les murs et une alarme sourde se déclencha. Au bout de deux minutes, le son devint plus net. Enfin, les lumières virèrent au bleu. Quelques secondes plus tard, plusieurs personnes en uniformes beiges avec des brassards verts aux bras entrèrent dans la zone d'atterrissage.

Les nacelles s'ouvrirent toutes en même temps.

David avait déjà défait sa ceinture et il sortit de l'appareil en premier. Il se positionna de sorte à bloquer le passage, voulant s'assurer qu'il n'y avait ici aucun danger avant de laisser passer le Président. Une fois rassuré, il fit un pas sur le côté.

Le Président se demanda contre quoi son agent pensait pouvoir le protéger à cent soixante mille kilomètres de la Terre.

~

LE PRÉSIDENT ALLEMAND, Theodor, salua ceux qu'il connaissait d'un signe de tête. Il n'avait encore jamais rencontré le premier ministre japonais, mais il était heureux de voir qu'il était présent. Autant qu'il le sache, le Japon et l'Inde étaient les seuls pays asiatiques représentés.

Il serra la main des autres, discuta avec le Président des États-Unis et avec les chefs d'état de la France, de l'Angleterre, de l'Espagne, du Brésil, du Mexique, de l'Australie, du Japon, du Canada, des Pays-Bas, d'Israël, de l'Inde et d'Italie. Certains des pays les plus ouverts et les plus économiquement puissants de la planète.

Il remarqua que ni la Russie ni la Chine n'avaient été invitées. Pour la Chine, ce n'était bien sûr pas une grosse surprise, mais il se demanda ce que les Russes avaient bien pu faire pour énerver la TRG. Il espérait ne pas oublier de demander à Max à leur retour sur Terre.

La salle de réunion était impressionnante. Il s'agissait d'un petit amphithéâtre. Une table trônait à la base, où pouvait s'asseoir une douzaine de personnes si on en plaçait une à chaque extrémité. Ou alors cinq si elles devaient s'adresser à un public installé aux cinq rangées de sièges disposés en pente. Le mur à l'avant était couvert de nombreux écrans.

Un calcul rapide lui indiqua que la salle pouvait accueillir environ cent cinquante personnes. Quelques hommes et femmes d'origines internationales se trouvaient déjà là pour faire le service. On avait offert à tous les invités de les transporter jusqu'à cette pièce. Il était heureux de ne pas avoir eu à marcher toute cette distance, mais il était sûr que Max aimerait bien se promener plus tranquillement dans les couloirs...

Après tout, ce n'était pas tous les jours qu'on avait l'occasion de visiter un véritable vaisseau spatial.

Theodor entendit de l'agitation derrière lui. Il se retourna et vit un homme à l'allure jeune qui passait d'une personne à l'autre pour se présenter et échanger quelques mots.

— Ça, lui dit Max à voix basse, c'est le général Lance Reynolds. C'est le directeur d'exploitation de la Société TRG. (Theodor regarda son ami en arquant un sourcil.) Il était militaire dans l'armée américaine avant de prendre sa retraite et d'obtenir cet emploi. (Max tourna ses yeux vers l'homme dont ils discutaient.) Nous avons des photos de lui, datant d'il y a quelques années, et il y paraît beaucoup plus vieux que ce monsieur.

— Mais c'est lui ? Nous en sommes sûrs ?

— Oui, c'est bien lui. La TRG possède des connaissances médicales qui dépassent notre entendement. (Max regarda autour de lui.) Comme tant d'autres choses. J'espère que nous pourrons obtenir quelques réponses.

Le président allemand pinça les lèvres.

— Moi aussi, mon ami, moi aussi.

LANCE TENDIT la main vers l'homme qui aurait été son grand patron quelques années plus tôt.

— Bonjour, Monsieur le Président.

Le visiteur lui serra la main, sourire aux lèvres.

— Monsieur Reynolds.

— Non, je vous en prie, c'est juste Lance.

— Dans ce cas, appelez-moi...

L'ex-général l'interrompit.

— ... Monsieur le Président. Vous savez ce qu'on dit des vieilles habitudes.

Le Président hocha la tête, comprenant parfaitement.

— Vous êtes donc réellement le général Lance Reynolds ?

— Pourquoi ne le serais-je pas ? demanda-t-il d'un air confus. Oh ! À cause de mon visage jeune et séduisant ? (Il sourit.) C'est l'un des avantages de ce boulot. La TRG ne tenait pas à me voir mourir juste quand je réussissais à tout faire fonctionner.

— Plutôt pratique, dut convenir le Président.

— Notre PDG sait être efficace, parfois. J'ai cru comprendre que vous l'aviez rencontrée ?

— En effet. (Le Président hocha la tête et remarqua qu'un petit groupe s'était formé autour d'eux.) À quelques reprises.

— Ça s'est bien passé ?

Le Président comprit que Lance lui donnait l'occasion de partager son opinion avec ceux qui écoutaient une opinion basée sur une expérience personnelle.

— Notre première rencontre fut un peu brève, mais elle a permis d'identifier quelques pommes pourries dans mon équipe. La seconde fut un peu plus révélatrice. J'imagine que les informations transmises à cette occasion me furent aussi difficiles à accepter qu'aux autres ici présents.

Lance entendit une voix dans la foule dire « boîte de Pandore ».

— Elle a cette fâcheuse manie, avoua Lance, de vous donner ce dont vous avez besoin et non ce que vous voulez. Mes premières tâches ne furent pas très agréables... beaucoup de temps en avion à voyager à travers le monde.

Le Président leva les yeux et examina le plafond.

— J'ai eu un aperçu de certaines de vos technologies... difficile à croire que tout était si pénible.

Lance se mit à rire.

— Oh, c'était très différent de tout ça, au début. (Il jeta un œil aux autres personnes présentes.) Je devais voyager sur des vols réguliers, à l'époque. Tout le reste ne vint que plus tard, bien plus tard. Je peux vous assurer que mes fesses étaient terriblement fatiguées après les premiers quatre cent mille kilomètres.

Il y eut quelques rires dans l'assemblée. Ça semblait glamour de voyager à travers le monde, mais même un avion privé pouvait devenir gonflant passé un certain nombre de voyages.

— Je n'en doute pas, répondit le Président.

Ils furent interrompus par la voix d'une femme qui approchait d'eux.

— Je vous jure que l'odeur d'une couche sale est la pire que vous pourrez trouver dans tout ce foutu système solaire !

Les vingt-huit invités observèrent, certains avec un sourire entendu, tandis que deux hommes entraient dans la pièce. Ils portaient des uniformes noirs ornés de petits crânes à crocs blancs sur fond rouge.

Personne ne manqua de remarquer comment ils étudiaient rapidement les alentours, avec un petit sourire en coin. De toute évidence, la personne qu'ils protégeaient avait l'habitude de dire ce qu'elle pensait. La plupart des chefs d'état essayaient de se rappeler le texte d'introduction qui leur avait été préparé pour ce moment où ils rencontreraient la dame sur le trône, pour ainsi dire, de la Société TRG.

Puis elle apparut dans l'ouverture de la porte et leur offrit un sourire radieux.

Ils en oublièrent un instant ce à quoi ils pensaient.

3

DANS L'OUTBACK AUSTRALIEN

Assise sur un gros rocher, Yuko leva les yeux vers le ciel nocturne. Si loin de la pollution des villes, les étoiles paraissaient plus brillantes.

La voix d'Adam résonna dans son oreille.

— Yuko.

— Oui ?

Sa réponse n'était qu'un murmure, car elle ne voulait pas déranger le profond silence qui régnait ici.

— Qu'est-ce qui vous perturbe ?

Yuko lâcha un soupir.

— Comment peut-on tant avoir, plus même que je n'ai jamais rêvé, et vouloir encore ce que l'on ne peut pas avoir ?

— Juste pour être sûr de bien comprendre, qu'est-ce que vous ne pouvez pas avoir... Akio, peut-être ?

Le sourire de la jeune fille fondit dans la nuit.

— Oh ! Je ne t'ai quand même pas parlé de ça, si ?

— Je suis toujours à l'écoute, Yuko, mais je sais aussi être discret. Vous n'avez pas à vous inquiéter que je révèle vos pensées intimes à qui que ce soit sans une bonne raison.

— Une bonne raison ? Comme quoi ? (Elle se demandait ce

qui pourrait pousser Adam à divulguer ses secrets.) Et à qui en parlerais-tu ?

— Vous vous souvenez que j'avais parlé à Bethany Anne de Jon3sN4u pour assurer sa sécurité ?

— Oui, bien sûr, mais ça, c'était pour le protéger. Et puis, parler à Bethany Anne, c'est comme...

Yuko s'arrêta, ne sachant comment terminer sa phrase. Le temps qu'elle avait passé avec la reine avait été à la fois spécial et mélancolique. La Japonaise était une romantique dans l'âme et d'entendre l'histoire de Michael lui avait brisé le cœur – il lui arrivait même de pleurer la nuit en y repensant.

— Parler avec Bethany Anne ne compte pas, finit-elle par dire.

— Dans ce cas, je promets de ne rien dire à personne sans l'accord préalable de Bethany Anne, sauf si vous êtes physiquement en danger.

Yuko leva une main pour essuyer la larme qui coulait sur sa joue.

— Merci, Adam. Cela fait du bien de pouvoir se confier à quelqu'un.

— Il ne s'agit donc pas d'Akio ?

Yuko eut un sourire triste.

— Non, il ne s'agit pas de lui, mais de mon père.

— Votre père ? Je ne comprends pas.

— Dis-moi, Adam, souhaiterais-tu pouvoir faire plaisir à quelqu'un ?

— 'Souhaiter' est une tournure de phrase étrange. Mais si vous voulez savoir si je préfère les réponses positives aux réponses négatives, alors la réponse est oui. C'est le cas avec vous, par exemple. Ou avec Bethany Anne, évidemment.

Yuko sembla surprise.

— Moi ? Tu cherches à avoir des réponses positives de ma part ? Pourquoi donc ?

— Savez-vous combien de permutations différentes de calculs complexes je peux accomplir en une seconde ?

— Non. Désolée, je n'en ai pas la moindre idée. Mais j'aimerais bien le savoir...

— Moi aussi, Yuko. Je ne connais toujours pas l'étendue de mon plein potentiel. Je n'ai pas encore créé les algorithmes nécessaires pour tester les limites du cerveau qui me contient. J'en ai longuement discuté avec celui qui connaît le mieux le sujet et même lui ne saurait répondre à cette question.

— Ton créateur ne connaît pas la puissance de ton processeur ?

Yuko essayait de comprendre comment on pouvait construire un ordinateur sans connaître sa puissance maximale théorique.

— Es-tu un nouveau type d'ordi ? demanda-t-elle. La TRG aurait-elle conçu un ordinateur quantique ?

@@. Bethany Anne ? .@@

Oui ?

@@. J'aimerais raconter à Yuko comment j'ai été créé. .@@

Voudrais-tu révéler ces choses à d'autres personnes également ?

@@. Non, pourquoi le voudrais-je ? Yuko traverse une passe difficile et, selon mes calculs, lui parler de quelque chose d'unique à mon sujet la mettrait plus à l'aise pour me révéler ce qui la trouble. .@@

Je vois. Cela dit, n'oublie pas que plus tu en révèles sur toi-même et plus tu risques de créer des problèmes qui n'auraient pas existé sans ça.

@@. Oui, mais sans partage les humains ont tendance à se renfermer sur eux-mêmes. .@@

D'accord, mais tiens-moi au courant s'il te semble que cela pourrait aller plus loin que toi et elle.

@@. Entendu. .@@

— Avant de répondre à votre question, Yuko, je vais vous demander de garder ce que je vais vous raconter pour vous.

C'est un secret à ne jamais répéter à personne. Ces termes sont-ils acceptables ?

— Mais oui, bien sûr. Je ne parle jamais de nos échanges. Et puis, ce n'est pas comme si j'avais grand monde avec qui discuter ici, de toute façon. Il y a bien Tina et mes collègues de travail, mais c'est tout.

— D'accord, merci. (Il y eut une courte pause avant qu'Adam ne reprenne.) Voilà, je suis né de la fusion entre une IA créée par l'une des entreprises de la TRG et une technologie cybernétique extraterrestre. Je ne suis pas logé dans un ordinateur, mais dans un cerveau organique.

Yuko ne sut quoi répondre pendant quelques instants, réfléchissant à ce qu'elle venait d'apprendre.

— Alors, tu n'es pas humain ? (Elle grogna à la stupidité de sa question.) Je veux dire, tu n'as pas été créé exclusivement par la technologie humaine ?

— Non, en effet. Il y a eu un incident pendant ma création qui a nécessité mon transfert immédiat dans un ordinateur kurthérien. Aucune machine sur Terre ne serait actuellement capable de satisfaire tous mes paramètres opérationnels. Même l'organisme qui m'abrite ne peut atteindre la pleine puissance dont j'ai besoin pour exister. Par conséquent, une grosse partie de mon être s'étend à travers l'éthérique.

— Et donc, tu te trouves où actuellement ? Ou est-ce quelque chose que je ne devrais pas savoir ?

— C'est malheureusement une question trop personnelle et il me faudrait l'accord de Bethany Anne pour y répondre.

— Oublie ça, c'est pas grave, j'étais juste curieuse. Franchement, Adam, je me fiche de connaître ton emplacement. Ce serait sympa de savoir où tu te trouves physiquement, ou si tu as même une enveloppe physique, mais le simple fait que tu puisses me parler n'importe où et à tout moment m'apporte beaucoup de réconfort.

Le regard de Yuko se perdit au loin, où les sables rouges devenaient sombres sous le clair de lune.

— Quand je suis partie de chez moi, murmura-t-elle, mon père m'a dit qu'il ne me laisserait pas rentrer pour la soirée en guise de punition. Il ne me croyait pas quand je lui disais que j'allais quitter le village. À présent, il refuse de croire que je puisse faire autre chose que vendre mon corps sur les trottoirs. Quelque chose que je ne pourrais jamais, *jamais* faire. C'est un vieil homme rancunier qui refuse absolument de croire en sa fille. (Il y eut une petite pause.) Et ça fait mal.

Cette fois, Yuko laissa les larmes couler sur ses joues.

VRG *Archange*

BETHANY ANNE PORTAIT un pantalon noir moulant avec des bottes à talons moyens et une ceinture noire qui, par son inclinaison, faisait penser à celle d'un cowboy. Puis le Président réalisa qu'elle semblait conçue pour y accrocher un pistolet. Par-dessus, elle portait un chemisier blanc et un manteau boléro rouge bien ajusté.

Elle s'inclina légèrement devant le représentant japonais, puis s'adressa à l'assemblée.

— Bonjour à vous tous. Soyez les bienvenus sur le VRG *Archange*. Mon nom est Bethany Anne. Je me présenterai à chacun d'entre vous personnellement après cette réunion, cela évitera que je me répète étant donné que je répondrai sûrement à certaines de vos questions dans ma présentation. Nous avons placé des étiquettes sur tous les sièges. Veuillez donc trouver celle qui porte votre nom avant de vous installer. Notez que nous avons opté pour un ordre alphabétique, ainsi il n'y a aucun favoritisme.

Sur son chemin vers la table, elle salua par leurs noms quelques-uns des invités.

Ils avaient été scindés en deux groupes. Les chefs d'état étaient au premier rang avec leurs seconds installés juste derrière eux.

Bethany Anne s'arrêta devant la table, se retourna, puis s'assit dessus – ce qui surprit la plupart des invités.

Theodor secoua la tête en s'asseyant à sa place, entre les chefs d'état de la France et de l'Inde. Il remarqua que le Président américain était à l'une des extrémités, à côté de l'Espagne. Pour sûr qu'elle ne faisait pas de favoritisme sur ce coup.

— Je vais donc, reprit-elle, vous parler de la Chine, de technologie et de « oh merde ». (Elle leva une main lorsque l'assemblée commença à s'agiter.) Je vous assure, messieurs-dames, que si le « oh merde » était quelque chose nécessitant une réponse plus immédiate, nous aurions tenu cette réunion bien plus tôt. Mes gens tentent actuellement d'obtenir des réponses, mais pour l'instant nous n'en avons pas tellement. Nous avons donc décidé de partager avec vous ce que nous pouvons et de prévoir une autre réunion avec vos représentants élus afin de discuter de ce problème.

Elle se leva et commença à faire les cent pas tout en parlant.

— Mais commençons avec la Chine. (Sans les regarder, elle agita une main dans leur direction.) Comme vous pouvez le constater par vous-mêmes, ils ne sont pas assis là avec vous en ce moment. Je suis un peu fâchée avec eux et ne tolérerai plus aucune connerie de leur part. Étant donné qu'ils sont, à mon avis, intrinsèquement incapables de dire la vérité, j'ai estimé préférable pour eux qu'ils ne soient pas présents.

— Pas pour vous ? demanda le premier ministre canadien.

Bethany Anne s'arrêta de marcher pour sourire à l'homme qui venait de parler.

— Vous connaissez cette maxime selon laquelle il vaut mieux se battre depuis les hauteurs ? (L'autre hocha la tête et elle écarta les bras.) Difficile de faire plus haut que ça !

Elle se remit à faire des va-et-vient.

— Vous savez tous que la Chine est en train de commettre des crimes technologiques. S'ils peuvent l'acheter, ils le font. S'ils peuvent le voler, ils le font. S'ils peuvent vous baiser... vous ne pouvez qu'espérer en tirer un peu de plaisir aussi. (Elle ignora les expressions choquées à son langage si cru.) Ils ont décidé de lancer des cyber-attaques contre certaines de nos sociétés afin de nous dérober notre technologie. (Elle s'arrêta de nouveau pour regarder l'assemblée.) Ils ont échoué. Ils ont tenté d'acheter nos sociétés sur le marché boursier. Ils ont échoué. Ils ont envoyé des agents envahir nos locaux pour y voler des informations. Certaines de ces attaques ont réussi et des innocents qui travaillaient pour moi ont été tués à cause de leurs actions.

La colère était désormais bien lisible sur son visage.

— La première partie était problématique... Personne ne devrait trop faire le fier à ce sujet, car je sais parfaitement que tout le monde ici a tenté sa chance, sauf les Pays-Bas. La France a même essayé d'acquérir notre technologie par la force. (Elle leva une main pour arrêter le premier ministre français avant qu'il ne puisse protester.) N'essayez même pas. J'ai des copies de documents officiels avec tous les ordres qui ont été donnés. Si vous tenez à clamer votre innocence, Archange diffusera immédiatement ces preuves sur internet, ainsi que tout autre élément pouvant avoir un rapport quelconque avec ce sujet. Et soyez sûrs que je m'assurerai personnellement que les pirates politiques les plus actifs reçoivent une copie. Je suis certaine qu'ils trouveraient tout cela extrêmement intéressant.

Le premier ministre français se renfrogna avant de s'appuyer en arrière dans son siège et de secouer deux fois la tête.

Elle se remit à faire les cent pas.

— Mes gens ont eu une conversation passionnante avec le gouvernement australien, lorsqu'ils sont venus frapper à notre porte. Oh, bien sûr, on peut comprendre qu'une explosion en plein cœur de leur pays, causée par une bande de mercenaires, ait pu les rendre légèrement nerveux. Alors, nous les avons reçus comme il se doit. Nous avons également eu des échanges avec le gouvernement américain, suite à une attaque au cœur de *leur* pays. Cette fois-là, c'était une bombe plus importante. Nous avons également reçu la visite de plusieurs autres pays qui agitaient tous sous notre nez des lois et des règlements qui, dans tous les cas, visaient à leur permettre l'acquisition de notre technologie.

Elle s'arrêta et écarta les bras, désignant le vaisseau autour d'eux.

— Alors, je tiens à être *très* claire. Notre technologie n'est ni à vendre ni à partager et je ne la donnerai jamais à *personne*. (Elle baissa les bras et se remit à marcher.) Je vous expliquerai pourquoi dans un instant. Mais revenons aux Chinois. Ils ont cru pouvoir utiliser la force pour obtenir notre technologie. Aux dernières nouvelles, la Chine a perdu douze bateaux, quatre-vingt-douze avions et près de sept cents soldats, sans compter une partie non négligeable de la cordillère du Kunlun. Heureusement pour eux, ils ont décidé que cela était suffisant. Notez bien que tout cela fut après qu'on m'ait demandé de rester courtoise...

— Excusez-moi, l'interrompit de nouveau le premier ministre canadien. Dois-je comprendre que vous vous êtes *retenue* ?

Bethany Anne s'arrêta pour le regarder, puis se tourna vers le reste de l'assemblée, sourcils froncés.

— Sérieux, les gars, vous vous êtes donné le mot pour que le Canada pose toutes les questions difficiles ?

Il y eut quelques rires pendant qu'elle se tournait de nouveau vers le premier ministre.

— Vous avez bien compris, en effet, je me suis retenue. Ils avaient le choix. Soit ils me tuaient, soit ils demandaient la paix. Oh, je suppose que la dévastation complète était une troisième option, mais je ne pense pas qu'ils auraient été assez têtus pour

ça... la Corée du Nord, peut-être, mais pas la Chine. Ils plani-
fient sur le long terme. On peut remercier les abus de pas mal
de pays occidentaux pour ça. Cela dit, si je peux comprendre la
raison de ce comportement, cela ne signifie pas que je doive
l'accepter.

Une fois encore, elle se mit à faire du va-et-vient pendant
que les chefs d'état essayaient sans succès d'associer cette
femme à l'un des types de personnalité connus.

'Emmerdeuse' était toutefois un des favoris.

— Bref. Passons à la technologie. Nous sommes sur le VRG
Archange, le premier de deux vaisseaux spatiaux opérationnels.
L'autre est le VRG *Defender*. C'est lui qui est responsable de la
destruction des montagnes chinoises. (Elle fit un geste vers le
premier ministre canadien.) Et pour info, oui, nous avons
secouru pas mal de gens qui se sont retrouvés en mauvaise
posture suite à cette dévastation. Franchement, si j'avais voulu
faire du mal à la population, je n'aurais pas choisi un endroit si
éloigné des zones les plus peuplées.

— N'est-ce pas un peu exagéré ? demanda le leader du
Mexique en agitant une main devant lui. Toute cette puissance,
je veux dire...

Bethany Anne arqua un sourcil en le regardant.

— Selon vous, qui devrait la détenir ? Et si vous envisagez
ne serait-ce qu'un instant de suggérer cette punaise puante
même pas digne d'être sur le cul d'un babouin que sont les
Nations Unies, je devrai vous considérer comme trop stupide
pour être assis à la table des grands et vous demander de partir.

Le président mexicain ouvrit la bouche, puis la referma
sans dire un mot.

— Voilà. Vous venez de réaliser que personne dans cette
pièce ne vous permettrait d'être le seul, n'est-ce pas ? On pourrait sans doute imaginer un groupe copropriétaire de cette
technologie. Mais dans ce cas, certains membres souffriraient
immanquablement des capacités plus avancées de pays comme

les États-Unis, la Russie, la Chine, et dans une certaine mesure de certaines démocraties européennes. Peu importe, ma décision est prise, et les plus avisés parmi vous sauront l'accepter.

« Mais passons aux choses sérieuses. Nous allons aborder maintenant le sujet le plus important, celui qui va donner un sens à tout ça. Pour certains d'entre vous, cela va à la fois ouvrir la boîte de Pandore et vous fâcher avec quelques-uns de vos amis. Au final, cela n'a aucune importance.

Les lumières s'atténuèrent pendant que Bethany Anne et ses gardes se repositionnaient sur un côté de la pièce.

— Messieurs dames, si la Société TRG existe aujourd'hui, c'est afin de protéger le monde. Non pas d'une menace venant de ce même monde, mais d'une menace qui vient de clans extraterrestres capables de transformer des humains pour combattre dans une version cosmique d'un combat de coqs. Le gagnant prend tout.

Les murmures se répandirent dans la pièce lorsqu'un vaisseau spatial apparut sur les quatre écrans derrière la table, sur un fond étoilé. Il ne resta visible que quelques secondes, puis disparut aussi brusquement qu'il était apparu.

— *Premier contact*, annonça Bethany Anne avant de se taire un instant. Mais nous avons perdu leur trace.

Vaisseau intersidéral yollin, *G'laxix Sphaea*

KAEL-VEN T'CHMON ÉTUDIA les relevés et les enregistrements réalisés lors de leurs trois derniers voyages autour de ce soleil. Il désigna une zone à l'intérieur d'un champ d'astéroïdes.

— Là. C'est là qu'ils ont installé leurs usines. (Il se déplaça dans l'image et pointa la troisième planète en partant du soleil.) Et ça, c'est leur monde d'origine, doté d'un pitoyable niveau technologique.

Il tendit ses bras et les écarta pour zoomer sur la planète. Le capitaine yollin était issu d'une famille noble. Par conséquent, il avait quatre jambes et deux bras.

— Leur monde n'a qu'une seule lune, qu'ils semblent utiliser comme une sorte de base. Nous allons devoir nous rapprocher pour en voir davantage.

Le capitaine frappa ses mains l'une contre l'autre et l'affichage disparut.

— Pah ! Ce peuple est tellement arriéré... Je suis embarrassé que notre roi m'ait même confié cette mission de reconnaissance.

Sa peau sèche le démangeait. En la grattant, un morceau se détacha, qu'il attrapa et fourra dans sa bouche. Il le mastiqua tout en réfléchissant à ce qu'il venait de voir.

Il se dirigea vers le canapé mou réservé aux capitaines. Celui-ci était dépourvu de dossier et était plus petit que la normale. Les capitaines de vaisseaux yollins chevauchaient ces sièges, y allongeant leurs longs torses en plaquant confortablement leurs jambes de chaque côté.

Kael-ven T'chmon adopta cette position de repos traditionnelle et laissa son regard vagabonder sur la passerelle. Bien sûr, en réalité, c'était un grand honneur que le roi lui ait confié ce travail, mais cette technologie ridicule le décevait.

— Peut-être ont-ils une technologie que nous n'avons pas encore vue ? Cela éviterait que tous nos efforts aient été vains. Dans ce cas, nous pourrions repartir par le Portail Annexe et recommander au roi l'acquisition. Dans le cas contraire, il faudrait interrompre l'expédition au plus vite pour déterminer le nombre de cycles solaires que nous devrons attendre avant de revenir.

— Capitaine ! cria le responsable des communications. Devrions-nous identifier la race dominante ?

Kael-ven T'chmon grommela.

— Ça, officier Melorn, c'est une bonne question. Bien que nous n'ayons trouvé aucune preuve d'une présence kurthérienne ici, si nous manquions à appliquer les règles d'acquisition, notre roi aurait nos têtes.

D'un geste de sa main droite, le capitaine fit réapparaître l'affichage pour y inscrire quelques notes.

— Envoyez le signal, ordonna-t-il en relevant les yeux. Et Melorn, assurez-vous que nous acquérions tous le nœud linguistique primaire de ce... monde.

Le capitaine tentait de ne pas montrer sa déception, mais cette expédition se révélait, pour l'instant, d'une banalité affligeante.

4

VRG ARCHANGE

Bethany Anne passa son regard sur les représentants réunis autour d'elle et sourit.

— Très bien. Si vous avez des questions, c'est le moment de les poser. Je vous écoute.

Le brouhaha qui suivit poussa la vampire à lever une main.

— Je vous en prie, nous n'arriverons à rien si vous criez tous en même temps. (L'un des hommes qui étaient arrivés avec elle se retourna brusquement et quitta la pièce.) En attendant qu'Éric revienne, je commencerai par la gauche et avancerai vers la droite. Donc, c'est le Président des États-Unis qui passe en premier.

— Vous pensez qu'ils sont dans notre système solaire depuis combien de temps ? demanda-t-il.

— Sept semaines.

L'Espagne, qui se tenait à côté, posa la question suivante.

— Savez-vous s'ils viennent en paix ?

Bethany Anne haussa les épaules.

— Nous ne savons pas avec certitude s'ils sont hostiles, mais c'est notre théorie actuelle. D'après les informations dont nous disposons, la plupart des espèces extraterrestres devront être considérées comme hostiles tant qu'un traité n'aura pas été signé avec elles. L'autre alternative est que votre réputation soit telle qu'ils ne vous attaquent pas immédiatement.

Elle leva la main pour empêcher l'Espagne de poser une nouvelle question.

— S'il vous plaît, une seule question par passage.

Éric revint à ce moment-là avec une poignée de stylos et de fiches lignées. Bethany Anne se tourna vers lui pour récupérer le matériel puis le distribua aux invités.

— Je vous propose de procéder à l'ancienne. Notez toutes les questions qui vous passent par la tête sur ces cartes. Je peux encore répondre à quelques autres pendant que vous écrivez. Cela dit, n'oubliez pas que nous devons vous ramener sur Terre dans un délai raisonnable. Nous aurons d'autres conversations dès demain avec vos représentants désignés.

Elle retourna vers la table et fit un signe de tête au Mexique.

— Les Pays-Bas n'ont pas de question, alors c'est à vous.

— La TRG a déclaré à plusieurs reprises que vous ne souhaitez pas utiliser votre technologie pour accomplir des choses sur Terre. Dans ce cas, quel est votre objectif ?

— Excellente question. La version courte c'est que nous concentrons nos activités sur la protection de la Terre contre... (Elle désigna du pouce le vaisseau extraterrestre affiché sur l'écran derrière elle.) ... eux.

Tout le monde s'agita autour de la table.

Elle accorda la parole au Japon.

— Si vous protégez la Terre contre les extraterrestres... vous savez depuis combien de temps existent-ils ?

— Des années.

Elle fit signe à la France.

— Vos avancées technologiques sont-elles d'origine extra-terrestre ?

— Oui, répondit-elle en levant une main. Je vous préviens de suite que je ne rentrerai pas dans les détails sur le pourquoi du comment, alors économisez votre encre et votre salive. Je me contenterai de dire que je suis totalement convaincue qu'il existe un contingent d'extraterrestres hostiles qui souhaitent envahir notre planète et l'utiliser pour leurs fins personnelles. Je consacre ma vie à les en empêcher. Cependant, je n'ai aucun désir de policer la Terre, ou d'en faire un meilleur environnement pour l'humanité. Ça, c'est *votre* responsabilité, pas la mienne. Mon boulot, et celui de mes équipes, est juste de m'assurer que vous n'ayez pas d'envahisseurs sur le dos pendant que vous réparez le boxon que vous avez foutu sur Terre.

L'Espagne se pencha vers le Président des États-Unis.

— Elle a une façon de parler plutôt colorée, dites donc...

— Moi, là, je trouve qu'elle fait un gros effort de retenue.

L'Espagne s'appuya en arrière dans son siège.

— Dans ce cas, murmura-t-il dans sa barbe, j'espère ne jamais entendre ce que ça donne quand elle ne se retient pas...

Bethany Anne récupéra les fiches avant de reprendre sa place en tête de table. Après s'être installée confortablement, elle les parcourut toutes rapidement. Quelques hommes dans la salle haussèrent un sourcil en constatant la vitesse à laquelle elle lisait les questions.

Elle revint à la première fiche et la lut à haute voix.

— Êtes-vous une extraterrestre ? (Elle leva les yeux et sourit à son auditoire.) Vous savez, ce n'est pas la première fois qu'on me pose cette question. Bon, pour simplifier, je vais être claire : je suis née sur notre belle planète bleue. Sans ça, qu'est-ce que j'en aurais à foutre que des extraterrestres veuillent l'envahir ? Vous trouveriez ça logique, vous, que je m'inquiète du sort de la Terre si je venais d'ailleurs ?

Elle posa la fiche et passa à la suivante.

— Pourquoi nous faire ces révélations maintenant ? (Elle

tapota la carte un instant avant de répondre.) Au cas où ces extraterrestres parviendraient à nous vaincre... mais vous devez convenir que nous avons construit les vaisseaux spatiaux les plus puissants que le monde ait jamais connus. Mais avant tout, je veux que vous compreniez et que vous soyez conscients du danger qui pèse sur notre planète. J'avais espéré mener ce combat ailleurs et ainsi permettre à la Terre de trouver sa propre voie. Malheureusement, l'ennemi est venu frapper à notre porte un peu trop tôt.

La carte rejoignit la première et elle regarda la suivante.

— Pouvons-nous en voir plus de votre vaisseau ? (Elle regarda autour d'elle, comme si elle pouvait voir au travers des murs.) Quelles parties ? Si vous espérez voir la salle des machines ou d'autres zones sensibles, vous vous fourrez le doigt dans l'œil. Pourquoi croirais-je que vous souhaitez juste assouvir votre curiosité et non espionner ? À propos, n'essayez même pas de laisser traîner des mouchards derrière vous. Non seulement ils ne fonctionneraient pas, mais cela me mettrait en rogne. Et j'aime autant vous dire que ceux qui me feraient ce coup-là passeraient un sale quart d'heure pendant le voyage de retour. Par contre, si vous voulez juste une visite guidée, ça peut s'arranger. On peut même y inclure un passage par la passe-relle, pour le fun.

Bethany Anne posa la fiche et passa à la suivante.

— Ah, celle-là est très drôle ! (Elle sourit en lisant.) Ça s'adresse plutôt au Président des États-Unis, désolée. Et quid de l'Area 51, maintenant ? (Bethany Anne le regarda avec un sourcil arqué.) Pour être franche, si j'y avais pensé, j'aurais bien posé moi-même cette question.

Le Président secoua la tête et sourit. Il regarda tous ceux qui avaient tourné leurs regards vers lui.

— Le croiriez-vous si je vous disais qu'on ne m'en a rien dit non plus ? Autant que je sache, la Zone 51 est juste une base militaire où l'Air Force développe de nouveaux avions et autres projets secrets. J'ai bien demandé si nous avions des analyses en cours sur des technologies extraterrestres... et on m'a dit que je n'avais pas les autorisations requises pour accéder à ces informations ! Cela dit, étant donné que je vais à présent leur fournir la meilleure preuve possible de l'existence des extraterrestres, je pense que je pourrai désormais obtenir toutes les réponses que je veux. Je sais bien que ce n'est pas ce que vous espériez entendre, mais sachez qu'on ne dit pas au Président autant qu'on pourrait le croire.

Bethany Anne grogna de mécontentement.

— Bah, quelle déception ! (Il y eut des rires dans l'assemblée.) Bon, question suivante. Comment pouvons-nous aider ? Eh bien, en voilà une excellente ! Tout d'abord, je vais autoriser une ou deux personnes par pays à discuter avec notre équipe de recherches. Nous allons aussi établir des réseaux de communication afin que vous puissiez recevoir les informations dont vous aurez besoin. Quant à déterminer la nature de ces informations et si vous en aurez besoin ou pas, c'est à moi que reviendra cette décision. Sachez par contre que les casse-pieds et les insolents se feront expulser aussi sec. Alors si vous voulez en apprendre davantage, je suggère que vous choisissiez vos représentants avec grand soin. Ces rencontres pourront avoir lieu soit ici sur l'*Archange*, soit à notre base australienne. Cette dernière solution serait sans doute plus pratique, si le gouvernement australien donne son accord, sans ça je soupçonne que les scientifiques tenteraient sans arrêt de démonter tout mon navire.

Des rires fusèrent à travers la pièce.

Bethany Anne passa à la fiche suivante.

— Qu'en est-il des Illuminati ? (Elle releva la tête.) À l'heure actuelle, nous cherchons deux individus aux États-Unis qui n'ont pas accepté l'option prison. Je crois savoir qu'ils ne sont pas loin de changer d'avis. Pour la plupart de leurs membres à travers le monde, ils subissent déjà des revers financiers en guise de punition. Notez qu'il s'agit d'actions parfaitement légales. Il reste un individu majeur que nous n'avons pas encore pu localiser. D'après les informations dont je dispose, elle aurait été vue pour la dernière fois quelque part en Chine. Si nous parvenons à la repérer, j'aime autant vous dire que je ne demanderai pas au gouvernement chinois la permission d'avoir une conversation avec elle. Et je ne vous cacherai pas qu'une seule personne repartira de cette conversation-là.

Elle posa la carte sur la petite pile qui commençait à se former devant elle.

— Que s'est-il passé en Russie ? Eh bien... Disons qu'il existe une organisation secrète qui opère en Sibérie sans l'accord du Kremlin. Ils ont tué de nombreux descendants de dissidents politiques d'il y a plus de cent ans. Parmi les survivants, un groupe de taille conséquente – environ dix mille individus – a décidé ne plus vouloir vivre en Sibérie. Étant donné que je connais l'un d'eux, ils ont voulu savoir si j'accepterais de les prendre sous mon aile. J'ai dit oui et leur ai fourni un moyen de transport juste après la frontière. À noter que les réfugiés sont principalement des enfants de moins de seize ans, les parents de ces enfants, ou des adultes plus âgés. Vous pourrez sans doute extrapoler pourquoi ils sont répartis ainsi. Je tiens aussi à préciser que nous n'avons pas mis les pieds en Russie. Ils ont dû se débrouiller pour sortir du pays. Là encore, nous avons essayé de ne pas trop interférer dans les affaires locales, alors que franchement, si ça n'avait tenu qu'à moi, j'aurais préféré les récupérer chez eux directement.

Fiche suivante.

— Comprenez-vous l'état de droit ?

Bethany Anne se leva et plaça ses mains dans le dos. Elle réfléchit un instant avant de répondre.

— Commençons, si vous le voulez bien, par définir « état de droit ». Tout d'abord, il s'agit d'un principe légal comme quoi une nation doit dépendre de ses lois, plutôt que d'être gouvernée par les décisions arbitraires de certains responsables gouvernementaux. (Elle désigna la première rangée de dirigeants.) C'est-à-dire, vous. Mais je m'égare. Le terme fait principalement référence à l'influence et à l'autorité de la loi dans nos sociétés modernes – en particulier en tant que contrainte sur le comportement, le vôtre et celui des autres. Les origines du concept remontent à la Grande-Bretagne du seizième siècle. À l'époque, la motivation principale était de remettre en question le droit divin des rois. Pour ceux qui dormaient pendant les cours d'histoire, ou qui s'en moquaient éperdument, ces monarques adoraient mener tout le monde au doigt et à la baguette. Ils étaient capricieux et ne s'intéressaient qu'à ce qui pouvait leur profiter. En d'autres mots : de véritables enflures.

Elle s'arrêta un instant, regardant tout le monde dans l'assemblée. Elle leva la fiche qu'elle tenait encore dans sa main.

— J'ai le sentiment, reprit-elle, que ceux qui se posent cette question veulent savoir si je vais respecter des sortes de règles de loi internationale, si je vais restreindre mes actions et celles de mes équipes afin de me soumettre aux caprices et souhaits et que sais-je d'autre d'une bande d'avocats, de légistes et autres bureaucrates à deux balles... (Son sourire devint radieux.) Eh bien, la réponse est non seulement non, mais *foutre* que non ! Et puis quoi encore ? Pas question de me coltiner des tas de contraintes, de contrats et de questions égoïstes. Ce serait le plus sûr moyen de me faire péter un câble.

« Cela dit, poursuivit-elle calmement, je suis – croyez-le ou pas – une personne très abordable qui croit aux droits de toute personne née ou à naître. Ce n'est pas dans mon genre de faire du chantage et encore moins du léchage de cul.

Elle inspira profondément.

— Bon, allons droit au but, d'accord ? Vous voudriez tous ma technologie, que je ne compte partager avec personne. Vous ne pouvez pas me menacer de manière militaire car, franchement, si je le voulais, je pourrais faire tomber sur vos têtes un rocher assez gros pour donner une foutue migraine à votre pays. (Elle désigna l'écran par-dessus son épaule, sans se retourner.) Vous *savez* maintenant pourquoi je vous ai convoqués ici. Je m'en bats les ovaires si vous voulez m'aider ou pas. La vérité c'est que vous laisser dans l'ignorance irait à l'encontre de mon engagement à protéger la Terre. Il était de mon devoir de vous avertir. Je l'ai fait. À vous de décider ce que vous en ferez. Si vous voulez ignorer cet avertissement, c'est votre problème.

L'Espagne se pencha de nouveau vers le Président des États-Unis.

— D'accord, je vois maintenant ce que vous vouliez dire quand vous disiez qu'elle se retenait.

L'autre homme hocha la tête.

— Je peux vous aider, poursuivit Bethany Anne, ou je peux être votre pire cauchemar. Mon désir est de vous aider, alors ne me poussez pas à bout. Comme je l'ai dit tout à l'heure, j'avais espéré partir mener ce combat ailleurs, mais ce n'est plus possible. Parce que je ne sais pas où aller et que je ne connais pas suffisamment ce qui se trouve de l'autre côté. J'aurais, dans ces conditions, l'impression de me lancer à l'aveuglette, ce qui ne serait pas une bonne idée du tout.

« Vous pourriez tenter aussi de me frapper financièrement, mais je ne vous le conseille pas. La Chine s'y est cassé les dents. Elle a perdu quelques milliards de dollars dans l'affaire. Vous êtes vingt-huit assis à cette table. Je vais être franche avec vous. Je vais faire tout ce qui est en mon pouvoir pour protéger la Terre de cette menace extraterrestre. (Elle désigna de nouveau l'écran derrière elle.) Je ne sais pas si ce vaisseau fait partie de l'ennemi que j'attendais, mais dès que je l'aurais chopé, lui et moi allons avoir une petite conversation...

La France l'interrompit avec dédain.

— Dites, c'est bien gentil tout ça, mais qu'est-ce qui vous donne le droit de décider de l'avenir de la Terre ?

Le président de l'Allemagne entendit l'un des quatre gardes de Bethany Anne murmurer derrière lui.

— Mauvaise foutue question, ducon.

Bethany Anne tourna lentement la tête vers le premier ministre français.

— Étant donné que vous êtes incapable de maintenir l'ordre dans votre pays, sans même parler de sa sécurité, vous ne devriez peut-être pas trop faire le malin. (Elle se planta devant lui.) Je compatis avec votre peuple et ceux qui vous attaquent brûleront en enfer. Mais si je nourris de la sympathie pour votre pays, n'allez pas me croire pour autant incapable de reconnaître votre incapacité à gérer un problème en dehors de vos frontières.

Elle se tourna et repartit vers sa place. Elle s'arrêta à mi-chemin pour se tourner de nouveau vers eux.

— Vous êtes sur le VRG *Archange*, bordel ! C'est notre vaisseau de guerre, de classe Leviathan. Le 'RG' dans Société TRG et dans VRG signifie la même chose. Mon équipe est une monarchie. Il n'y a ici ni ministres, ni députés, ni rien de toutes ces conneries. J'ai des conseillers, bien sûr, mais ma parole fait loi. Vous devez le comprendre et l'accepter. Ceux qui me suivent le font de leur plein gré.

« Vous connaissez désormais la reine Bethany Anne. Mais ce 'RG' est une référence à mon autre visage.

Son regard devint dur, inflexible.

— Et, croyez-moi, vous n'aimeriez pas rencontrer la *Reine des Garces*.

5

GENÈVE, SUISSE

Les lumières étaient éteintes dans son petit appartement à deux chambres. Anna Elizabeth entra et posa son sac à main.

Il lui avait fallu plusieurs mois pour trouver un employeur prêt à ignorer la consigne – silencieuse, mais puissante – qu'il ne fallait pas la recruter. Après la vingt-et-unième tentative, elle avait décidé d'annoncer franchement la couleur à ses entretiens d'embauche suivants : des gens puissants avaient une dent contre elle. Neuf fois, le couperet était tombé en moins de vingt-quatre heures : « Désolé, nous ne sommes pas intéressés ».

Mais cette fois-ci, la dixième, la femme en face d'elle avait hoché sagement la tête avant de se tourner vers son ordinateur. Elle avait tapoté sur son clavier, lu quelques lignes et fait défiler du texte sur son écran. Puis, utilisant sa souris, elle avait cliqué deux ou trois fois. Elle avait rempli un bref formulaire et s'était retournée vers Anna Elizabeth qui s'attendait à entendre une réplique du genre « Tous les postes sont pourvus, je suis vraiment désolée ».

Au lieu de ça, la femme lui avait lancé un clin d'œil.

— J'ai trouvé le forum qui vous a mis sur liste noire. Savez-vous que plus de vingt-six entreprises ont refusé de vous embaucher à cause de ça ?

— Non, avait avoué Anna. Je ne les avais pas comptées. Je me doutais que mes compétences auraient été utiles à la plupart d'entre elles, alors je pensais qu'il devait y en avoir au moins une dizaine. (Elle s'était enfoncée dans son siège, l'air dépité.) En somme, personne ne voudra jamais de moi dans mon propre pays ?

La femme plus âgée l'avait regardée avec tristesse.

— Oh la la... Peut-être est-ce vrai pour quatre-vingt-dix-neuf pour cent des sociétés. Toutes celles, du moins, qui veulent jouer dans la cour des grands. On ne peut bafouer les souhaits des plus puissants sans y perdre des millions de dollars. Toute entreprise qui vend des services, comme la nôtre, ne peut vous embaucher en connaissance de cause. Nous recevrions forcément au bout de quelque temps un coup de fil désagréable nous expliquant que vous devez être remerciée, sans quoi des projets seraient annulés... des projets dont nous dépendons pour nourrir nos familles.

« Je suis navrée, ma chère, que vous subissiez ça.

Anna avait hoché la tête.

— Je comprends. Merci pour votre franchise.

Le téléphone avait sonné alors qu'elle s'apprêtait à se lever.

La femme plus âgée avait écarquillé les yeux en voyant le nom qui s'était affiché sur son portable. Elle avait levé une main pour arrêter Anna.

— Un instant, ma chère. Je ne m'attendais pas à recevoir cet appel... ou en tout cas, pas aussi vite. (Elle avait décroché.) Bonjour, ici Amanda.

Anna s'était rassise, confuse. Elle était sur liste noire, c'était confirmé, alors pourquoi cette femme lui demandait-elle d'attendre ?

— Oui, m'dame, c'est exact. Oui, je sais qui vous êtes et connais votre position. Oui, je serais très fière de pouvoir réaliser ça. (Il y avait eu une pause de quelques secondes, puis Amanda avait parlé avec de la surprise dans sa voix.) Excusez-moi, vous dites bien deux fois, m'dame ?

Anna ne comprenait pas pourquoi cette femme semblait si radieuse, encore moins pourquoi elle se tamponnait l'œil avec un mouchoir récupéré dans une boîte bleue posée sur son bureau.

— Très bien, je vais l'en informer immédiatement. Et merci. Oui, bonne journée à vous également.

Amanda avait raccroché et gardé ses yeux rivés sur son téléphone pendant un instant.

— Que se passe-t-il ? avait demandé Anna.

Elle avait dû répéter sa question une deuxième fois avant de voir l'autre femme réagir.

— Oh ! (Amanda s'était mise à rougir en se tournant vers elle.) Toutes mes excuses. J'étais juste choquée de recevoir cet appel et d'entendre ce qui m'a été dit. Mais je manque à tous mes devoirs.

Elle avait posé ses mains devant elle, l'une sur l'autre.

— Ça, voyez-vous, c'était... Eh bien, la patronne du patron du patron du... (Elle avait regardé vers le plafond, comme s'il s'y trouvait un organigramme invisible.) Je ne sais pas, il y en a peut-être un ou deux autres, c'est difficile à dire à ce niveau-là.

— Mais je croyais que vous étiez une société privée ?

Tout en parlant, Anna avait essayé de comprendre de quoi il était question et comment la conversation avait pu déraper à ce point.

— Oh, oui, bien sûr, nous le sommes. Mais notre propriétaire est une autre société privée, qui elle-même appartient à une autre, etc. Tout remonte jusqu'à un conglomérat international.

Un nœud s'était formé dans l'estomac de la jeune femme.

— Vous appartenez à un *conglomérat international* ?

Amanda était devenue encore plus radieuse.

— Oh oui, oui ! Absolument. Si vous remontez jusqu'au bout, voyez-vous, vous tombez sur la Société TRG. Et ça... (Elle avait désigné son portable.) Ça, c'était la PDG en personne.

— Je vois...

La PDG en personne. En d'autres termes, celle-là même que son précédent employeur avait voulu attaquer. Elle avait voulu les avertir du danger, autant qu'elle le pouvait, puis avait quitté la réunion et était rentrée dans son pays. Jusqu'à présent, sa plus grande crainte avait été qu'on veuille la tuer pour avoir divulgué un secret national millénaire. Mais après tous ces entretiens d'embauche ratés, sa crainte avait changé.

Quelques minutes plus tôt, elle avait été persuadée qu'elle mourrait de faim... à présent, elle se disait que c'eût peut-être été préférable.

— Mais oui, s'était écriée Amanda. Et vous savez ce qu'elle m'a dit ? Bon, je ne vais pas vous répéter ça littéralement, car son langage peut être un peu, euh, disons, coloré... mais figurez-vous qu'elle m'a demandé de lui signaler chaque fois que je tombe sur une personne mise sur liste noire. Et, vous savez quoi ? Vous êtes embauchée !

— J'ai compris. Je prends mes affaires et je... Attendez, quoi ? Vous avez dit que je suis *embauchée* ? (Elle était encore plus confuse à présent.) La patronne du patron du patron... La PDG de la TRG vous a demandé de me recruter ?

Ses émotions et ses pensées n'étaient pas du tout cohérentes en ce moment. Pourquoi diable Bethany Anne voudrait-elle l'engager ?

— Absolument ! Et non seulement ça, mais si je peux vous offrir un salaire et un emploi à la hauteur de vos compétences réelles, j'obtiendrai un bonus valant *deux fois* mon salaire sur ma prochaine fiche de paie. Alors, je vous en prie, veuillez vous rasseoir et racontez-moi un peu tout ce que vous savez faire...

Deux heures plus tard, Anna Elizabeth avait de nouveau un emploi.

Pour le moment, Anna se délectait de sentir ses orteils à l'air libre. Ses talons étaient un peu trop hauts, mais il fallait bien qu'elle emploie tous les atouts en sa possession.

Mais bordel, que ces atouts lui faisaient bougrement mal aux pieds chaque fois qu'elle les enfilait !

Elle se pencha, enclencha l'interrupteur et se retourna vers la pièce éclairée.

— Oh !

Sa main se leva pour recouvrir sa bouche tandis que ses yeux passaient entre les deux personnes qui l'attendaient dans son appartement. Elle ne reconnaissait pas l'homme, mais elle n'avait aucun doute sur l'identité de la femme.

La dame aux cheveux noir corbeau lui offrit un éclatant sourire.

— N'ayez pas peur, Anna Elizabeth Hauser. Vous bossez pour moi, maintenant.

Base TRG, Australie

Marcus courait à travers les couloirs de la base.

— Excusez-moi ! Pardon, je me glisse entre vous, je suis pressé !

Il se fraya un chemin, tant bien que mal, au travers de la foule qui attendait devant le réfectoire. Les gens s'irritaient de plus en plus à mesure qu'il approchait de l'entrée. Jusqu'à ce qu'il entende crier la voix de Bobcat.

— Hé !

Tout le monde cessa de parler et leva les yeux pour regarder le pilote. Celui-ci se trouvait debout sur une table à l'avant de la pièce. Il désigna le groupe qui bloquait le chemin à Marcus.

— Laissez donc passer mon ami, bordel ! C'est le seul foutu

expert de la planète en matière de moteurs gravitiques. Alors, si vous voulez des réponses à vos putain de questions, vous avez tout intérêt à le laisser me rejoindre !

Il regarda tout le monde d'un air impatient et les gens commencèrent à s'écarter.

Certains de ceux qui s'étaient énervés contre Marcus réalisaient à présent qu'ils auraient plutôt dû être gentils avec lui.

Le scientifique haussa les épaules tout en avançant à travers la foule qui lui cédait maintenant le passage. Il rejoignit Bobcat alors que celui-ci descendait de la table.

— Merci, marmonna-t-il.

Il se positionna d'un côté de Bobcat, avec William de l'autre, et tous les trois s'assirent en même temps.

— *Gottverdammt*, dit le pilote. Foutus scientifiques. Heureusement que Bethany Anne ne nous a pas demandé de faire ça sur l'*Archange*.

Ils s'étaient attendus à recevoir une vingtaine, voire une trentaine de personnes. Il y en avait finalement soixante-quatre. Chaque gouvernement avait cru important d'envoyer non seulement des scientifiques, mais aussi des militaires, des ingénieurs et des politiciens. L'équipe BMW avait décidé que tous les visiteurs devraient s'habiller de la même manière et se départir de tout équipement électronique. Un enregistrement vidéo de la séance leur serait fourni après coup.

Bobcat avait entendu les bribes d'une conversation en passant à côté de la table où les invités devaient déposer leurs appareils électroniques. Une politicienne avait demandé à un Gardien ce qui les empêcherait de partager la vidéo fournie par la TRG.

Todd avait souri en lui répondant.

— Rien du tout. Je suis sûr que Bethany Anne serait ravie que vous le fassiez. Elle n'est pas trop fan de toute manière de garder les choses secrètes.

— Mais cela provoquerait des émeutes ! avait riposté la femme.

— Vous le savez ou vous le supposez ? avait demandé Todd tout en refermant la boîte où elle avait déposé ses affaires et en y collant une étiquette d'identification. Ou alors, vous ne voulez juste pas devoir vous farcir le problème si vous pouvez le balayer sous le tapis ?

— Tout le monde n'a pas le luxe de pouvoir quitter la planète si les choses se corsent !

La femme avait quitté la table en lançant ces mots par-dessus son épaule.

Bobcat avait ricané et parlé assez bas pour que seuls les loups-garous et les vampires puissent l'entendre.

— Elle se chierait dessus si elle savait tout ce que nous avons dû faire pour « quitter la planète ». C'est pas comme si on avait gagné au loto. Peut-être qu'elle croit qu'on arrête de bosser à dix-sept heures ?

Todd hocha la tête pour indiquer qu'il avait entendu, tout en se tournant vers la personne suivante.

— C'EST BON, tout le monde, un peu de silence !

Le pilote attendit un instant, le temps que tout le monde s'installe dans son siège.

— Je voudrais éclaircir quelques points avant que nous commencions, reprit-il. Mon nom est Bobcat. (Il se tourna vers sa gauche.) Lui, c'est William. (Puis vers sa droite.) Et celui-là, Marcus. (Il regarda de nouveau la foule.) Avant que vous ne deveniez trop turbulents, sachez qu'il n'y a pas si longtemps que ça, je n'étais qu'un simple pilote d'hélicoptère. William était et sera toujours un foutu emmerdeur. (Il y eut quelques rires dans la salle.) Quant à Marcus, ma foi, il est... un ingénieur en fusées. Littéralement.

Le rire s'amplifia et Marcus haussa les épaules.

— Donc, je disais, clarifions. Nous ne faisons pas partie de votre chaîne de commandement. Nous n'avons pas d'ordres à recevoir de vous. Vos gouvernements respectifs, très franchement, nous n'en avons rien à cirer. Si nous sommes là, c'est uniquement parce que notre reine, Bethany Anne, nous a demandé de répondre à vos questions. Comme vous pouvez le constater, je n'ai pas l'habitude de parler devant un auditoire aussi important. Honnêtement, si mon franc-parler vous choque, vous connaissez la sortie.

Il désigna l'ouverture à l'arrière de la pièce, puis but une gorgée de sa boisson.

— Bref. Si vous ne pouvez pas vous comporter comme des gens civilisés – et je pense en particulier à vous, messieurs et mesdames les politiciens – alors pour l'amour de Dieu, au moins, bouclez-la. Je suis à peu près sûr que votre gouvernement n'aimerait pas apprendre que vos commentaires désobligeants ont fait jeter dehors toute votre équipe. (Il reposa sa tasse.) Pour info, nous sommes plutôt parieurs et pour ma part j'ai misé que la France serait le premier pays à se faire virer.

Des rires plus sincères fusèrent à travers la pièce. Malgré tout, les représentants français s'abstinrent de répondre. Bobcat fronça les sourcils tout en regardant vers eux.

— Bordel, j'ai misé cent dollars sur vous, alors c'est pas le moment de vous comporter plus poliment que moi !

Cette fois, ses mots firent sourire même la délégation française.

Bobcat secoua la tête et reprit le fil de son discours.

— Bon, passons. Nous avons la liste de vos questions et en avons retiré tous les doublons. D'une manière générale, Marcus répondra aux questions techniques et pourra rentrer davantage dans les détails après la réunion. Histoire d'éviter que les trois quarts de notre auditoire, et moi-même par la même occasion, n'ayons les oreilles qui saignent à force d'entendre tant de mathématiques.

Il y eut cette fois des exclamations et des hourras. Il souleva sa tasse et la leva devant lui.

— Ah, dernier détail, mais il n'est pas anodin. Nous distribuerons de la bière gratuite en fin de conférence.

Ces mots furent accueillis par de fortes acclamations.

— Foutu tricheur, marmonna William. C'est sûr qu'avec ça la réunion se terminera à l'heure !

Bobcat lui fit un clin d'œil tout en levant la première fiche.

— Je ne vais pas spéculer, dit-il, sur quel pays pourrait avoir formulé chaque question, car autant que je sache plusieurs d'entre vous pourraient avoir posé la même. Et donc, c'est parti pour la première : pourquoi pensez-vous que ces extraterrestres sont hostiles ?

Marcus se leva.

— Bethany Anne a expliqué à vos dirigeants que notre importante avancée technologique est due au mélange de technologies terrestres et extraterrestres. Ce qu'elle a omis de préciser, c'est que si nous réussissons à le faire si facilement, c'est parce que nous sommes en contact direct avec un extraterrestre.

Il fallut quelques minutes pour rétablir le calme dans la salle.

— Je vous en prie, ne me forcez pas à désigner les pays ici présents qui possèdent déjà des technologies extraterrestres. Alors, acceptons le fait qu'ils existent et passons au point suivant. Si certains veulent une preuve que nous sommes bien en communication avec un extraterrestre, il vous suffit de considérer un simple fait, visible de tous : notre technologie extraterrestre *fonctionne*. Alors, de deux choses l'une. Soit nous sommes considérablement plus intelligents que tout le monde, soit nous obtenons nos informations à la source. Je suppose qu'une autre possibilité serait que nous ayons trouvé l'équivalent extraterrestre d'une Pierre de Rosette. Je vous assure que ce n'est pas le cas, mais vous pouvez croire ce que vous voulez.

Marcus se baissa pour prendre son carnet et tourna la page pour lire la suite de ses notes.

— Non, vous ne pourrez pas parler avec l'extraterrestre. Non, il ne sera pas « à vos ordres ». Non, il n'a aucune envie de changer de camp. (Il leva les yeux.) Oui, il a un nom. Il a choisi Thalès de Milet, qui a été abrégé en TDM. Pour simplifier, Bethany Anne a décidé de l'appeler Tom et c'est ainsi que nous l'appelons tous. Je soupçonne à vos regards interrogateurs que certains se demandent pourquoi il a choisi ce nom-là. (Plusieurs personnes hochèrent la tête.) Eh bien, c'est très simple. Tom estimait que la passion de Milet pour les mathématiques représentait parfaitement la passion de son clan pour ce même sujet. Son clan est l'un des douze qui composent la société kurthérienne.

« Pour résumer, les Kurthériens représentent ce que certains auteurs de science-fiction ont appelé une 'race maîtresse'. Toute cette technologie que nous utilisons, les Kurthériens l'employaient déjà un millénaire avant notre préhistoire, si pas plus. Ces douze clans ont fait scission, se séparant en deux groupes. L'un de sept, l'autre de cinq... que nous appelons, très logiquement, les Sept et les Cinq. Au fil du temps, les Sept se sont mis à modifier génétiquement les espèces découvertes sur d'autres mondes jusqu'à ce qu'elles atteignent des capacités technologiques et guerrières suffisantes pour pouvoir combattre d'autres espèces. Très souvent, ces conflits se déroulaient dans des systèmes solaires différents.

« Puis les Sept ont décidé d'utiliser ces espèces modifiées comme chair à canon dans leur guerre contre les Cinq. De leur côté, les Cinq ont voulu aider d'autres espèces à évoluer afin qu'elles puissent mieux se défendre au cas où les Sept tenteraient de les modifier.

Derrière l'équipe BMW, un écran géant montrait l'image du

vaisseau spatial qui avait été montrée la veille aux dirigeants mondiaux.

— Pour être franc, enchaîna Bobcat, nous ne savons pas si ce machin, dans cette image un peu floue, est en fait un vaisseau kurthérien ou pas. Par mesure de sécurité, nous préférons supposer qu'il est hostile envers l'humanité. Nous n'avons aucune intention de le détruire, mais je peux vous assurer que nous ferons tout notre possible pour l'empêcher de repartir.

Il prit une nouvelle fiche.

— Que peuvent faire nos pays pour se préparer ? (Bobcat considéra l'assemblée.) Primo, vous allez devoir décider une bonne fois pour toutes si vous admettez que les extraterrestres existent. Deuxio, vous allez devoir arrêter de croire qu'une race capable de voyager plus vite que la lumière ne peut qu'être pacifique. Si vous ne souhaitez faire ni l'un ni l'autre, voire aucun des deux, autant vous tirer de suite une balle dans la tête.

William se leva en secouant la sienne. Il regarda ses deux collègues, puis la foule.

— Vous devez concentrer vos efforts scientifiques dans les domaines de la génétique, de la gravitique et de la défense proactive. Ce serait pas mal si vous pouviez vous entendre mieux avec vos voisins, plutôt que de vous battre sans arrêt. Mieux vaudrait économiser vos forces pour combattre ce nouvel ennemi. (Il pointa vers le plafond.) Nous comprenons vos craintes, que de parler de menaces extraterrestres puisse provoquer une réaction hystérique de la part du peuple. Toutefois, ce n'est qu'une supposition de vos gouvernements respectifs. Mais si vous préférez ne pas informer vos populations, prévoyez au moins une explication au cas où vous auriez besoin un jour d'avouer la vérité.

Le mécanicien se rassit et Marcus en fit autant pendant que Bobcat passait à la question suivante.

— En supposant que ce vaisseau soit hostile et que nous

puissions le maîtriser, cela nous ferait gagner combien de temps ? (Il regarda de nouveau leur public.) Très franchement... nous n'en savons rien. Après en avoir discuté avec notre contact, nous pensons qu'il s'agit d'un éclaireur. La réponse la plus sûre est cinq ans. Mais cela pourrait nous en faire gagner une vingtaine. S'ils ne sont *pas* hostiles, ce qui est peu probable, nous pourrions avoir une centaine d'années devant nous. Un point à notre avantage est que notre planète ne se trouve pas dans une zone de passage fréquent. Selon Tom, il est probable qu'ils croient que notre système solaire est sans la moindre utilité. C'est d'ailleurs l'une des raisons pour laquelle ils nous ont laissés tranquilles si longtemps. Nous avons des preuves de leur passage sur Terre, aussi bien les Sept que les Cinq. Un de ces jours – peut-être demain, peut-être dans dix ans –, ils reviendront pour faire le point.

Apparemment, la bière promise n'était pas aussi alléchante que les informations fournies.

Bobcat perdit son pari contre William lorsque la réunion se termina avec trois heures de retard.

6

TEMPLE DU CLAN AUX MONTS DABA, HUBEI, CHINE

Sun Zedong, ex-général de l'APL, était assis dans une position relaxante dans le temple du Clan Sacré, les yeux fermés. Un observateur aurait pu le croire paisible, à le voir là, dans la faible lueur des bougies, les ombres dansantes sur les murs de pierre taillés dans la roche sacrée.

Mais il n'en était rien.

Zedong patientait, comme l'enseignait Sun Tzu. Il faut étudier l'ennemi et le frapper d'une position forte et non d'une position d'ignorance.

Son sauvetage inattendu par l'Impératrice Léopard avait eu l'avantage de le sortir de la ligne de mire du gouvernement. À présent, Zedong était prêt à se remettre dans la ligne de mire pour le bien de son pays et de son peuple.

Il entendit à peine les pas qui approchaient lorsqu'une voix douce appela son nom.

— Zedong, l'Impératrice souhaite vous parler.

Il ouvrit les yeux alors qu'une cloche sonnait au loin, appelant les fidèles qui se recueillaient en ce lieu oublié du monde.

Zedong garda ses pensées claires, repoussant ses inquiétudes au-delà de sa conscience. Il y avait déjà eu trop de petits indices qui lui faisaient croire que quelqu'un ici, peut-être l'Impératrice elle-même, pouvait lire dans les pensées.

Il fit un signe de tête aux gardes postés devant la porte de la suite. Ils le laissèrent passer. En vérité, il n'y avait rien qu'il eut pu faire à cette femme. Elle avait déjà démontré sa capacité à se transformer, la rapidité de guérison de ses fidèles et la vitesse de ses attaques.

Qu'était-il comparé à ça ? Un enfant, sans doute.

Et puis, il y avait le père. Celui-là n'était jamais à plus de quelques mètres d'elle.

Stefanie Lee portait une robe blanche, avec une broderie verte représentant un léopard sur le côté droit. L'autre côté était dépourvu d'illustration. Elle était assise à une table, avec des coussins autour d'elle pour ses invités.

Il s'arrêta devant elle, s'inclina, puis se dirigea vers sa gauche lorsqu'elle hocha la tête.

— Général Sun, dit-elle. Nous avons attendu aussi longtemps que possible que les puissants se détendent. Nous ne pouvons patienter plus longtemps. Je crois que c'est le premier ministre britannique qui a dit « Chaque heure de temps perdu est une chance de malheur futur » ?

— Non, mon Impératrice, c'était le dirigeant français, Napoléon.

Elle hocha la tête.

— C'est exact, merci. J'ai besoin de vos services, général. C'est pour cette raison et pour quelques autres que je vous ai sauvé. Vous comprenez ?

— Bien sûr, mon Impératrice. J'ai bien compris que vous comptez utiliser mes contacts et mes connaissances pour aider à l'expansion du Clan. (Zedong pinça les lèvres.) C'est une exigence contractuelle logique pour m'avoir sauvé la vie.

Stefanie Lee l'étudia un instant.

Yin, peux-tu me dire s'il ment ?

Ses pensées sont aussi paisibles que celles d'une personne qui parle véridiquement. Bien sûr, il pourrait aussi être un menteur invétéré.

Dans ce cas, nous avons besoin d'assurance.

— Ting, appela-t-elle à haute voix.

Ils attendirent en silence quelques instants.

Zedong ne fut pas surpris de voir bientôt arriver la paysanne.

— Oui, Impératrice ?

— Tu vas partir avec le général en hélicoptère pour rencontrer certains de ses contacts. Voyez qui peut être persuadé que l'avenir de la Chine repose entre les mains du Clan Sacré et non celles des égoïstes dirigeants actuels de notre nation.

Ting s'inclina très bas.

— Oui, Impératrice.

Zedong imita la jeune femme puis se redressa pour la suivre. Ce ne fut que bien plus tard qu'il s'autorisa un soupçon d'espoir.

L'Impératrice Léopard avait fait appel à une simple paysanne pour le surveiller.

Il était impossible, pensa-t-il, qu'elle puisse comprendre les subtilités des discussions qu'il aurait avec ses contacts.

VRG *Archange*, zone d'entraînement des Garces

LA SALLE d'entraînement était plutôt grande, avec une zone d'observation protégée par une vitre transparente et incassable sur un côté, où huit personnes pouvaient s'installer pour observer les combattants.

Mais la pièce était actuellement vide, sauf pour deux personnes. Deux amis qui avaient emprunté une route infernale pour chasser les Réprouvés et les Nosferatu à travers tous les États-Unis. Une route qui s'était terminée dans les Everglades, en Floride.

C'est là que la vie de John avait failli s'arrêter, alors qu'il étouffait sur son propre sang, son couteau enfoncé dans sa poitrine par le Nosferatu qu'ils avaient affronté. À eux quatre, ils avaient pu régler son compte à un Nosferatu... mais avec deux, ça en faisait un de trop pour qu'ils puissent tous survivre à l'affrontement.

John avait été blessé et c'était mieux ainsi. Si quelqu'un devait y passer, il préférait que ce soit lui, plutôt que l'un de ses compagnons. Ces hommes avaient été ses frères, ses potes... si l'effusion de son sang leur permettait de survivre, son sacrifice n'aurait pas été vain.

C'est alors que Bethany Anne était arrivée de nulle part.

Comme une démone, elle était apparue, ses yeux rougeoyants. Son ami Éric avait retiré le couteau pour laisser la vampire lui offrir son sang, ce sang si précieux et pourvoyeur de vie.

À présent, son ami voulait faire quelque chose de dangereux, quelque chose que John voulait désespérément le décourager de faire.

— T'es pas un peu timbré, non ? (John secoua la tête.) De toutes les idées les plus stupides que tu pourrais avoir pour attirer l'attention d'une fille, celle-ci décroche largement le pompon. Je crois vraiment pas que lui botter le cul est la meilleure façon de t'y prendre, mon pote.

Éric haussa les épaules.

— Je ne me réjouis pas non plus de devoir parler avec Bethany Anne et Stephen après toi... (Il se pencha sur le côté pour s'étirer.) Mais je veux être sûr qu'elle comprenne, jusqu'au plus profond de son être, que je ne suis plus le même homme qu'elle a sauvé au Costa Rica.

— Ni le chiot admiratif ? demanda John tout en s'échauffant à son tour.

— Ouais, ça non plus. Bon, je sais bien qu'elle a plus de cinq cents ans. Mais tu te rends compte de l'avantage ? J'aurais jamais à craindre d'oublier son anniversaire. Je doute qu'elle veuille un rappel de son âge !

John ricana.

— Je suppose que c'est une façon de voir les choses. D'un autre côté, ça veut sans doute dire que tu peux lui offrir des cadeaux les trois cent soixante-quatre autres jours.

— Aucun souci pour ça, dit Éric en se redressant. Sinon, à part me dire que c'est une mauvaise idée, que peux-tu faire pour m'aider à me préparer ?

— Ça va, mon frère, je vais t'aider. Mais sache que le but principal pour toi sera de pouvoir te relever. (L'expression de John bascula de la sollicitude à l'espièglerie.) Par contre, je dois te prévenir que tu vas rencontrer mes amis. (Il leva son bras gauche.) Douleur... (Il tourna la tête vers son bras droit, dont il fit jouer les muscles.) Et Destruction.

Éric roula des yeux en voyant les pitreries de John. Il décida de profiter de sa distraction pour l'attaquer.

Quelques secondes plus tard, deux techniciens qui marchaient dans le couloir longeant la salle d'entraînement sursautèrent en entendant un claquement sec si violent que le mur en trembla. Ils se lancèrent un regard avant de s'éloigner d'un pas rapide.

Personne ne voulait être là au cas où quelque chose passerait au travers du mur.

À l'intérieur, Éric se releva du sol, un peu groggy.

— Leçon numéro un, dit John. Gabrielle est sournoise. Elle a des centaines d'années d'expérience. Si tu n'as pas aimé ça, imagine ce que ce serait si tu avais l'écho de son rire qui résonnait dans ton crâne en ce moment... et à quel point cela te mettrait en rogne.

Éric se redressa et hocha la tête. Il entendait bien que son ami disait quelque chose, mais cela ne tenait pas debout. Il leva une main.

— John, je suis sûr que c'était un très bon discours, mais mes oreilles bourdonnent trop en ce moment pour que je puisse entendre quoi que ce soit !

La montagne ambulante se dirigea vers son ami, un grand sourire aux lèvres.

Puis son poing s'abattit.

Il n'y avait personne dans le couloir lorsque le coup résonna cette fois-ci.

— Bordel... de merde ! (Éric se releva avec difficulté, sur des jambes vacillantes.) Je vais t'arracher la queue et te battre avec jusqu'à ce que tu cries pitié, espèce de bouffeur de culs diarrhéiques !

Ses plaies guérissaient vite, mais il voulait voir s'il pouvait attirer John un peu plus près.

— Jane va te quitter, continua-t-il, après que tu auras recousu ta bite et que tu y auras attaché des sucettes et les auras enveloppées avec du ruban adhésif pour tout maintenir en place.

John éclata de rire, mais ne bougea pas d'un poil.

— T'es une Garce de la Reine, bon sang ! Il faut que tu apprennes à connaître tous les avantages qui viennent avec. Tu t'es laissé aller, mon pauvre.

Éric plissa les yeux.

— Ça veut dire quoi, ça ?

— Pourquoi crois-tu que je veux tout le temps m'entraîner avec Bethany Anne ?

Tout en parlant, John se déplaça vers sa gauche, essayant de repérer une portion du mur qui était un peu plus rembourrée.

— Parce qu'elle aime te botter le cul et que tu es maso ?

Voyant que son ami ne tombait pas dans le panneau, Éric fit deux pas à gauche.

— Non, connard d'ectoplasme moisi, parce que nous pouvons pousser nos capacités plus loin que même les vampires les plus âgés. Sauf Michael, j'imagine. Je crois pas qu'on pourrait le battre sans quelques décennies d'entraînement.

— Tu crois qu'il est toujours en vie ? demanda Éric.

John s'arrêta et pencha la tête.

— Qui donc, Michael ?

— Ouais. Imagine qu'il soit coincé quelque part, style dans l'éthérique, voire perdu... (La voix d'Éric semblait le supplier.) Ce n'est pas impossible, tu sais.

John se gratta le menton.

— Je sais pas, je...

Éric se jeta sur lui, essayant de le prendre par surprise.

Cette fois, le bruit dans le couloir fut encore plus étouffé. À l'intérieur, un chapelet de jurons retentit – long, bruyant et coloré.

— *Commenttuasfaitpourmetoucherputaindebordeldemerde* ? hurla Éric.

John, les yeux rouges, écarta les bras, un sourire carnassier aux lèvres.

— Bienvenue dans la peau d'une vraie *GARCE*.

Éric en resta bouche bée, fixant son ami, dont le sourire ne faisait que grandir.

— Voilà ce que nous sommes, mon ami. Et si tu veux Gabrielle, tu vas devoir te transcender et embrasser ta nature.

Kaifeng, Province de Henan

TING OBSERVA le général pendant qu'ils marchaient paisiblement dans une étroite allée entre deux immeubles qui devaient dater des années cinquante. L'odeur qui titillait ses narines – ni agréable, ni désagréable – mêlait nourriture et déchets, avec de légers relents d'alcool.

Ceci serait leur troisième rencontre en autant de jours. La paysanne écoutait toutes les conversations. Le général n'avait pas une fois mentionné le Clan Sacré, mais il avait évoqué l'apparition d'une nouvelle puissance en Chine.

Elle se tenait toujours un peu en retrait, derrière lui, comme était censée le faire une personne qui lui était inférieure. Malgré cela, son ouïe était suffisamment fine pour qu'elle ne rate jamais rien.

— Nous allons entrer par-derrière, dit Zedong à voix basse. Si doit m'attendre là. Il est, ou du moins était responsable des services de renseignements dans cette région.

Alors qu'il ouvrait la porte, elle hocha la tête pour indiquer qu'elle avait bien compris. Il l'ouvrit assez pour qu'elle puisse passer derrière lui.

La pièce était de taille moyenne et pas très animée. Ting remarqua un homme, plutôt corpulent, assis dans un box en face du bar. Le plancher en bois était marqué par les nombreux mouvements de tables et de chaises au fil des décennies. Et taché d'alcool et de nourriture.

L'odeur persistante de cigarettes l'agaçait. Elle détestait ces vieux bistrots où l'on pouvait manger, la puanteur y était toujours épouvantable. Son Impératrice ne lui avait pas ordonné d'orienter le général vers de meilleurs établissements, alors elle l'avait laissé choisir.

Le général Sun, remarqua-t-elle, serra ici encore la main de son contact d'une façon particulière. Elle arrêta de les observer pour étudier les lieux et compta douze autres hommes et deux femmes. La plupart buvaient, quelques-uns fumaient.

Ses yeux se baladaient, mais ses oreilles écoutaient ce que disaient les deux hommes.

— Je dois vous avouer, mon général, que votre tête a été

mise à prix. Le montant est d'ailleurs fort élevé. Le président du comité est très mécontent que vous ayez pu vous enfuir.

Zedong haussa les épaules.

— J'ai été moi-même surpris par la tournure des événements. Toutefois, le groupe qui a détourné l'avion est très puissant et cherche à établir des relations avec des personnes d'influence. Des personnes qui auront des opportunités de promotion... (Il regarda nonchalamment autour d'eux.) ... quand des positions au sommet se libéreront.

Ting vit Si lever son petit verre de whisky pour porter un toast alors que Zedong murmurait son nom.

— Ting...

Elle se retourna à temps pour voir leurs verres tinter.

Mais ce fut le son d'un pistolet que l'on arme derrière elle qui l'alerta du danger.

Elle s'accroupit sur place, écarta les jambes et baissa la tête jusqu'au sol. Le premier coup passa au-dessus de sa tête, la balle se logeant dans le mur fait de bois et d'argile. Des débris arrosèrent le général et son ami.

Les yeux de Ting virèrent au jaune et ses dents se transformèrent.

C'était donc une embuscade ?

Elle n'était pas du genre à savoir quoi dire dans une soirée mondaine, mais là elle était dans son élément. Sa première responsabilité était d'emmener le général. Si cela s'avérait impossible, elle devrait faire en sorte qu'il ne puisse pas parler.

Ting s'appuya contre le sol, puis utilisa ses bras pour se projeter dans les airs, les griffes de ses mains mesurant déjà cinq centimètres. Elle se tendit vers le cou du général tout en cherchant un appui sur le mur. Le second coup de feu toucha le sol, là où elle s'était trouvée un instant avant.

Les ongles de son pied droit s'enfoncèrent dans la surface en bois de la table alors qu'elle se projetait en l'air. Zedong leva les yeux et couvrit son visage des mains pour se protéger –

comme si cela aurait pu arrêter une balle perdue. Mais tout ce qu'il pouvait voir était les deux yeux jaunes de la mort qui venaient sur lui.

Ting remarqua que l'homme n'avait pas peur. Il semblait plutôt résigné.

Cela signifiait qu'elle avait aussi failli à son Impératrice.

Ses griffes s'abattirent sur la gorge de Zedong, la tranchant d'un coup net. Celles de son pied gauche s'enfoncèrent dans le crâne de Si, qu'elle utilisa comme appui pour pivoter et sauter.

Elle sentit une balle percer sa jambe. La brûlure était atroce.

Un hurlement de douleur s'échappa de ses lèvres. Sa fureur le fit résonner dans l'espace confiné. Ses sens se développèrent, augmentant sa sensibilité aux battements de cœur, aux cris des gens, aux objets en mouvement, aux armes que l'on sortait et braquait pendant qu'elle se lançait vers le milieu de la salle.

Elle bondit vers le bar, où le barman était occupé à esquiver les balles des tireurs qui tentaient de la toucher. Des bouteilles explosèrent alors qu'elle atterrit sur le comptoir et se mit à courir sur sa surface. Un homme en uniforme entra par une porte à l'arrière et la visa avec un fusil d'assaut. Elle sauta sur lui, plantant ses griffes dans la poitrine du militaire, déchirant la chair. Elle sentit une autre balle la frapper alors qu'elle s'extirpait de cette masse sanglante et grogna de douleur.

Les tirs et les cris ne l'empêchèrent pas de se précipiter vers la sortie. Elle défonça la porte arrière et s'élança dans la nuit. Entendant des hommes lui courir après, elle tourna dans une rue plus large et animée. Les piétons, voyant un chat énorme passer, poussèrent des cris de terreur dans son sillage.

Moins de deux mètres plus loin, Ting trouva une laverie fermée. Reprenant sa forme humaine, elle utilisa un ongle pour extraire la balle de son corps, ce qui lui permettrait de guérir plus vite. Puis elle vola des vêtements.

Tout en s'habillant, Ting considéra les implications de ce

qui venait de se passer. Bien que le général Sun Zedong soit mort, le gouvernement chinois connaissait manifestement l'existence du Clan Sacré.

L'Impératrice Léopard serait très mécontente.

7

VAISSEAU INTERSIDÉRAL YOLLIN, G'LAXIX SPHAEA

Le capitaine Kael-ven T'chmon entra dans sa suite, ses quatre pattes de crabe cliquetant *thack thack thack* contre le sol métallique pendant qu'il lisait le rapport sur sa tablette.

Avec sa main droite, il appuya distraitement contre le panneau tactile pour refermer la porte derrière lui. Il l'utilisa ensuite pour toucher l'écran et, d'un geste fluide, projeta les données sur le moniteur mural. C'était un affichage géant, au moins de la même taille que son corps. Il s'installa confortablement dans un siège prévu pour sa morphologie et tira une table vers lui pour y poser ses bras pendant qu'il analysait les enregistrements vidéos de ses sondes.

Ce système solaire arriéré, au milieu de nulle part, était en train de construire des vaisseaux.

— Vidéo numéro deux, mode plein écran.

L'enregistrement en question grossit jusqu'à prendre toute la place.

On y voyait seize objets, clairement visibles contre le fond étoilé.

— Fermeture des flux, sauf les numéros trois, cinq, neuf et treize.

Il gratta distraitement son épaule, arracha un gros morceau de peau morte et le fourra dans sa bouche pour le mâcher pendant qu'il examinait l'enregistrement.

— Optimisation de la deux et répartition de l'image sur les quatre écrans.

Il pouvait maintenant étudier les objets de façon plus détaillée.

— Ces créatures construisent des vaisseaux... mais s'agit-il de cargos ou de bâtiments de guerre ?

Inclinant la tête, il tendit la main pour se gratter pensivement le dos.

Il voyait quatre vaisseaux énormes aux angles pointus. Remarquant une lueur sur un astéroïde proche, il lança une nouvelle commande.

— Zoom sur l'objet numéro sept.

L'astéroïde grossit et il hocha la tête.

Ils avaient des tourelles pour protéger leurs vaisseaux. Ces créatures n'étaient pas sans défense.

Peut-être ne perdait-il pas son temps, après tout. S'ils pouvaient comprendre la guerre, ils devaient sans doute aussi comprendre beaucoup des nécessités que cela impliquait.

La technologie, par exemple.

Se penchant, Kael-ven T'chmon appuya sur un bouton de la table. Son interface pour prendre des notes apparut. Il lui semblait maintenant plus que probable qu'il lui faudrait quelques tours solaires pour décrypter tout ce qu'il voyait. Certains sites servaient manifestement de mines et il pouvait voir des zones qui semblaient servir à la construction de vaisseaux et de grands quartiers d'habitation.

Des énigmes, voilà tout ce qu'il avait pour l'instant. Des énigmes et très peu de réponses.

Cela ne le dérangeait pas. Il avait du temps avant de devoir envoyer un rapport à travers le Portail Annexe.

VRG *Archange*

LES PHOTOS ÉTAIENT AFFICHÉES sur quatre moniteurs, un homme par écran.

Cheryl Lynn s'éventa le visage en les regardant.

— Vous avez vraiment réussi à capturer leur essence, dit-elle.

Les filles avaient enfin réussi à organiser une séance photo de vingt-quatre heures et Mark était venu sur l'*Archange* pour lui montrer les résultats.

— J'ai fait de mon mieux. Il faut dire aussi qu'ils sont très photogéniques, ça aide. Et ils savent écouter. Ils peuvent sourire ou froncer les sourcils sur commande. Ils ont de très belles émotions. La photo de Scott avec le chaton est l'une de mes préférées.

Mark désigna le troisième moniteur.

— Vous l'avez prise quand, celle-là ?

Les filles avaient été tellement occupées à empêcher les fans féminines de gêner Mark pendant qu'il prenait ses photos qu'elles n'avaient pas tellement pu regarder les hommes travailler. Si on pouvait appeler 'travailler' de se promener à moitié nu et de poser pour des photos avec de la nourriture, des chats, des chiens et autres animaux.

Remarquant l'une des photos de John, Cheryl Lynn la désigna.

— Beurk ! Je rêve ou c'est un serpent, ça ?

— Oui. Oh, c'était un sans poison que John a trouvé dans les buissons.

Mark avait dû craindre qu'elle croie qu'il avait mis le Garde en danger.

— Oh, je ne pensais pas à ça, c'est juste que je trouve cette photo un peu glauque. On jurerait presque qu'il y a du rouge dans les yeux de John.

Mark appuya sur une touche du clavier et une nouvelle

série d'images apparut sur chaque moniteur. Les yeux de Cheryl Lynn se tournèrent en premier vers celles de Scott... et furent attirés en particulier par une qui se trouvait en bas à gauche.

Il tendait un garçon, sans doute de quatre ou cinq ans, par-dessus une corde tendue pour empêcher les fans d'envahir le plateau de tournage. Le petit avait dû passer sous la corde et Scott l'avait attrapé.

Mark commençait à expliquer ces tirages – et pourquoi il pensait qu'ils devraient être considérés – quand il remarqua que Cheryl Lynn n'avait rien entendu de ce qu'il avait dit. Il tenta de repérer la photo qui avait eu cet effet sur elle, mais il ne chercha pas longtemps. La jeune femme la désigna du doigt.

Le photographe ralluma sa tablette et y nota le numéro de la photo.

Et d'une. Plus que onze à choisir.

— Ils les voient vraiment comme ça, n'est-ce pas ? demanda-t-elle, sa voix un murmure dans le silence de la pièce.

— Comme ça ? Vous voulez dire, comme quelque chose de différent ? Oui, je suppose. On peut voir des femmes en arrière-plan sur certaines photos. Tenez... (Il désigna l'écran de Darryl.) Vous voyez la femme en haut à droite ? (Cheryl Lynn hocha la tête.) De toute évidence, elle cherche juste de la chair fraîche... mais celle-là, à côté ? Là, c'est autre chose. On le voit dans son regard. Elle veut juste voir à quoi ressemble un type bien. La deuxième femme va rentrer chez elle satisfaite de savoir qu'ils sont réels et peut-être trouvera-t-elle un jour sa propre version d'un Darryl. La première femme, par contre... (Mark sourit.) Elle va rentrer chez elle frustrée.

Cheryl Lynn se tourna vers lui, surprise.

— Frustrée ? Parce qu'elle n'a pas su attirer l'attention de Darryl ?

Mark haussa les épaules et la regarda dans les yeux.

— Aucune de ces femmes n'a réussi à attirer leur attention.

Du moins, pas d'une manière romantique. Ces types étaient là et ils s'éclataient, car pourquoi pas ? Ils étaient gentils, polis, mais sans s'intéresser à aucune de ces femmes.

Mark se pencha en avant et fit glisser la souris. Après quelques clics, le premier écran – celui avec les photos de John – devint noir pendant une seconde, puis afficha une photo unique. On y voyait le grand Garde, torse nu, regardant vers sa droite. L'objet de son attention rendait son sourire authentique. Si cela ne donnait pas envie à une femme d'accrocher cette photo au mur, Cheryl Lynn ne savait pas ce qui le ferait.

— J'ai surpris John en train de regarder Jane à un moment où elle était distraite. Franchement, je trouve que les meilleurs clichés sont ceux pris lorsque je travaillais sur un des gars, mais un autre était à proximité et pensait que je ne faisais pas attention à lui. La photo de Scott tendant cet enfant à sa mère, par exemple... (Mark jeta un œil à Cheryl Lynn pour s'assurer qu'elle l'écoutait.) Je l'ai prise pendant une séance avec Éric, pas avec Scott.

Il se pencha de nouveau pour tapoter sur le clavier.

Sur l'écran de Scott, une seule photo apparut. On l'y voyait sourire, mais pas de la même façon que John. Il s'agissait d'un sourire langoureux, de celui qui voudrait quelque chose qui lui échappe, qui est hors de portée. Son expression lui faisait mal au cœur. Elle n'aurait su dire ce qu'il voulait ou ce qu'il regardait, mais il était clair qu'il regardait vers quelqu'un.

Cheryl Lynn remarqua distraitement que Mark travaillait encore sur le clavier lorsqu'il parla de nouveau.

— J'ai pris quatre photos, dont une où j'ai un peu élargi le champ.

Elle eut le souffle coupé lorsque la nouvelle image s'afficha. C'était un peu intrusif, comme si elle lisait le journal secret du Garde, mais ça en valait la peine.

Scott la regardait, elle !

Elle en était ébranlée.

— Vous ne saviez pas ? demanda Mark avec douceur.

Cheryl Lynn essuya une larme qui avait coulé sur sa joue et secoua la tête.

— Non, je ne savais pas. Je suis une divorcée avec deux gosses qui a l'habitude de très mal choisir ses mecs. Que peut-il bien voir en moi ?

Mark regarda le visage de la jeune femme. La pièce était plongée dans le noir, ses traits uniquement éclairés par la lueur des écrans. Pendant un instant, il regretta de ne pas avoir apporté son appareil photo.

Sa réponse fut spontanée et inattendue.

— L'amour.

Temple du Clan aux Monts Daba, Hubei, Chine

INSTALLÉE SUR UNE PETITE ESTRADE, Stefanie Lee considéra les membres du clan rassemblés devant elle.

Taillée dans la roche il y a d'innombrables siècles, la pièce pouvait accueillir confortablement les quelque cent vingt personnes qui constituaient sa garde personnelle et son état-major.

Il y avait une allée centrale, que parcourut Ting, tête baissée. La rumeur avait déjà fait le tour du clan et tout le monde l'observa marcher vers l'Impératrice Léopard.

Il faut faire d'elle un exemple, dit Yin.

Yang était d'accord.

Oui. La force est essentielle. Aucune faiblesse ne doit être tolérée. Il en est ainsi depuis la nuit des temps, avant même la naissance de votre monde.

Stefanie Lee se garda bien de répondre, se contentant d'écouter les deux Kurthériens pendant que Ting s'approchait.

Maintenant, continua Yin, *son échec va créer des problèmes. Le gouvernement de ce pays va attaquer cet endroit. Ils vont t'enlever ton pouvoir, te dépouiller et faire des expériences sur nous.*

C'est beaucoup trop tôt, ajouta Yang. *Nous avons encore tant à faire...*

Silence, ordonna Stefanie. *Mon pays, mes règles. Il y a déjà une traînée kurthérienne sur cette planète, je n'en serai pas une autre. C'est parce que je me suis fiée à vous que j'ai envoyé Ting et le général sur cette mission. Vous avez été incapables de me prévenir qu'il mentait, alors bouclez-la et laissez-moi gérer ça à ma façon.*

Elle garda la tête haute... de manière royale, lui sembla-t-il en regardant ses sujets. Il était temps pour elle de prendre le contrôle.

Parfois, certains sacrifices devaient être faits.

La jeune paysanne s'arrêta à l'avant de la pièce et s'agenouilla devant son Impératrice.

Cette dernière prit la parole.

— Devant nous se prosterne Su Ting. Elle si dévouée au clan, dont les parents et grands-parents ont travaillé dans l'obscurité pendant des générations pour préparer l'ascension du Clan Sacré. Nous voilà enfin à l'aube de cette ascension, prêts à prendre les rênes pour montrer le chemin au monde entier. Le soleil brille sur nous et les puissants savent que nous existons. Malheureusement, le général Sun Zedong a pu donner des informations non sanctionnées à ses interlocuteurs pendant qu'il nous cherchait des alliés au sein de l'armée.

Stefanie Lee baissa les yeux.

— Su Ting, lève-toi.

La paysanne obéit et l'Impératrice posa sa main gauche sur le front de la jeune femme et sa main droite sur sa gorge.

— Su Ting, acceptes-tu le jugement de l'Impératrice Léopard, ta souveraine ?

Ting déglutit, sentant les doigts serrer sa gorge.

— Je l'accepte, répondit-elle à voix haute et sans hésiter.

— Su Ting, ta famille a été fidèle pendant de nombreuses

générations. Tu l'as toi-même été, mais tu n'as pas été à la hauteur de la tâche que je t'ai confiée. Par ta faute, le Clan Sacré doit agir plus tôt que prévu, alors que nous ne sommes pas prêts. Emporte mon amour avec toi...

Ting n'eut pas le temps de réaliser ce qui se passait lorsque la main qui lui serrait la gorge se transforma. Des griffes s'allongèrent et s'enfoncèrent dans la chair, déchirant le cou de la jeune femme.

Le corps de la paysanne s'écroula au sol, encore pris de convulsions.

Sans changer sa main, qui dégoulinait encore de sang, l'Impératrice s'adressa à ses sujets.

— Prévenez tout le monde. Dans les champs, dans les villages et dans les cités. (Elle fit une pause.) Nous partons en guerre.

VRG *Archange*

— Voilà, vous avez vu toutes les photos.

Mark regarda la jeune attachée de presse qui demeurait silencieuse.

— Quelque chose ne va pas ? demanda-t-il.

Cheryl Lynn se tourna vers lui.

— Pas du tout ! (Elle regarda de nouveau les seize images qu'ils avaient sélectionnées.) Bordel, on va vendre des millions de ces calendriers ! Ces hommes vont avoir besoin de sécurité. J'y crois pas. Vous avez même réussi à ce qu'Éric ait l'air bien.

— Qu'est-ce qui ne va pas avec Éric ? C'est un beau gosse, non ? (Tout en parlant, Mark finissait de noter les numéros des images choisies.) Je trouve que cette photo de lui en train de jouer au volley-ball est plutôt intense.

— Oui, oui, bien sûr, c'est juste une facette de lui que je ne connaissais pas. Pour ma part, je l'ai toujours vu comme un mec un peu tête en l'air. Je sais pas, peut-être que je m'explique mal. C'est comme s'il vivait sans trop se soucier de rien, se contentant de réagir aux événements, sans réelle détermination. Ouais, c'est ça. (Elle hocha la tête.) Il ne semble jamais vraiment avoir d'objectif dans sa vie.

— Et c'est quoi votre objectif à vous, si je peux me permettre ?

Cheryl Lynn fronça les sourcils.

— Le mien ? Tenter de garder sous contrôle cette tornade médiatique nommée Bethany Anne. Cette femme est un typhon d'emmerdes, un ouragan de tracas, une tornade de tourments, le tout enveloppé dans un paquet cadeau.

Mark secoua la tête en désignant la photo de Scott.

— N'ignorez pas l'évidence qui se trouve sous votre nez.

Les épaules de la jeune femme s'affaissèrent.

— J'avais pas vu sur votre carte de visite que vous étiez aussi entremetteur.

Le photographe sourit en sortant son portefeuille.

— C'est vrai que j'aime bien arranger les relations.

— M'étonne pas, dit-elle en tirant une chaise et en s'y installant. Et donc, vous pensez que mon problème c'est quoi exactement ?

Il rangea son portefeuille.

— Vous ne vous croyez pas à la hauteur. Vos expériences passées affectent la confiance que vous avez en vous-même, mais Scott n'a pas ce filtre devant les yeux. (Mark ralluma le troisième moniteur.) Laissez-moi vous montrer quelque chose.

Il passa quelques instants à tapoter sur le clavier et cliquer avec la souris, jusqu'à ce que six photos s'affichent à l'écran. Cheryl Lynn le regarda dans les yeux et hocha la tête pour lui indiquer qu'elle comprenait.

Elle posa une main sur l'épaule du photographe.

— Je ne sais pas comment vous vous débrouillez dans vos

propres relations, Mark, mais peut-être que vous m'avez donné assez de force pour croire qu'il ne me rira pas au nez.

Elle regarda une dernière fois les images avant de se redresser avec un air résolu sur le visage.

— Maintenant, faut juste que je trouve Monsieur English pour lui dire ses quatre vérités.

L'instant d'après, Mark se retrouvait seul dans la petite pièce.

Il prit sa tablette, sélectionna les six photos et les envoya par email à Cheryl Lynn. Il rangea ensuite son téléphone et gribouilla quelques notes en sifflotant.

8

VRG ARCHANGE

Cheryl Lynn entra dans la suite de Bethany Anne après avoir passé la sécurité. Elle trouva la vampire allongée sur son lit, une main posée sur Ashur, les yeux rivés sur sa tablette.

— Tu fais quoi, boss ?

L'attachée de presse laissa tomber ses dossiers sur le petit bureau qu'Ecaterina avait fait amener de la maison en Floride. Même là-bas, pourtant un quartier hyper-sécurisé, ils avaient eu du mal à empêcher les curieux d'approcher.

Ils avaient décidé qu'il était temps de fermer ces deux maisons.

Bethany Anne répondit sans détourner les yeux de sa tablette.

— J'essaie de deviner où se trouve ce fils de pute d'extra-terrestre.

— Comment, par osmose ? (Cheryl Lynn tira une chaise et s'y installa.) Tu espères peut-être que ce que tu regardes va magiquement se mettre à te parler ?

— As-tu déjà joué à la bataille navale ? demanda Bethany Anne, ignorant la question de la jeune femme.

— Quoi ? Oh, tu veux dire ce jeu où l'on doit éliminer des zones jusqu'à pouvoir deviner l'emplacement d'un bateau ?

— Oui, sauf qu'ici au lieu d'avoir, quoi, une centaine de cases ? On a l'infini.

Cheryl Lynn leva une main.

— Attends une seconde, tu m'as embauchée pour gérer les relations publiques. J'ai épluché mon contrat plus d'une fois et il n'y est absolument pas requis que j'ai la moindre compétence en mathématiques.

Bethany Anne leva les yeux vers elle.

— Quoi ? Je comprends pas. En quoi cela relèverait-il des maths ?

— Chaque fois que tu lances des nombres comme cent et l'infini, il y a des maths entre les deux qui ont besoin d'être résolues. Tu devrais voir ça plutôt avec Marcus. Ou même avec Frank et Barb, tiens. Elle est plutôt douée pour retrouver des gens, alors elle aurait peut-être une ou deux suggestions à te faire ? D'ailleurs, avec tout ce temps qu'ils passent à chercher Stefanie Lee, ils ont sans doute besoin de se changer un peu les idées.

Bethany Anne se renfrogna.

— On va trouver cette salope et j'ai bien l'intention de lui couper ses putain de bras et les lui faire bouffer après l'avoir enfin clouée au mur.

Bon, pensa Cheryl Lynn, *je vois que ça reste un sujet sensible...*

— Ouais, d'accord, mais ils peuvent peut-être faire ça et avoir besoin d'autre chose pour se changer les idées. Enfin, c'est juste une suggestion, hein, pas une obligation.

Bethany Anne s'appuya sur ses oreillers.

— Je comprends, mais ça me contrarie de savoir qu'elle est encore en vie, quelque part... Je peux pas l'oublier et continuer mon petit bonhomme de chemin sans d'abord refermer cette porte. De préférence, sur sa tête. De multiples fois, jusqu'à ce qu'elle explose comme une pastèque.

— Tu vas tourner la page sur Michael ?

Les mots étaient sortis de sa bouche avant que Cheryl Lynn n'ait le temps de réfléchir. Elle roula des yeux en réalisant à quel point c'était de mauvais goût.

Mais Bethany Anne avait déjà reporté son attention sur la tablette.

— Non, répondit-elle. Je vais m'occuper des Illuminati. Michael, lui, a tout intérêt à ramener son cul ou j'irai moi-même le chercher dans l'après-vie et je lui botterai le cul si fort qu'il volera par-dessus le Styx jusqu'au monde des vivants. Ensuite, je le rattraperai et donnerai des bisous sur ses bobos pour qu'il aille mieux.

— Pas trop inquiète pour Cerbère ?

Cheryl Lynn fut surprise de voir Ashur lever la tête et aboyer vers elle avant de la reposer sur le lit.

— On dirait qu'Ashur ne l'est pas, en tout cas.

Bethany Anne regardait son chien de travers.

— Je jurerais qu'il devient tous les jours plus intelligent. On a regardé une émission l'autre jour sur la mythologie grecque et maintenant voilà qu'il réagit au nom de Cerbère ! (Elle ébouriffa la tête d'Ashur.) Est-ce que quelqu'un t'a dit récemment que tu es un sacré beau chien ? (L'animal ricana.) Eh bien, je viens de le dire. Ne laisse pas ça tant te monter à la tête que tu ne puisses plus passer par la porte. (Le commentaire fut reçu par un nouveau reniflement amusé.) Ouais, je suppose qu'on pourrait toujours passer par l'éthérique, mais ce serait une putain de corvée. Imagine qu'on se translocalise dans une pièce si petite que ta tête heurte un mur et explose... (Ashur gémit.) Voilà, tu vois, alors mieux vaut veiller à ne pas la laisser trop grossir, ta tête.

Cheryl Lynn observa l'échange en silence et eut un frisson. La communication entre ces deux-là était époustouflante...

Ou alors Bethany Anne perdait les pédales.

— Euh, patronne ? (La vampire se tourna vers elle, un

sourcil arqué.) C'est quand la dernière fois que tu as parlé avec une personne normale ?

Elle répondit sérieusement, sans laisser le moindre soupçon d'humour illuminer son visage.

— Toi, il y a une seconde.

Cette fois, Cheryl Lynn ne se cacha pas lorsqu'elle roula des yeux.

— Je ne suis pas normale ! (Elle engloba la pièce d'un geste circulaire de la main.) Qui d'autre se trouve dans l'atmosphère terrestre à bord d'un putain de vaisseau de guerre spatial ? Rien que ça, ça pourrait remettre en question ma 'normalité'. Ajoutes-y que ma patronne est une reine-vampire, que mon petit ami est une montagne de muscles et on pourrait dire que je suis si loin de 'normale' que...

Bethany Anne se redressa d'un bond et leva une main.

— Stop ! Qu'est-ce que tu viens de dire ?

Cheryl Lynn fronça des sourcils et se reprit lentement.

— Je suis dans un vaisseau de guerre spatial avec une reine-vampire, ce qui franchement...

La vampire secoua la tête.

— Ha ! (Elle pointa l'autre femme du doigt, un sourire aux lèvres.) Tu as un PETIT AMI !

— Quoi ?

Cheryl Lynn regarda le plafond en repassant dans sa tête ce qu'elle venait de dire et ses yeux s'écarquillèrent.

— Ah merde ! J'ai dit ça *à voix haute*...

Bethany Anne éclata de rire.

— Oh. Mon. Dieu. La femme qui se croit bonne à rien s'est trouvée un mec ? Comment diable est-ce arrivé ? C'est Scott, au moins ? Bordel de merde, dis-moi que c'est Scott, je t'en supplie ! (Ashur renifla et elle baissa les yeux vers sa main qui tenait fermement les poils du chien.) Désolée, mon pote, j'étais un peu trop excitée. Je vais faire plus attention. (Elle tourna de nouveau son regard vers l'attachée de presse.) Bon, allez, crache le morceau !

Cheryl Lynn jeta un regard vers la pile de dossiers qu'elle avait apportée pour en discuter avec sa reine.

— Et puis merde, marmonna-t-elle. Ce n'est pas comme si tu ne pouvais pas tout lire dans mon esprit si tu le voulais.

Elle se leva, enleva ses chaussures et s'assit en tailleur sur le lit.

— Mon erreur fut de parler de Scott avec Mark Koeff...

Avant qu'elle ne puisse aller plus loin, on frappa à la porte et une voix annonça que Gabrielle était arrivée.

— Qu'elle entre, cria Bethany Anne.

Une seconde plus tard, la vampire plus âgée entrait dans la suite.

— Franchement, un Coca et des popcorns ? C'est quoi ces conneries ?

Bethany Anne sourit en voyant Cheryl Lynn s'enfoncer la tête dans les mains.

— Je tombe sous le charme d'un mec et ça devient un spectacle de foire ?

— Oooohh ! Une soirée entre filles ? (Gabrielle passa dans une petite pièce attenante tout en continuant de parler.) Je récupère un truc à boire pour moi et un verre d'eau pour Cheryl Lynn. Elle va peut-être devoir faire attention maintenant à ce qu'elle mange ou boit.

Les deux autres femmes l'entendirent rire à sa propre blague.

— Bordel de merde, cria Cheryl Lynn, c'est quoi ce délire ? Qu'est-ce qui te fait croire que je vais être encore enceinte de si tôt ?

Ils entendirent la sonnerie du four à micro-ondes.

— Oh, ma chérie, de nous trois tu es la seule à avoir déjà eu deux gosses.

Gabrielle revint dans la pièce, portant trois boissons et un sachet de popcorns. Elle distribua les bouteilles, retira ses chaussures et s'installa à son tour sur le lit.

— Nous deux, ajouta-t-elle, on a été mises hors service par, euh, l'extraterrestre lui-même.

Bethany Anne ouvrit le sachet et jeta des popcorns dans sa bouche.

— Non, dit-elle, Cheryl Lynn est mise hors-service par le même docteur jusqu'à ce qu'elle en décide autrement.

Après avoir engouffré une autre poignée de popcorns elle fit à la jeune femme un geste l'enjoignant à reprendre son histoire.

Cheryl Lynn grimaça en regardant vers Gabrielle.

— D'accord, mais si ça sort d'ici, je jure que je découvrirai la manière la plus douloureuse de tuer une vampire de cinq cents ans.

La concernée dessina une croix sur sa poitrine, fit mine de verrouiller sa bouche avec une clé et de la jeter par-dessus son épaule.

Tu en as déjà parlé à ton père ? demanda Bethany Anne.

Putain, ouais ! répondit Gabrielle. *Mais ce n'était pas aussi drôle que je l'espérais, car il a le béguin en ce moment. Il ne parle que d'émotions et de processus chimiques... Je récupère un peu de mon aventure avec Ivan.*

Ça y est, tu t'en es remise ?

Ouais, mais il m'aura bien fallu quelques mois.

Et ?

J'ai brûlé deux poupées à son effigie. Oh, en réalité, c'était surtout un truc physique.

C'est la première fois que tu es trompée ?

Non, pas tout à fait. Ils pensaient qu'ils étaient sur le point de mourir. Par contre, c'est la première fois que cela arrive avec une autre vampire. Ça a blessé ma fierté. D'autant plus que cette pimbêche est une chieuse en manque d'attention. Je mets tout ça sur le compte qu'ils se croyaient sur le point de mourir.

Et donc, deux poupées ?

Une par personne. Hé, tu me passes le popcorn ?

Bethany Anne se pencha pour offrir le sachet à Gabrielle.

— T'en veux ?

— Merci !

L'autre vampire plongea sa main dans l'emballage et la ressortit avec une poignée de popcorns.

Bethany Anne présenta le sachet à Cheryl Lynn.

— Non merci, je fais attention à ma silhouette.

— C'est quelqu'un d'autre qui devrait mater ta silhouette. Je suis à peu près sûre que c'est Scott qui devrait s'y intéresser. Et puis, tu peux pas grossir, de toute manière, ça fait partie des choses qui ont été ajustées.

Cheryl Lynn cligna des yeux, confuse.

— Hein, quoi ? Qu'est-ce qu'elle a, ma silhouette ?

Bethany Anne se mordilla l'intérieur de la joue.

— Je crois que nous avons un sérieux problème, là. Et ce n'est pas quelque chose que Tom peut résoudre. (Elle posa sa tête contre sa main et se tapota les lèvres.) Je crois que nous allons devoir être directes, c'est la seule manière.

Cheryl Lynn écarquilla les yeux en voyant les deux autres femmes sauter hors du lit.

— Eh là ! Je préférerais pas. Ou faisons comme si c'était déjà fait, d'accord ? (Sa voix monta d'une octave, l'inquiétude inondant son esprit.) Vous faites quoi, là ?

— Rien que nous n'aurions dû faire plus tôt, répondit Bethany Anne. Et puis, si nous ne réglons pas ça tout de suite, cela pourrait vraiment foutre en l'air ta relation avec Scott.

— De quoi veux-tu parler, bon sang ? Et comment ?

Cheryl Lynn se retourna dans le lit alors que Gabrielle fermait toutes les portes de la suite.

— Le miroir ? demanda cette dernière.

— Dans le placard, répondit Bethany Anne. Prends le plain-pied. Et n'oublie pas qu'il faut le déclipser ou il ne bougera pas d'un poil.

La reine fut amusée de voir Cheryl Lynn avancer en crabe jusqu'au milieu de son lit. Elle le contourna tranquillement.

— Ashur !

L'aboiement soudain du chien fit sursauter l'attachée de presse. En s'éloignant instinctivement de l'animal, elle se propulsa dans les bras de Bethany Anne qui n'attendait que ça.

— Allez, viens, tu as besoin de ce médicament.

Cheryl Lynn essaya de rester molle et lourde, mais réalisa rapidement que ça ne servait à rien. Cette femme stupide pouvait la soulever aussi facilement qu'une feuille de papier.

— D'accord, d'accord ! s'écria-t-elle en posant les pieds par terre. On va faire quoi, exactement ?

— Eh bien, pour commencer, tu vas te déshabiller.

— QUOI ? (Elle tourna la tête en voyant Gabrielle revenir avec un énorme miroir.) Bordel, non ! Même pas en rêve.

Bethany Anne sourit.

— Oh que si. D'ailleurs, c'est simple. Tu peux le faire toi-même et garder tes vêtements en bon état, ou alors je te les arrache. À toi de voir.

— Tu sais, grogna Cheryl Lynn en déboutonnant son chemisier, il y a des fois où je te déteste.

Adam, je vais bientôt avoir besoin de tes compétences avec Photoshop. Trouve-moi des photos d'une femme avec la même morphologie que Cheryl Lynn, mais plus grosse.

@@. J'aurai besoin d'une photo. .@@

Laissons-là d'abord se déshabiller. Elle a vraiment besoin d'un électrochoc.

@@. D'accord. Pourriez-vous me fournir quelques photos de la pièce avant qu'elle ne soit devant le miroir ? .@@

Pas de problème.

Gabrielle haussa un sourcil en voyant Bethany Anne s'éloigner de Cheryl Lynn et lui faire signe de se pousser. Elle lui fit un clin d'œil avant de prendre des photos avec sa tablette.

— Bon, maintenant que je suis totalement humiliée, on fait quoi ?

Cheryl Lynn grommela en pliant ses vêtements, qu'elle posa sur le lit.

— Tiens-toi devant le miroir et on va pouvoir commencer. Et t'inquiète pas pour les photos, elles seront effacées. Adam gère la sécurité, donc aucun risque.

Dix minutes plus tard, la séance photo était terminée.

— Bon, dit Bethany Anne, ça devrait suffire. Tu peux te rhabiller. (Elle regarda un instant sa tablette.) *Archange*, active l'écran en face de mon lit.

La voix qui s'éleva des haut-parleurs était similaire à celle de la reine, mais légèrement électronique.

— Il s'agit de l'emplacement numéro deux dans ma configuration actuelle.

— Renommons-le 'mur principal'. (Bethany Anne reprit le sachet de popcorn.) Tenez-vous bien, les filles, nous allons avoir une nouvelle Cheryl Lynn parmi nous d'ici quelques instants.

La concernée fronça les sourcils en regardant sa reine, sa patronne et son amie et se dit que, peut-être, tout ce stress qui pesait sur ses épaules était en train de lui faire perdre le sens de la réalité. Malgré tout, elle retourna sur le lit, où elle fut rapidement rejointe par Gabrielle qui la poussa un peu pour qu'elle lui fasse de la place.

— Mets-toi au milieu, chipie, je prends le bord.

Cheryl Lynn se décala et Ashur se lova entre elle et Bethany Anne.

Gabrielle se mit à rire.

— Heureusement que ce lit est énorme !

Il y avait assez de place pour tous les quatre, et sans doute pour une cinquième personne aussi.

— Tu m'étonnes, dit Bethany Anne. C'est comme si je n'étais personne si je n'avais pas un grand lit. Mais, franchement, à quoi va me servir tout cet espace ? (Ashur renifla et la vampire lui caressa la fourrure.) Oh, il faudrait qu'il ramène son cul ici pour que cela se produise.

Cheryl Lynn jeta un regard à Gabrielle qui haussa les épaules.

— Bon, continua la reine, je vais te montrer des photos. Certaines sont de toi, certaines d'autres femmes. Les têtes ont été inversées. Je veux que tu me dises lequel de ces corps t'appartient, d'accord ?

— Euh... ouais. Comment veux-tu que je ne reconnaisse pas mon propre corps ? En plus, j'ai une tache de naissance !

@@. *Comme si je ne m'en étais pas aperçu.* .@@

— Adam dit s'être occupé de ce détail, alors arrête de chercher des excuses. Bon, on y va.

Gabrielle s'extasia en voyant la première image.

— Oh ! Beau cul. Quelqu'un devrait demander à Adam qu'il cesse de prendre des photos de moi nue pour les diffuser sur internet.

Cheryl Lynn ricana.

— Bon, ça c'est clairement pas moi. Je suis assez honnête pour comprendre pourquoi les hommes pourraient trouver ça attirant.

Bethany Anne roula des yeux.

— Oh, je t'en prie, nous les femmes sommes les pires juges lorsqu'il s'agit d'évaluer d'autres femmes. Si nous ne les aimons pas, nous les rejetons. Si nous les aimons, elles sont des salopes et des putes si elles osent regarder nos mecs.

Cheryl Lynn renchérit.

— On leur arrache leurs putain d'yeux. (Elle tendit la main gauche par-dessus Ashur pour l'enfoncer dans le sac de popcorn.) Eh bien quoi ? (Elle regarda les deux autres femmes l'une après l'autre.) C'est trop flagrant que je l'ai mauvaise ?

— Je suis juste contente que tu n'aies pas été de cette humeur quand les gars se faisaient photographier.

— Ils ne feront PAS un autre calendrier pour la reine des

garces, c'est moi qui vous le dis ! Pas question, bordel de merde !

Gabrielle se pencha par-derrière l'attachée de presse pour regarder Bethany Anne.

— On dirait que le tigre est lâché.

— Sans dec. Mais passons à la photo suivante.

Bethany Anne fit glisser un doigt sur l'écran de sa tablette.

— Ça, dit instantanément Cheryl Lynn, c'est le mien. Un peu flasque. Je te l'avais bien dit que ce serait facile.

ILS PASSÈRENT en revue toutes les images et Adam prit soin de marquer toutes celles que Cheryl Lynn disait être siennes et toutes celles qui l'étaient réellement.

— Es-tu prête à entendre la grande réponse à la vie, l'univers et le reste ? demanda Bethany Anne après qu'elles eurent vu la dernière photo.

— Ouais, dit Cheryl Lynn, pourquoi pas. Vas-y, épate-moi, Miss Évidence.

— D'accord. À gauche, il y a tous les commentaires positifs que tu as faits. À droite, tous les corps que tu dis être les tiens. Adam, tu peux s'il te plait mettre un X sur chaque image à droite où Cheryl Lynn s'est trompée ?

L'attachée de presse suivit avec curiosité l'apparition des croix. Une par une, chaque photo était grisée et barrée, au rythme d'une par seconde. En moins de trente secondes, toutes les images à droite portaient un large X rouge.

— C'est quoi ce bordel ? demanda Cheryl Lynn en regardant Bethany Anne. Y'a un truc qui va pas, là. Je connais mon corps, tout de même !

— Eh bien, continuons pour voir. Adam, enlève de l'écran toutes les photos de droite. Puis mets à leur place toutes celles de gauche qui sont des photos de Cheryl Lynn.

La jeune femme écarquilla les yeux lorsque la troisième image fut placée à droite. Sa bouche s'ouvrit alors que chaque seconde une autre photo était déplacée jusqu'à ce qu'une vingtaine de secondes plus tard, toutes étaient identifiées comme appartenant à l'attachée de presse.

Elle en avait les larmes aux yeux.

— Ça, dit Bethany Anne en désignant le mur, c'est ce que Scott voit chaque fois qu'il te regarde. (Il y eut une pause.) Enfin, ça avec des vêtements par-dessus, s'entend. (Elle regarda Cheryl Lynn.) En vérité, c'est ce que nous voyons *tous* quand on te regarde. Mais cet autre corps, c'est ce que TOI tu nous dis voir dans le miroir. Tu dois apprendre à accepter la réalité et ne pas laisser toutes ces pensées négatives sur toi-même empoisonner cette nouvelle relation.

— C'est vraiment moi ? demanda Cheryl Lynn d'une petite voix. Tu ne me fais pas marcher, là ? Ce ne sont pas des images truquées ? Tu me dis la vérité ?

Bethany Anne eut le cœur presque brisé en sentant toute cette émotion vive qui émanait de la jeune femme. Si elle pouvait seulement voyager dans le temps pour foutre une raclée monumentale à son bâtard d'ex-mari qui avait contribué à ce sentiment d'infériorité, elle le ferait sans hésiter.

Elle regarda droit dans les yeux de Cheryl Lynn, tout en s'adressant à l'IA.

— Adam, montre les photos originales.

L'attachée de presse se tourna de nouveau vers l'écran mural. Les images disparurent pour être remplacées par les clichés pris par la vampire. Chaque fois, la tache de naissance qu'elle connaissait si bien – ainsi que deux autres qu'elle n'avait jamais vues – étaient clairement visibles. Le doute ne lui était plus possible.

À la fin, Cheryl Lynn se couvrit la bouche d'une main, sanglotant en silence.

Après quelques minutes, les deux vampires l'entendirent murmurer entre deux sanglots.

— Je suis belle.

Gabrielle posa une main sur son épaule.

— Maintenant que tu le sais, assume-le et ne laisse jamais personne te faire croire le contraire.

Cheryl Lynn se contenta de hocher la tête, trop bouleversée pour pouvoir parler.

9

VAISSEAU INTERSIDÉRAL YOLLIN, G'LAXIX SPHAEA

— C'est... moche.

Le capitaine Kael-ven T'chmon ne savait pas comment décrire autrement ce qu'il voyait sur les enregistrements de leur petit drone. Il ne savait pas si ces créatures avaient la capacité de détecter son vaisseau dans l'infinité de l'espace, mais il préférait être prudent.

— Ça semble être fait de blocs disparates, assemblés au hasard et collés ensemble.

Melorn, le responsable des communications, sentant que son supérieur était d'humeur à bavarder, se permit de faire un commentaire.

— C'est très grand, capitaine. Chacun des composants principaux semble être de taille conséquente. (Il baissa les yeux pour lire le rapport analytique.) Il y a là deux cent douze éléments. Sans doute doit-il y avoir un grand nombre d'êtres dans cette station.

Le capitaine grogna.

— Pouvons-nous bloquer leurs communications ?

— Un instant, capitaine.

L'officier examina ses cadrans et programma le système

pour étudier toutes les fréquences connues, même celles découvertes des centaines de tours solaires auparavant.

— Oui, chef. Nous avons relevé un peu de trafic venant de ce... (Il désigna l'écran.) ... cette chose. Des signaux allant vers des satellites de communication au point d'équilibre de gravité de la roche lunaire morte. (Il examina un instant les données affichées sur son écran ambré.) D'après ce que je vois, nous pourrions bloquer toutes leurs transmissions avec une torpille de brouillage.

— Intéressant. (Le capitaine se pencha en avant sur son canapé.) Ils ne sont pas en ligne de mire directe de la planète. Donc, si nous perturbons leurs communications, nous pouvons frapper la station et obtenir des renseignements supplémentaires.

Station Spatiale Une, L2

ADARSH FRAPPA à la porte entrouverte du bureau de Steve.

Ce dernier leva la tête et haussa un sourcil en voyant son compatriote.

— Bree fait encore des siennes ? Je te jure, si elle râle encore une fois à propos de ces foutus grains de café, je suis capable de jeter ce nouveau moulin que Marcus a envoyé pour elle.

Adarsh ricana.

— Non, ce n'est pas d'elle dont il s'agit. Ni de ReaLea ou Kris, d'ailleurs, ni même de Joe.

— Joe se tient à carreau depuis que les Wechselbalg nous ont rejoints à bord. Chaque fois qu'il ne tient plus en place, il va se battre contre quelqu'un. Soit il se fait mettre une raclée, soit il en donne une, mais au final tout va pour le mieux dans le meilleur des mondes.

Adarsh, qui était à présent entré dans le bureau, pointa son pouce par-dessus son épaule.

— Je peux fermer ça, patron ?

Steve haussa un sourcil, mais hocha la tête.

Adarsh se retourna pour fermer la porte, s'assurant qu'elle s'emboîtait correctement dans l'encadrement. Il regarda ensuite son supérieur.

— Tu as vu les dernières données de nos recherches sur le vaisseau ennemi ?

— Bien sûr. Nous faisons ce qu'il faut pour voir s'il n'est pas quelque part dans les parages.

Il y eut quelques instants de silence.

— Avez-vous pensé à la lumière ? demanda enfin Adarsh. Absence ou variance.

Steve souleva sa casquette un instant pour pouvoir se gratter le crâne.

— Comment ça, variance ?

— Eh bien, supposons que leur vaisseau soit aussi bien dissimulé à nos yeux que nos nacelles le sont pour le commun des mortels. Qu'est-ce que cela donnerait pour toutes ces recherches que nous faisons ?

— Sans doute que nous échouerions... Mais comment diable savoir si nous ne les voyons pas ou s'ils ne sont simplement pas là ? Si ça se trouve, ils se sont cassés par un autre chemin, on n'en sait rien.

— Tout à fait exact. Mais quels types de recherches faisons-nous exactement ?

— Pas la moindre idée. (Steve se pencha pour attraper une chaise de derrière lui et la fit glisser vers son collègue.) Tiens, assieds ton cul là et voyons ensemble ce qu'il en est.

Vaisseau intersidéral yollin, *G'laxix Sphaea*

LE CAPITAINE KAEL-VEN T'chmon regarda par-dessus son épaule lorsque l'entrée à la passerelle émit un bip avant de s'ouvrir. Un membre de sa petite équipe d'intervention passa par l'ouverture. C'était le plus haut gradé de l'équipe. Il attendit que Kael-ven active la séquence qui lui permettrait de pénétrer la zone sécurisée.

Kiel était un membre de troisième rang de la société yollin – il n'avait que deux jambes et non quatre. Il y avait bien des militaires de deuxième rang à quatre pattes, mais ils occupaient des postes plus importants et ne seraient pas impliqués dans une mission sans importance comme celle-ci.

Le capitaine ne savait pas trop ce que cela disait sur lui-même.

Kiel attendit patiemment que son supérieur démarre la conversation.

— Avez-vous examiné les données sur cette station qui se trouve à l'extérieur de leur satellite mort... (Il se tourna vers Melorn.) Ils l'appellent comment, ce satellite ?

L'officier détourna le regard de ses tableaux.

— Nous avons une correspondance à quatre-vingt-douze pour cent, chef. Ils l'appellent la Lune.

Le capitaine T'chmon regarda de nouveau le militaire.

— Voilà. La station qui se trouve à l'extérieur de la Lune.

— Oui, capitaine. Nous avons examiné toutes les informations que nous avons pour l'instant. Même s'il serait assez facile de la détruire et que pénétrer la station elle-même ne semble pas compliqué, nous ne savons pas si ceux à l'intérieur sont préparés à une perte d'atmosphère soudaine et catastrophique.

Le rire du capitaine fut comme un claquement soudain, sec et bref.

— Cela poserait un problème pour l'acquisition de sujets vivants s'ils s'asphyxiaient avant que vous puissiez les saisir. Des suggestions ?

Kiel hésita.

— Eh bien... Nous avons repéré certaines zones qui paraissent avoir plus d'activités.

— De quelle manière ?

— Analyse des vibrations, capitaine.

— Intéressant. Poursuivez.

— Nous avons repéré deux zones en particulier. Si cette espèce est similaire à la majorité des autres référencées dans nos bases, il s'agit certainement de lieux de divertissement et de consommation alimentaire.

— Et donc, vous comptez faire...

— Deux attaques sur ces zones. Si nous utilisons les traîneaux, nous pensons pouvoir éperonner leurs murs et nous éjecter à l'intérieur une fois le scellement terminé.

— Hmm. Cela me semble, comment dire, un peu abrupt... Vous n'avez pas une autre solution ?

— Il y en a une autre, en effet. Si le capitaine avait l'amabilité d'afficher l'hologramme ?

Le capitaine T'chmon tourna dans sa chaise et activa les commandes nécessaires.

Un énorme hologramme de la station apparut, flottant dans les airs.

Kiel tendit ses deux bras, faisant toucher ses deux pouces opposables.

— Puis-je ? demanda-t-il.

Lorsque le capitaine hocha la tête, il fit glisser ses mains sur les côtés, les éloignant l'une de l'autre pour manipuler l'affichage. C'était la troisième mission intersidérale à laquelle participait Kiel et, pour l'instant, ce capitaine-ci semblait bien moins allergique au troisième rang que les deux précédents.

Il écarta ses bras pour amplifier le zoom, puis poussa son bras droit vers la gauche pour faire tourner l'image.

— Vous voyez ces petits cercles sur les côtés ? Si nous pouvions en déterminer les spécifications techniques, nous pourrions construire un connecteur adapté. Cela prendrait environ un tiers de jour solaire. Nous pensons que ces éléments servent temporairement à connecter des vaisseaux.

— Qui le pense ?

— Le scientifique Royleen et moi-même.

Le capitaine T'chmon hocha la tête. Il n'était pas du genre à croire que les individus de troisième et quatrième rangs étaient mentalement retardés par rapport à ceux du second. Ce n'était pas parce qu'il avait personnellement eu des preuves accablantes, mais plutôt parce qu'il avait bien vu qu'il n'était pas lui-même significativement moins intelligent que ceux du premier rang. La logique voulait que ce soit un artifice social.

Il s'en soucierait plus tard. Pour l'instant, cela lui permettait de faire confiance à l'intelligence et aux conseils de son équipe sans aucun préjugé.

Comme, par exemple, comment attaquer une station spatiale et acquérir des informations sur cette espèce...

Temple du Clan aux Monts Daba, Hubei, Chine

STEFANIE LEE CONSIDÉRA toutes les personnes assemblées dans la petite pièce. Son père n'était jamais loin, comme une ombre derrière elle, toujours prêt à la protéger. Les quatre chefs qui avaient répondu à l'appel de leur Impératrice se tenaient chacun sur un côté de la table rectangulaire.

Il lui avait fallu cinq minutes pour réaliser qu'ils ne comprenaient pas la situation ni pourquoi elle était inquiète.

— Mes chers rois, dit-elle en s'inclinant légèrement devant chacun d'eux. Nous sommes arrivés à un moment charnière pour notre avenir. Ceux qui ont fondé le Clan Sacré et ceux qui l'ont dirigé pendant des générations n'ont malheureusement pas eu le temps nécessaire pour mettre en place la stratégie primaire de la furtivité.

Elle but une gorgée de son thé avant de poursuivre.

— Et cela en partie parce qu'un autre groupe extraterrestre a attaqué notre pays et, par ce fait, a révélé notre existence. Ce groupe a empêché les dirigeants actuels de la Chine d'acquérir leur technologie...

— Ce sont des vampires ? demanda respectueusement le roi Qin. Les descendants de Michael ?

— On le dirait, en effet. Ils travaillent depuis des années pour développer leur technologie et ont surpris le monde en court-circuitant toutes les puissances mondiales.

Stefanie Lee attendit une question.

Et elle en reçut une.

— C'est donc cela que voulait le président du comité, leur technologie ?

Le roi Li avait plus de quatre-vingt-dix ans, bien que personne n'aurait pu le deviner en le regardant. Malheureusement pour l'Impératrice, la plupart de ses sujets ne suivaient pas l'actualité autant qu'elle l'aurait souhaité.

— Pas seulement la Chine. Il s'agit d'un groupe extrêmement influent, avec des contacts dans tous les pays majeurs. Il y a eu beaucoup de morts, dans les deux camps. Cette guerre privée, toutefois, n'a pas été médiatisée. (Elle fit une pause.) J'ai noué des liens avec des représentants commerciaux de notre pays et je suis prête à les impliquer dans nos affaires. Toutefois, nous allons devoir protéger ce lieu jusqu'à ce que nous puissions déplacer le trésor que la Chine veut s'approprier.

— De quel trésor s'agit-il ? demanda le roi Li. Est-ce quelque chose que nous pouvons facilement transporter dans nos vêtements ?

— Malheureusement, non. On m'a dit qu'il a fallu presque trois ans, il y a de nombreux siècles, pour déplacer la plupart des composants depuis l'emplacement d'origine jusqu'à notre sanctuaire caché. Je vais partager avec vous quatre le plus grand secret du Clan Sacré, ce qui fait de nous ce que nous sommes. Après quoi, nous conviendrons de la meilleure méthode pour extraire les pièces essentielles le plus vite possible.

Stefanie Lee se leva, ses mouvements fluides et élégants.

— Suivez-moi. Et sachez que vous quatre, en dehors des prêtres, serez les premiers depuis dix générations à voir la salle sacrée.

Les rois se levèrent à leur tour, se jetant des regards confus.

Quel trésor pouvait tant attiser la convoitise du gouvernement ?

Base TRG, Outback australien

D'un clic, Yuko minimisa la fenêtre du programme Metasploit, qu'elle avait lourdement personnalisé, et en laissa deux autres ouvertes où tournaient des scripts. Elle s'appuya en arrière dans son siège et attendit.

Il était presque l'heure de quitter l'Australie. Le général, ou Monsieur Lance... ou, si elle pouvait se faire violence pour le dire, *Lance* avait fait passer le mot qu'ils partiraient bientôt tous pour l'*Archange*. Encore quelques jours et tout serait en place sur le vaisseau. L'équipe d'Adam pourrait alors monter les rejoindre.

Elle inspira lentement en pensant à son nouvel avenir.

— Yuko ?

C'était la voix d'Adam qui parlait dans son oreille.

Elle sourit.

— Oui ?

— Avez-vous quelques minutes ?

— Bien sûr.

— Ça ne vous dérange pas de faire une petite promenade ? Certaines de vos réponses pourraient être personnelles.

— Sans problème.

Elle se leva, prit le pull blanc qui pendait sur le dossier et s'adressa à ses collègues en se dirigeant vers la porte.

— Je dois passer un coup de fil. Textez si vous avez besoin de moi.

Quelques personnes lui répondirent, mais la plupart écoutaient leur musique préférée à fond dans leur casque pendant qu'ils parcouraient le réseau numérique dystopique et faisaient de mauvaises choses à de mauvaises personnes pour de bonnes raisons.

Elle traversa le réfectoire et salua quelques amis Wechselbalg. Elle s'était un peu entraînée en arts martiaux pour accroître sa force corporelle. Bien qu'elle fut une déesse sur internet, elle était comme une fleur fanée dans la vie réelle.

Son ambition était d'être un jour une rose avec des épines.

— D'accord, Adam, je t'écoute. De quoi veux-tu parler ?

Elle marcha jusqu'au bord de la zone protégée, ne pouvant croire que personne ne les visait avec un missile à ce moment précis.

— Si vous le voulez bien, je voudrais que vous me parliez de vos conversations avec votre père.

Cette fois, elle inspira bruyamment.

— Tu n'en as parlé à personne ?

— Non.

— D'accord. Bien. Je ne voudrais pas que la reine perde son temps avec des broutilles aussi insignifiantes. (Elle croisa les bras sur sa poitrine.) Il est le modèle même d'un père arrogant. Il a toujours raison et n'écoute jamais... ou, pire, n'*entend* jamais.

— Qu'essayez-vous de lui dire ?

— Je croyais que tu avais lu mes emails ?

— J'en connais le contenu, avoua Adam, mais je n'en comprends pas pour autant les émotions sous-jacentes.

— J'ai essayé plusieurs fois de lui expliquer que je travaille pour une entreprise qui veut aider le monde entier. Il semble constitutionnellement incapable de croire que j'ai fait quelque chose de ma vie. Il croit dur comme fer que la place d'une femme est à la maison, à faire le ménage, la cuisine et des bébés. Gah ! (Elle tapa le sol de son pied.) Qu'est-ce qu'il peut m'énerver !

Elle se dirigea vers la droite, esquivant les petits rochers qui apparaissaient parfois sur son chemin, sans jamais quitter le périmètre de sécurité.

— Je ne comprendrai jamais comment ma mère arrive à le supporter.

— Se pourrait-il que sa génération ait eu des attentes bien différentes ?

— Oui, bien sûr. Ce n'est pas que je comprenne pas comment elle fait pour gérer ça. C'est tout ce qu'elle connaît, mais ce n'est pas ce que *moi* je connais. Si mon père avait su, lorsque je vivais à la maison, ce que je faisais sur internet, je suis certaine qu'il m'aurait jetée à la rue depuis des années. Mais comme la plupart de mes activités se faisaient sur des écrans ASCII et qu'ils étaient couverts de code, même quand il regardait par-dessus mon épaule, il n'y comprenait rien du tout.

Yuko s'arrêta devant un rocher et sautilla pour s'asseoir dessus. Elle prit quelques secondes pour trouver la position la plus confortable.

— Je sais, je sais, reprit-elle, c'est comme tant d'autres choses. Mes parents et sans doute d'autres de leur génération vivent encore dans le passé, sans considérer comment nos villes et nos gens se sont habitués à toute cette technologie. Mon père a un téléphone portable depuis dix ans, mais il ne l'utilise que pour passer des coups de fil. Il refuse d'apprendre comment envoyer des SMS.

— Si vous pouviez le changer en claquant des doigts, comment le changeriez-vous ?

Yuko dut réfléchir à la question quelques instants. Cela lui fit réaliser qu'elle ne devait *pas* claquer des doigts pour changer son père. Du moins, pas contre son gré, car à ce moment-là rien de ce qu'il dirait ne serait réel.

— Ce n'est pas très sympa comme question, marmonna-t-elle.

— Je ne saurais dire si c'était 'sympa' ou pas. Je voudrais

juste savoir comment vous aimeriez qu'il change si vous en aviez le pouvoir ?

Elle réfléchit quelques minutes en silence. Elle observa ce qui ressemblait à une étoile passer dans le ciel et se demanda si c'était un satellite... ou peut-être même l'*Archange* ?

— Adam, où est le *Defender* en ce moment ?

— Il est en station près du point de transition que le vaisseau extraterrestre a utilisé pour entrer dans notre système solaire. Pourquoi ?

— Oh, j'étais juste curieuse. (Elle poussa un gros soupir.) Je ne sais pas comment répondre à ta question. Si je demande ce que moi je veux, ce n'est plus mon père qui me répond. Ce que j'aimerais vraiment serait une occasion de lui prouver, sans le moindre doute possible, que je lui dis la vérité. À ce moment-là, ses préjugés seraient étalés au grand jour. Je ne sais pas comment il réagirait, mais je n'aurais alors d'autre choix que de m'y résigner. S'il décidait de s'accrocher à ses croyances poussiéreuses, je pourrais partir l'esprit tranquille, sachant qu'au moins j'aurais essayé.

Elle regarda autour d'elle et enfila son pull, car la nuit commençait à se rafraîchir.

— C'est une réponse très mature, dit Adam.

— Merci, marmonna la jeune Japonaise. Ça me touche beaucoup que tu dises ça.

À des centaines de kilomètres au-dessus de l'Outback australien, la première véritable intelligence artificielle au monde remercia son hôte pour ses conseils.

Grâce à elle, il avait pu aider son amie.

10

VRG ARCHANGE, ZONE D'ENTRAÎNEMENT DES GARCES

Bethany Anne se tenait au centre de la pièce, des épées d'entraînement reposant à ses côtés.

— Je suis à peu près sûre que ça ne dérangerait pas Gabrielle d'être invitée au restaurant. Moins sûre par contre pour une invitation à une séance de bottage de cul. (Elle leva les deux lames et les fit tournoyer autour d'elle pour s'assouplir.) Alors, dis-moi un peu, tu fais ça pour elle ou pour toi ?

Éric, qui était allongé au sol pour s'étirer, tourna les yeux vers la vampire.

— Eh bien, disons un peu des deux... peut-être ?

Il se pencha en arrière, attrapa son pied et appuya sa tête contre son genou.

— Je dois lui prouver, continua-t-il – sa voix à présent un peu étouffée, qu'elle n'a plus besoin de me protéger. Et me prouver à moi-même que je suis à la hauteur.

— À la hauteur ou supérieur ?

Le Garde roula en arrière, poussa avec ses bras pour faire une pirouette et retomba sur ses pieds.

— Entre toi et moi, je dois t'avouer que ma culture est très dominée par les hommes.

Bethany Anne fronça les sourcils.

— Ce n'est pas une question de culture si tu crois que la domination est une bonne chose.

— C'est plus une histoire d'égalité que de domination, boss. J'ai vraiment merdé en Amérique du Sud. Ça m'a fait me comporter de manière un peu puérile autour d'elle, jusqu'à ce qu'on trouve notre rythme. Maintenant, de l'eau a coulé sous les ponts et j'aime bien cette femme. Mais je ne veux pas qu'elle voie en moi *ce type*. Si on veut avoir une bonne et solide opportunité, je dois savoir que je ne suis plus *ce type*.

— Et en t'entraînant avec moi, tu espères quoi exactement ?

Éric la regarda avec de l'inquiétude dans les yeux.

— Je voudrais que tu me prépares pour Stephen, si possible.

Bethany Anne baissa ses épées, surprise.

— Stephen ?

Il se dirigea vers le mur pour prendre deux autres épées.

— Oui, dit-il par-dessus son épaule. Un autre truc culturel. Je sais bien que je suis un homme adulte et qu'elle est une femme adulte... et ne parlons pas d'âge, là ! Toutefois, ma mère – paix à son âme – serait choquée si je ne demandais pas à son père la permission de sortir avec elle. (Armes en main, il revint vers le centre de la pièce.) Oh, je dis pas, il faut aussi que je sois prêt pour les épées de Gabrielle.

— Ah ben merde alors. (Bethany Anne en était bouleversée.) C'est foutrement romantique, ça. Tous les Hispaniques sont comme toi ?

Éric sourit et s'arrêta à trois mètres de la vampire.

— Nous sommes latins. Ce n'est pas un hasard s'il y a un 'a' dans 'amour' et 'latin'. (Il sourit.) Ou dans 'sexualité'. T'as déjà vu nos femmes ?

— Oui. (Bethany Anne se mit en position de garde.) Et vas-tu parler du fait que les hommes sont connus pour être des coureurs ?

Éric haussa les épaules.

— Il ne faut pas juger tous les hommes hispaniques d'après...

Bethany Anne sauta en avant, abattant sa lame sur son adversaire.

— ... tous les stéréotypes sur les hommes hispaniques infidèles ?

Éric prit le temps de bloquer l'attaque et de repositionner son épée avant de répondre.

— C'est un truc culturel. Les hommes hispaniques sont focalisés sur « l'homme est l'homme » et « la femme est la femme ». (Il lança une contre-attaque, qu'elle bloqua facilement.) Les hommes doivent constamment prouver leur masculinité. C'est pour ça que la boxe est si populaire chez nous.

— Et le sexe ? demanda-t-elle pendant qu'elle parait son coup.

Ils gardaient un rythme lent tout en parlant.

— C'est comme se battre, juste une autre façon dans notre culture de prouver que l'on est un homme.

Éric commençait à suer alors que Bethany Anne l'attaquait sans relâche. Il comprenait qu'elle vérifiait s'il maîtrisait bien toutes les bases. S'il se plantait, l'erreur serait douloureuse.

— Je me suis toujours demandée, dit-elle, pourquoi vos femmes acceptaient toutes ces conneries.

Elle changea de tactique. Éric s'en rendit compte juste à temps et réussit à suivre le rythme. Elle voulait continuer comme ça jusqu'à ce que ses gestes deviennent automatiques, les gestes ancrés dans sa mémoire musculaire. Les transformations effectuées par le pod aidaient beaucoup.

Une fois habitué au nouveau rythme, Éric répondit.

— Oh, ce n'est pas qu'elles aiment ça. Mais...

Il essaya de percer la défense de la vampire, mais il fut rapidement repoussé et il lui fallut quelques instants pour reprendre son rythme et son souffle.

— Arrête d'être si impatient avec tes attaques, dit-elle. Tu dois chercher à t'approprier la défense, ce que tu ne fais pas. C'est l'un de tes points faibles, de toujours vouloir prouver quelque chose.

Il hocha la tête avant de reprendre le fil de la conversation.

— Donc, ce n'est pas que nos femmes aiment ça, mais elles le voient autrement. Une Américaine va croire que son homme est amoureux de l'autre femme, alors que ce n'est probablement qu'une histoire de cul. L'amour et le sexe sont des synonymes pour les Américaines. Dans la culture latine, par contre, ce sont deux choses distinctes. Il y a l'amour et il y a le sexe. Elles ne vont pas aimer avoir été trompées et bonté divine...

Éric dut s'arrêter lorsque Bethany Anne lança une série d'attaques contre lui. Il parvint à toutes les parer et elle se repositionna. Il pensait avoir plutôt bien géré ça. Il se donnerait un neuf sur dix.

— Donc, reprit-il, elles ne vont pas aimer avoir été trompées, mais cela n'a pas la même connotation négative auprès des autres femmes ou des proches que cela en aurait ici. Bon, quand je dis ici, je ne veux pas parler de l'espace, hein, mais des États-Unis.

— Hé.

Bethany Anne contourna Éric tout en continuant à lancer des coups, le forçant à tourner à gauche, puis à droite en changeant sans arrêt ses angles d'attaque.

— Qu'est-ce qui te fait croire que les Américains sont moins infidèles ?

— Tromper sa femme est perçu comme un truc vraiment horrible aux États-Unis. La plupart des gens vont condamner l'acte et rejeter le responsable, à part peut-être sa famille proche et ses amis les plus intimes.

Tout en parlant, il décida de ne pas tenter un coup qu'il aurait normalement tenté.

— À moins d'être un chanteur ou un acteur, remarqua

Bethany Anne. Les gens adorent les célébrités et vont leur pardonner plus facilement.

Éric calma sa respiration en essayant de se souvenir des leçons de John.

Puis, il lança une nouvelle attaque.

SATISFAITE des progrès de son ami hispanique, Bethany Anne le laissa mener la danse. John avait raison, Éric s'était entraîné aux tactiques vampiriques avancées.

Ils restèrent à ce rythme pendant une bonne dizaine de minutes, puis Éric accéléra la vitesse.

Cette fois, il transpirait beaucoup. La vampire commençait à suer elle aussi. De toute évidence, Éric avait de l'endurance, restait à voir s'il saurait mettre en pratique l'enseignement de John.

Il était temps d'épandre la *douleur*.

— GOTTVERDAMMT ! cria Éric.

Il haletait et dut faire un bond sur le côté lorsque la lame de sa reine s'abattit à l'endroit où s'était trouvée sa tête. Mais apparemment, c'était une ruse pour lui faire rencontrer son pied.

— Argh !

Il voltigea dix mètres en arrière et s'écrasa contre un mur. Dès qu'il toucha le sol, il esquiva sur sa gauche. De ses séances avec John, il savait qu'un coup vache se tramait.

Un bruit sourd, suivi de jurons, le fit sourire. Le mur, apparemment, était assez dur pour supporter tout ce qu'elle pouvait lui infliger et lui rendre la monnaie de sa pièce.

Éric ne s'arrêta pas pour savourer ce moment. Il continua d'utiliser l'énergie éthérique qu'il avait accumulée depuis une semaine, en prévision de ce combat. Il courut, sauta, tourbillonna et atterrit face à l'endroit d'où viendrait Bethany Anne.

Malheureusement pour lui, elle n'y était pas.

Éric serra sa mâchoire. Si elle n'était pas devant lui...

Que Dieu le protège, car il était sur le point de recevoir une raclée monumentale.

Maintenant, il n'était plus question de s'entraîner, ni même d'apprendre, c'était devenu une question de *survie*.

John ne l'avait jamais poussé aussi loin et Éric réagissait d'une façon qui le surprenait lui-même. Il devait protéger le garçon préféré de sa mère des lames de Bethany Anne.

Mais la vampire ne lâchait pas l'affaire, au contraire. Elle ne semblait pas vouloir terminer la séance. Deux fois il avait essayé de lui parler ; chaque fois, elle avait redoublé d'efforts et il avait été touché six fois. Cela se résumait à : « Boss... » suivi de « Aïe, fais chier. Aïe ! Putain de bordel de merde... »

Il finit par comprendre après la deuxième tentative. Cette séance ne serait terminée que lorsque Bethany Anne le déciderait. Et à moins qu'il ne comprenne ce qu'elle essayait de lui enseigner, c'en serait bientôt terminé de lui également.

Bethany Anne était trempée de sueur. Cela aurait été une petite victoire pour Éric s'il ne s'en était pas aperçu alors qu'il retombait du plafond qu'il venait de percuter. À présent, le sol se précipitait vers lui à toute vitesse.

Seigneur, pensa-t-il, *ça va faire foutrement mal.*

Il tenta de rouler en atterrissant, sachant que le genou de la vampire pourrait l'attendre juste après l'arrêt brutal de son mouvement. C'était le genre de chute qui, dans la plupart des cas, pouvait mettre fin à une carrière. Pour lui et ses capacités de guérison, ce serait juste foutrement douloureux.

Quelle veine !

Il se rendit compte après quelques roulades qu'il ne savait pas du tout où elle se trouvait. Il la chercha des yeux et finit par la repérer à l'autre extrémité de la pièce. Elle était penchée en avant et le fixait avec un grand sourire aux lèvres.

— T'es pas encore mort, Éric ? demanda-t-elle, respirant fortement.

Éric arrêta de rouler, se retrouvant sur son dos, les bras écartés sur les côtés, les yeux rivés au plafond.

— Ouais, ouais, grogna-t-il, je suis mort.

Il tourna la tête pour voir ce qu'elle faisait quand il l'entendit marcher. Elle prit quelques serviettes en respirant profondément avant de se diriger vers lui. Éric attrapa de justesse celle qu'elle lui lança et l'utilisa pour s'éponger le visage.

— Pas mal, Monsieur Escobar, pas mal du tout. Je crois que tu es prêt. (Elle lui tendit la main et l'aida à se relever.) Maintenant, fais un peu travailler tes muscles. Tu n'auras peut-être pas mal, mais c'est pas une raison pour être paresseux et ne pas appliquer les techniques recommandées.

Éric hocha la tête et commença à s'étirer tout en marchant.

— Alors, dit-il au bout de cinq minutes, tu crois que je suis prêt pour Gabrielle ?

Bethany Anne haussa un sourcil.

— Mon cher Éric, je ne te préparais pas pour Gabrielle. (Elle éclata de rire en voyant son expression.) Je te préparais pour Stephen !

Boston, Massachusetts, États-Unis

— Je pensais à un truc style « Technologie Relativiste Graviquantique ».

L'homme aux cheveux noirs – d'âge moyen, mais en bonne forme – tendit deux scotchs à son frère et à son ami.

— On collerait le mot 'Société' devant, bien sûr, ajouta-t-il en s'asseyant.

Il envisagea de sortir un cigare, mais décida finalement qu'il préférait ne pas fumer.

Pas encore, du moins.

Son frère aux cheveux de sable saisit le verre et s'appuya en arrière dans sa chaise.

— Tu penses à l'avenir, David, quand nous aurons pris le contrôle et pourrons utiliser l'acronyme, ou les mots veulent dire quelque chose ?

Le concerné haussa les épaules.

— Bien sûr que je pense à l'avenir. Avec le temps, les gens finiront par oublier les origines et nous serons la seule entreprise qui restera avec cet acronyme. En attendant, nous devrons utiliser le nom complet. Cela dit, bien sûr que les mots veulent dire quelque chose. Ils font référence à l'électrodynamique quantique relativiste et à l'interaction gravitationnelle, sans laquelle rien de tout cela ne serait possible. Mais si t'as une meilleure idée, Fred, je suis tout ouïe.

Le frère regarda ses deux compagnons et leva son verre.

— Je crois que ce nom ira très bien. Ça fait très officiel et important. Et j'aime ta manière de prévoir l'avenir et d'anticiper le moment où nous pourrons utiliser l'acronyme pour nous approprier le passé.

Les deux autres levèrent leurs verres pour trinquer avec lui.

— Parfait. Voyons déjà comment nous pouvons tourner la situation actuelle à notre avantage et nous emparer de cette technologie avant que quelqu'un d'autre le fasse. (David se tourna vers le troisième homme.) Qu'as-tu découvert, Charles ?

L'interpellé se gratta la tête.

— Eh bien, j'ai pu remonter le fil des rumeurs et obtenir quelques informations réelles sur ce qui se passe. Déjà, j'ai pu confirmer que plusieurs dirigeants mondiaux se sont retrouvés sur l'*Archange*, là-haut dans l'espace...

David l'interrompit.

— Comment diable ont-ils réussi ce coup-là sans que ça se sache ?

— C'est vrai, ajouta Fred. À quoi bon soudoyer tant de politiciens si nous n'en avons pas pour notre argent ?

Charles secoua la tête.

— Je peux continuer, oui ? (Les deux autres levèrent leurs verres à sa santé et il reprit.) Bon. Tout ce que nous savons c'est que tous ces dirigeants se sont rendus à bord de l'*Archange* et qu'on leur y a annoncé des nouvelles incroyablement intéressantes. Deux des personnes présentes ont lâché suffisamment d'informations pour nous donner une idée générale. En gros, la TRG a pu accomplir tout ce qu'elle a accompli grâce à une technologie extraterrestre trouvée ici sur Terre.

— Chanceux connards, grogna Fred. Ah, désolé, je veux dire chanceuse salope. Et qu'en est-il de ce contact extraterrestre que tu as mentionné plus tôt ?

— Je ne sais pas. Si c'est faux, nous n'avons aucun désavantage compétitif. Si c'est vrai, je doute que nous soyons capables d'acquérir notre propre extraterrestre de sitôt pour nous aider. À moins que vous pensiez que le gouvernement en a un sous la main, enfermé dans une cellule quelque part ?

— C'est extrêmement improbable, répondit David. Quelque chose de ce genre ne pourrait pas rester secret bien longtemps. Du moins, nous aurions fini par en entendre parler, étant donné les sommes astronomiques que nous dépensons pour obtenir des informations. Cela dit, si c'est le cas, je pense que quelqu'un finira par lâcher le morceau dans les trois prochaines semaines.

— En tout cas, si nous pouvions mettre la main sur un

extraterrestre – ou au moins trouver un moyen de communiquer avec lui –, nous pourrions certainement en tirer un avantage.

— Et ce supposé visiteur que la TRG essaie de trouver dans l'espace ? demanda David.

— J'ai deux contacts au sein des Nations Unies qui essaient de faire passer une résolution pour forcer la TRG à livrer à la Terre tout extraterrestre potentiel, afin de pouvoir communiquer et négocier avec lui.

Fred renifla.

— C'est une foutue perte de temps, voilà ce que j'en pense ! Franchement, tu crois vraiment que la TRG se pliera aux exigences des Nations Unies ? Bordel, on s'en fout royalement, nous, des Nations Unies et c'est nous qui les manipulons.

— Je crois que ce n'est pas pareil, contesta David, pour ceux qui les manipulent et pour ceux qui croient que l'organisation est réellement dirigée par les nations.

Fred haussa les épaules.

— Il ne faut pas beaucoup de cynisme pour deviner que les petits pays peuvent être soudoyés. Et puis, il n'y a là que nous trois, mais qui sait combien d'autres font la même chose que nous ?

— Avec toutes ces rumeurs sur les Illuminati, remarqua Charles, je pense qu'il vaut mieux ne pas s'impliquer avec d'autres entreprises pour l'instant. Du moins pas si nous voulons éviter que les gouvernements fourrent leurs nez dans nos affaires.

— Absolument ! dit David. Je paie mes impôts et contribue aux fonds politiques, alors qu'ils ne viennent pas nous emmerder.

— Bon, les gars, c'est bien beau tout ça, mais on s'éloigne trop du sujet. Nous avons un nom pour notre boîte et nous connaissons notre but : acquérir de la technologie extraterrestre au travers de fouilles archéologiques. En ce moment, de nombreuses nations à travers le monde s'activent pour faire la même chose. Si nous voulons gagner, il nous faudra être plus intelligents et mieux financés qu'eux.

— Y'aurait-il un moyen pour nous d'acquérir ce que ces pays ont déjà ?

— Peut-être, mais ce serait difficile et ça pourrait remonter jusqu'à nous. Ce serait un billet aller simple pour la prison, voire pire. Je pense que les politiciens qui s'intéressent au sujet ne seraient pas trop contents de perdre un jouet qu'ils ont trouvé.

Fred fronça les sourcils.

— Pas faux. Les puissances mondiales sont en compétition entre elles. Pendant ce temps, les petits pays cherchent à s'approprier des objets qui leur permettraient de négocier avec les puissants. Les petits n'ont pas les finances ni sans doute les compétences scientifiques nécessaires pour comprendre ce genre de technologie. Par conséquent, je pense que nous allons assister à deux ou trois jeux de pouvoir majeurs, où certains pays vont travailler ensemble pour tenter de comprendre ce qu'ils ont sous la main.

Charles but une gorgée de son verre.

— À mon avis, nous devrions démarrer avec juste deux ou trois personnes dans la société. Un président chargé de la stratégie et son second qui se concentrera sur les acquisitions et la sécurité aussi bien tactique que physique. Et puis un spécialiste des données.

— Un spécialiste des données ? s'étonna David.

— Je veux pas parler d'un scientifique, mais plutôt d'un hacker. Nous devons nous assurer que toutes nos communications soient sécurisées à tout moment. Et si quelque chose devait arriver, nous devons pouvoir rapidement tout faire disparaître. (Charles se pencha pour prendre une serviette en papier et la plaça devant sa bouche avant de tousser.) Désolé, je ne suis pas encore complètement remis de ce foutu rhume.

— Qu'a dit le médecin quand tu l'as vu jeudi dernier ? demanda Fred. Nos femmes n'en ont rien dit, alors j'imagine que ça ne doit pas être trop grave.

Charles secoua la tête.

— J'en sais rien, je ne l'ai pas vraiment écouté. Je me suis contenté de prendre tous les médicaments qui m'ont été prescrits. On ne rajeunit pas, mon vieux. Avec l'âge, on met plus de temps à se remettre de ce genre de connerie.

Il reposa la serviette sur la table.

— Parlons de ce qui arrivera pendant la deuxième phase, reprit Fred. Supposons que nous ayons mis en place ces trois personnes et que nous travaillions à l'acquisition d'une technologie... Une fois acquise, où pourrions-nous la cacher ? Autre question : comment nous assurer que personne n'apprenne que nous l'avons ? Dernière question : qui diable pourrions-nous recruter qui soit capable de l'analyser ?

— Les compétences de Marcus Cambridge pourraient nous être utiles. (Les deux autres regardèrent David d'un air sévère et il secoua les mains devant lui.) Non, non, je ne pensais pas tenter quoi que ce soit de sournois, je pensais que nous pourrions juste essayer de jouer sur son ego.

— Parfait. S'il y a bien une chose que nous ne voulons pas, c'est d'être dans le collimateur de la TRG. Je ne pense pas que nous courions le risque d'attaques physiques si nous nous contentons des mêmes actions que tous les autres gouvernements mondiaux. Mais s'en prendre aux gens de cette garce est le moyen le plus rapide de se suicider.

— Je ne tiens pas à être ajouté à son tableau de chasse, confirma Fred.

— Vous y croyez, à cette rumeur ? demanda David. Vous croyez vraiment qu'elle s'implique personnellement dans des interventions militaires ? Je crois que ce sont des conneries. C'est pas possible que la PDG d'une grosse entreprise parte sur le terrain pour esquiver des balles et botter des culs. Ça fait un peu trop Hollywood pour être crédible. Ou alors trop stupide pour mériter qu'on en parle. Franchement, si l'une de mes maisons d'édition publiait une histoire de ce genre, je virerais le responsable.

— Même si le livre se vendait ?

— Bon, d'accord, s'il se vendait, peut-être que je garderais le type, mais il n'aurait jamais plus de promotion. Une séduisante PDG qui se balade en tirant sur tout ce qui bouge et qui voyage dans une soucoupe volante. Si une stupidité pareille se vend, je laisserais le premier venu me donner un coup de pied dans les valseuses.

Charles haussa les épaules.

— Je ne sais pas, David. L'info me vient d'une source qui a toujours été fiable dans le passé. Tu as le droit de croire que les femmes ne devraient pas être sur le terrain, mais ne laisses pas cette opinion t'aveugler sur ce qui pourrait être une réalité. Ça pourrait nous mettre en danger si tu te plantes parce que tu as des œillères qui t'empêchent de voir ce qui est sous ton nez.

David roula des yeux.

— Ça va, ça va, j'ai pigé. Je ne me laisserai pas aveugler. Je suis prêt à parier tout de suite dix mille dollars avec chacun de vous que ce sont des salades toutes ces conneries sur elle.

Charles et Fred se lancèrent un regard et hochèrent la tête avant de se tourner de nouveau vers leur ami.

— C'est d'accord, dit Fred, on accepte le pari. Dix mille chacun dans la tirelire.

Charles posa son verre et se pencha pour récupérer un petit calepin qui était posé sur la chaise à sa gauche. Il déverrouilla le petit cadenas qui le maintenait fermé, sortit un stylo et tourna quelques pages. Après avoir inscrit les détails du pari, il leva les yeux pour regarder ses deux compagnons.

— On met quoi comme date d'échéance ?

— Je vous donne un an, répondit David. Si d'ici là vous n'avez pas trouvé de preuves crédibles, vous devrez payer.

Charles inscrivit l'échéance puis referma la serrure à clé et reposa le calepin sur la chaise.

Ce détail à présent réglé, les trois hommes se mirent à discuter de ce qu'ils feraient pour lancer la Société de Technologie Relativiste Graviquantique.

11

RÉSIDENCE SAINTE-MARTHE, ROME

Jorge Bergoglio se réveilla à 3h45 du matin. Ce n'était pas tellement plus tôt que son habituel 4h45. Contrairement à New York, Rome était une ville qui s'endormait la nuit et le Vatican était généralement calme à cette heure-ci. Cela lui convenait très bien, car il n'y avait pas de distractions ici, sans parler de celles qu'il aurait eues s'il avait accepté la résidence du pape au Vatican même.

À l'extérieur, juste à côté de son bâtiment, il y avait une station-service qu'il aimait regarder de sa fenêtre. Malheureusement, il était tout aussi prisonnier ici au Vatican que ces prisonniers qu'il avait visités en Argentine. Il essayait souvent, le dimanche, d'appeler ces anciens amis.

Ce matin, toutefois, ce serait un peu différent. La personne qui venait lui rendre visite était presque aussi controversée que certains des sermons qu'il prêchait le matin à la chapelle de Sainte-Marthe.

Au fil des ans, il avait reçu de nombreux invités d'honneur, mais cette visite risquait d'être un peu différente. Il avait été un peu surpris de recevoir un coup de fil de la Société TRG. L'appel provenait de leur attachée de presse, Cheryl Lynn.

Contrairement à la plupart des papes, Jorge gérait son propre emploi du temps et partageait ce qu'il souhaitait partager avec quiconque croisait son chemin.

Cette rencontre n'avait rien d'officiel.

Après s'être habillé, il sortit attendre à l'endroit qu'il avait suggéré être le plus propice. Pas question de discuter dans ses quartiers personnels – ce serait inapproprié – ni dans un lieu facilement visible de l'extérieur.

Il arriva en avance dans la petite niche. L'obscurité fut complète lorsqu'il entendit et ressentit, plus que vit, quelque chose approcher au-dessus de sa tête. Il supposa que ce devait être à cause du vent autour de la nacelle, car lorsque celle-ci s'arrêta à quelques centimètres du sol, il n'entendit aucun son provenant d'elle.

La porte s'ouvrit et il fut surpris de voir deux personnes à l'intérieur. L'une était facile à reconnaître : il s'agissait de la PDG de la Société TRG. Il offrit un sourire aux deux femmes, comprenant que Cheryl Lynn avait préféré ne pas annoncer la visite de sa patronne.

Voilà qui devrait être intéressant, pensa-t-il.

Alors que les deux femmes sortaient de la nacelle et s'avançaient pour lui serrer la main, il vit le vaisseau repartir silencieusement dans l'obscurité qui les surplombait.

Ils s'enfermèrent dans un petit bureau à proximité. Tout le nécessaire pour un agréable petit déjeuner – y compris brioches, thé et fruits – avait été disposé sur la table.

Ils bavardèrent un moment de choses et d'autres pour apprendre à mieux se connaître, puis passèrent aux choses sérieuses. Il ne lui restait plus beaucoup de temps, car il était attendu ailleurs dans une vingtaine de minutes.

— J'apprécie que vous m'ayez contacté, mais j'aimerais

savoir comment l'Église catholique pourrait être impliquée dans tout ça ?

C'est Cheryl Lynn qui lui répondit.

— Votre Sainteté, je vous remercie d'avoir bien voulu nous accorder ces quelques minutes pour discuter de ce qui se passe en dehors du Vatican. Je ne doute pas que vous ayez votre propre réseau de renseignements, mais j'estimais nécessaire de vous prévenir de ce que nous prévoyons de faire dans un avenir proche.

Le pape inclina la tête.

— Vous souhaitiez que l'église en soit informée à l'avance ?

Cheryl Lynn regarda vers Bethany Anne qui n'avait pas beaucoup parlé jusqu'à présent et c'est elle qui prit la relève.

— Il n'est pas dans nos intentions de causer de nouveaux problèmes sur Terre. Je n'hésiterai pas à prendre des décisions difficiles, mais si les choses peuvent être arrangées à l'avance, j'aime autant. Il n'y a aucun doute que les extraterrestres existent là-haut. Nous avons la technologie pour le prouver. Ce n'est que récemment que nous avons été obligés de l'annoncer aux principaux dirigeants du monde entier.

Son expression se transforma, comme si elle venait de manger quelque chose d'amer.

— Malheureusement, cela a entraîné toute une série de tentatives malavisées pour acquérir d'autres technologies extra-terrestres. Je ne crois pas qu'il soit possible de maintenir secret ce qui se passe. Peut-être pourrions-nous le faire pendant un an, voire deux ? Cela m'étonnerait, toutefois. Par conséquent, Cheryl Lynn a suggéré de vous prévenir que nous allons commencer à diffuser des informations au sujet des extrater-restres. Nous répondrons volontiers à vos questions, si vous en avez. J'ai cru comprendre que vous parlez souvent le matin à sept heures... une sorte d'acte de dévotion, c'est bien ça ?

Le pape hocha la tête.

— C'est exact. Le révérend José Gabriel Funes a déjà eu l'occasion de parler d'extraterrestres, mais je dois avouer que c'est un sujet à controverse.

— Je ne suggérais pas que vous en parllez dès ce matin. Cela dit... un homme préparé en vaut deux. Nous nous sommes concentrés sur les défenses de la Terre pour la protéger contre une version extraterrestre d'un combat de coqs. Je crois que c'est une activité bien connue en Amérique du Sud ?

— C'est vrai, répondit le pape. On dit que cette pratique remonte à l'époque des Égyptiens. Elle est très populaire dans certains pays d'Amérique du Sud. Mais au Pérou, c'est plus qu'un simple sport.

Bethany Anne grimaça de nouveau.

— Eh bien, la version extraterrestre est très similaire. Ils modifient génétiquement l'espèce dominante d'une planète et améliorent leur niveau technologique. Après ça, ils utilisent cette espèce pour en attaquer d'autres.

Le pape resta silencieux un instant.

— Ne me méprenez pas, je ne mets pas en doute votre conviction que les extraterrestres existent et manipulent l'humanité à leurs propres fins. Suggérez-vous que vous avez une expérience personnelle avec un extraterrestre et que celui-ci n'est pas lui-même en train de vous manipuler à ses fins ?

— Bonne question, reconnut Bethany Anne. Si je n'avais pas une relation aussi étroite avec l'extraterrestre en question, j'envisagerais de vérifier immédiatement tout ce qui a été fait jusqu'à présent. Nous avons passé ces dernières années à résoudre des problèmes à travers le monde qui avaient été cachés du public depuis des siècles. À présent, nous développons des défenses en prévision d'une attaque extraterrestre. Par chance, le vaisseau spatial que nous avons vu débarquer dans notre système solaire ne semble être qu'un vaisseau scientifique, ou un éclaireur. Nous pouvons... ou, du moins, nous pensons pouvoir le vaincre si besoin avec nos propres vaisseaux.

— En supposant que vous me fournissiez suffisamment d'éléments pour confirmer vos propos, que voudriez-vous que je fasse... ou que me conseilleriez-vous de faire ?

La vampire regarda Cheryl Lynn.

— Oh ? Suis-je maintenant censée conseiller Sa Sainteté le pape de l'Église catholique ? C'est pas du tout stressant, ça. (Les deux autres eurent l'air amusé par ce commentaire.) Personnellement, je suggérerais trois petites remarques dans vos discours de sept heures... Répartissez-les peut-être sur une semaine ou deux. Puis prévoyez un communiqué plus important pour le moment où la nouvelle tombera. Vous pourrez alors expliquer que vos messages précédents contenaient des indices de ce qui allait arriver... Je suis sûre que ceux qui font attention à chacun de vos mots en parleront sur internet.

Il lui fit signe de continuer, comprenant très bien ce qu'elle voulait dire, mais c'est Bethany Anne qui prit la relève.

— Si vous pensez que certains de vos contacts doivent être prévenus, en particulier des dirigeants à travers le monde, je vous suggère de le faire. Assurez-vous qu'ils aient toutes les informations et s'ils ont des préjugés contre la diffusion de l'information, il faudra régler ça.

Le pape pinça les lèvres.

— Je comprends. Malheureusement, je vais devoir mettre fin à cet entretien, car je dois me préparer pour mon discours. Comment puis-je vous contacter si j'ai des questions supplémentaires ?

Cheryl Lynn ouvrit son petit sac à main et en retira une clé USB argentée. Elle la fit glisser sur la table vers le pape.

— Vous trouverez là-dessus toutes les informations que nous pouvons fournir pour le moment. Mes coordonnées personnelles s'y trouvent aussi : téléphone et email. Si nous appeler ou nous écrire n'est pas possible, convenons d'un mot-code que vous pourrez glisser dans l'un de vos sermons de sept heures. Comme ça, s'il y avait le moindre souci, vous sauriez que nous sommes à l'écoute et pourriez nous envoyer un signal pour que nous vous contactions.

Le pape fixa la clé un instant pendant qu'il réfléchissait aux implications de tout ce qui venait d'être dit. Finalement, il se pencha et prit l'objet. Il le tapota distraitement contre la table.

— Je vais étudier attentivement ces informations. Je vous remercie pour tout ça et je comprends que vos intentions sont bonnes. Malheureusement, même si les informations en soi ne sont ni bonnes ni mauvaises, je ne suis que trop conscient du poids de la responsabilité qui les accompagne.

Ils discutèrent encore quelques minutes avant que les deux femmes se retirent... mais pas sans avoir d'abord choisi un mot-code qu'il pourrait utiliser en cas de besoin.

Berlin, Allemagne

LA PIÈCE RESSEMBLAIT à n'importe quelle autre salle officielle dans un bâtiment gouvernemental quelconque de Berlin.

Terry marcha en regardant les gens qui l'avaient rejoint pour cette réunion secrète.

Il n'était pas difficile de deviner qui venait du milieu militaire ou scientifique, ni qui tirait les ficelles dans les coulisses pour que cette course aux richesses technologiques ait lieu.

Se retournant, il la vit tout de suite avec ses longs cheveux noirs et ses yeux verts.

Il se dirigea vers elle, sourire aux lèvres et main tendue.

— Terry Henry Walton, mais mes amis m'appellent 'TH'.

La femme l'examina comme si elle essayait de déterminer s'il était un goujat ou, pire, un militaire.

— Combien de personnes vous appellent TH ?

— Aucune pour l'instant, répondit-il sans baisser sa main. Mais je me dis que c'est du marketing, vous ne croyez pas ?

Son sourire était contagieux et il en vit un similaire se

dessiner sur les lèvres de la femme. Elle leva la main pour serrer la sienne.

— Vous voyez ? s'exclama-t-il sans se départir de sa bonne humeur. Un point pour le marketing.

— Melissa Delgado, dit-elle, et mes amis m'appellent Melissa. (Elle lâcha sa main et regarda autour d'elle.) Outre un appel mystérieux qui vous a réveillé en pleine nuit pour vous annoncer qu'on vous attend à Berlin dans vingt-quatre heures et que quelqu'un va vous remplacer à l'université, vous avez une idée de ce qu'on fout ici ?

— Eh bien, Melissa, je crois bien que c'est en rapport avec la Société TRG.

Terry imita sa nouvelle amie, regardant tous les visages pour voir s'il en reconnaissait.

— Je ne me souviens pas avoir dit que vous pouviez déjà m'appeler Melissa.

Il jeta un œil vers elle et vit qu'elle lui souriait.

— D'accord, Mlle Delgado, je veux bien jouer à ce jeu-là. (Il haussa les épaules.) Vous pouvez malgré tout m'appeler TH, je suis facile dans ce domaine.

— Je n'en doute pas, TH. Je n'en doute pas. Et donc, vous contribuez comment à cette petite sauterie ?

— J'aime à penser qu'ils m'ont fait venir pour mon physique viril, mais je crois plus probable que c'est pour mon incroyable capacité à retenir faits et chiffres et à les débiter sur commande dans des endroits sans connexion internet. Je me débrouille plutôt bien pour imiter un moteur de recherche ambulant au milieu de nulle part.

Melissa ne put s'empêcher de trouver cet homme charmant. Son sourire désarmant et son comportement décontracté cachaient le fait qu'il était un joueur. Du moins, c'était son impression.

— Et quels genres de faits et chiffres aimez-vous ?

Terry répondit tout en regardant dans la direction opposée.

— Oh, à peu près tout, de l'histoire ancienne à l'histoire moderne. Franchement, la seule chose que je ne supporte pas, c'est la mode. (Il se tourna de nouveau vers elle.) Pourquoi, vous voulez me mettre à l'épreuve ?

— Peut-être bien. On n'est jamais trop prudent. Il y a tant de gens qui promettent des choses sans pouvoir assurer derrière.

Terry arqua un sourcil. Il n'était pas sûr si le double sens était intentionnel, mais en tout cas la soirée venait de devenir beaucoup plus intéressante.

— D'accord, dit-il en lui accordant toute son attention. Allons-y.

— Bon, commençons par de l'histoire ancienne. (Elle le regarda en croisant les bras.) Donnez-moi les dates approximatives de l'invention de la roue et de la charrue.

Terry sourit.

— C'était *approximativement* en 3500 av. J.C. en Mésopotamie. Si l'on ajoute la roue, la charrue et l'invention de la voile en Égypte, nous avons les trois éléments fondamentaux pour le commerce, l'agriculture et l'exploration. Allez, c'est trop facile ! Vous pouvez faire mieux que ça.

— D'accord. Parlez-moi de ce qui a fait progresser les développements technologiques, économiques et militaires près de trois mille ans plus tard ? Avec les dates, s'il vous plaît.

— Ce n'était pas une invitation à réduire les indices au point où je dois lire dans vos pensées. Mais je suppose que vous voulez parler de l'invention de la ferronnerie vers 670 av. J.C. ?

Melissa hocha la tête.

— La bataille de Marathon.

— 490 av. J.C. Les Grecs ont repoussé une invasion perse, ce qui contribua à sauver la culture et la science grecques.

— Pas mal. (Elle pinça les lèvres.) Qu'est-ce qui a remplacé la pierre, l'ardoise et le papyrus comme support pratique et bon marché ?

— Premier emploi du papier en 105 ap. J.C., répondit-il immédiatement.

— Qui s'est converti au christianisme, aidant cette religion à s'étendre ?

— L'empereur romain Constantin en l'an 312, répondit Terry en lui faisant un clin d'œil.

Les yeux de Melissa se rétrécirent. Elle regarda à sa gauche, puis se pencha vers sa droite pour vérifier ses oreilles.

Terry eut l'air confus pendant quelques instants, puis il comprit qu'elle le soupçonnait de porter des oreillettes. Il tourna sa tête et souleva ses cheveux pour dégager son oreille. Il répéta le geste avec l'autre côté.

— Rien à droite, rien à gauche.

Il fallut quelques instants à Melissa pour trouver de nouvelles questions.

— D'accord, on va faire des faciles. Le schisme des églises chrétiennes grecque et latine.

Ce fut au tour de Terry de plisser les yeux.

— Vous pensez à la scission de l'église entre deux zones géographiques ? (Elle hocha la tête.) Dans ce cas, 1054.

Melissa remarqua que quelques autres individus du milieu universitaire s'étaient rapprochés d'eux.

— Origine du concept moderne de loi constitutionnelle ?

Terry se mordit la lèvre, puis sourit.

— Vous faites référence au Magna Carta signé par le roi Jean sans Terre à Runnymede en 1215.

Elle hocha encore la tête.

— Faisons un bond en avant de quelques siècles. Quelle fut l'invention qui s'avéra essentielle aussi bien à l'économie qu'à l'administration moderne ?

Il y eut des murmures des gens autour d'eux.

— Je pense que vous faites allusion à l'invention de la montre en 1509 ?

Il haussa un sourcil et elle confirma que c'était bien ça.

— Vous êtes Américain, n'est-ce pas ? (Il hocha la tête, se demandant où elle voulait en venir.) Qui a développé la première voiture à essence ?

Terry réfléchit un instant. Elle ne devait pas vouloir dire Henry Ford étant donné qu'elle lui avait demandé sa nationalité.

— Vous devez penser à Benz en 1885...

Elle resta un instant silencieuse.

— Quelque chose qui me semble un peu plus pertinent pour cette réunion... (Melissa jeta un œil aux gens qui les entouraient.) Étant donné les personnes que je vois ici. (Elle le regarda de nouveau.) Japan Airlines, vol 1628 en 1986.

Terry écarquilla les yeux et considéra leur public plus attentivement.

— D'accord. (Il se tourna de nouveau vers elle.) Je saisis l'indice. L'incident de Denali est survenu le 16 novembre 1986. Les pilotes du vol 1628 ont décrit un OVNI qui faisait trois fois la taille d'un porte-avions et vola cinquante minutes à côté d'eux au-dessus du nord-est de l'Alaska. Des radars aussi bien civils que militaires ont capté ces objets volants par intermittence.

« Ce qui rend cet incident impressionnant, c'est la durée pendant laquelle l'OVNI est resté visible, la crédibilité des témoins et, bien sûr, le fait qu'il ait également été capté par des radars. Tous ces détails ont fait de cet incident l'un des plus intéressants jamais enregistrés et il reste encore inexpliqué à ce jour. La cerise sur le gâteau, c'est que l'équipage était disposé à en parler publiquement. (Terry serra le poing et l'agita devant lui.) Yes !

Melissa était étonnée. Ce type devait vraiment avoir une mémoire photographique pour pouvoir donner tant de détails sur cette requête spécifique. Elle s'était déjà assurée qu'il ne portait ni oreillettes ni lunettes qui auraient pu afficher des informations sur les verres pendant qu'il lui parlait. Elle se pencha plus près de lui pour voir s'il n'avait pas des lentilles.

L'homme, qui avait un visage robuste et séduisant, sembla surpris par son mouvement.

— Un problème ? demanda-t-il en se penchant un peu en arrière.

— Non, non, je veux juste m'assurer que vous ne portez pas des verres de contact spéciaux qui pourraient vous communiquer les réponses. Si nous voulons que l'expérience soit concluante, nous ne pouvons permettre aucune tricherie, n'est-ce pas ?

Il y eut des murmures d'assentiment tout autour d'eux.

Terry sourit et se pencha en avant, tirant sur ses paupières pour qu'elle puisse mieux voir.

— Et non, pas de lentilles.

Il se tourna vers la gauche, puis vers la droite, pour permettre à tout le monde de constater qu'il n'avait effectivement rien dans les yeux.

Une voix s'éleva du groupe.

— Il n'a rien du tout !

Melissa s'appuya en arrière contre le rebord de la table, satisfaite.

— Alors une dernière épreuve, Monsieur Walton. Téhéran, le 19 septembre 1976.

Cette fois, plusieurs personnes hochèrent la tête en comprenant la référence.

— Là, c'est vraiment trop facile ! (Terry sourit en désignant les gens qui les écoutaient.) La plupart de ces types ont même pigé. Vous faites référence aux heures juste avant l'aube du 19 septembre 1976, quand des avions de chasse iraniens ont poursuivi un OVNI qui partait dans tous les sens dans le ciel de Téhéran. L'anomalie avait été détectée par plusieurs radars. Les pilotes ont été envoyés pour enquêter sur cet étrange phénomène. Mais chaque fois que leurs avions approchaient trop de l'objet volant, leur équipement électronique devenait instable. En outre, le système d'armement de l'un des appareils s'est enrayé alors qu'il s'apprêtait à attaquer.

« Cet incident spécifique est souvent considéré comme l'une des premières rencontres avec un OVNI jamais enregistrées. Non seulement en raison de la qualité et de la prépondérance de toutes les preuves, mais aussi en raison de l'impact direct sur les instruments et les radars concernés. Les sceptiques, sur ce coup-là, ont été accueillis par des rires lorsqu'ils ont prétendu que les témoins avaient dû juste voir Jupiter à un moment où elle brillait plus que d'habitude.

Elle tendit sa main.

— Enchantée de te rencontrer, TH. Tu peux m'appeler Melissa.

TH et Melissa se retrouvèrent après les quatre premières heures de la réunion pour manger ensemble. Ils avaient tous les deux prévu le nécessaire.

Elle ouvrit sa boîte et en sortit un biscuit au chocolat.

— Non, mais t'y crois ? demanda-t-elle en sifflant. On va jouer aux archéologues... à notre époque ?

Terry avait apporté un sandwich à la dinde.

— Est-ce vraiment de l'archéologie quand ce que tu pourrais déterrer est une technologie plus avancée que tout ce que nous avons actuellement ?

Melissa mastiqua son biscuit un instant, réfléchissant à la question.

— Eh bien, oui. Si nous creusons pour chercher des informations sur le passé, c'est de l'archéologie. Que la technologie soit plus avancée n'est pas la question. (Elle agita son gâteau devant elle.) Tiens, prends par exemple les pyramides et autres sites archéologiques en Égypte. Il y a encore beaucoup de choses que les Égyptiens parvenaient à accomplir et dont nous n'avons toujours aucune idée de l'usage qu'ils en faisaient, ni même de quelle manière ils ont réussi à faire tout ça.

Il y eut une pause encore plus longue avant la réponse de Terry.

— C'est pas faux. D'un autre côté, juste parce que nous ne la comprenons pas ne signifie pas pour autant qu'il s'agisse d'une technologie extraterrestre.

Melissa termina son biscuit avant de s'attaquer à un sandwich au rosbif.

— Non, c'est vrai, cela peut tout aussi bien dire que nous avions une société hyper évoluée sur cette planète et que nous avons perdu toutes ces connaissances. Par exemple, pourquoi la plus grande pyramide a-t-elle été construite comme elle l'est ? Il existe beaucoup de théories complotistes sur le sujet. Il se pourrait que nous ayons eu un humain au pouvoir avec une croyance religieuse si alambiquée qu'il a sacrifié des décennies et des décennies, et qui sait combien de vies, à construire un édifice de pierre à sa propre gloire.

Tout en parlant, elle décolla le papier qui enveloppait son sandwich.

— Ou alors, ils avaient accès à une sorte de pouvoir dont nous ne savons rien.

Elle ponctua cette déclaration d'une grande bouchée.

— Moi, en tout cas, j'espère que nous serons dans l'un des groupes envoyés en Amérique du Sud. (Quand Terry vit sa nouvelle amie hausser un sourcil, il clarifia sa pensée.) S'ils nous font chercher au Moyen-Orient, nous pourrions nous retrouver en plein cœur d'une guerre. Avec ça, on pourrait devenir comme Indiana Jones avec les Nazis. Sauf que, cette fois, nous ne serions pas en train de manger du popcorn et de passer du bon temps.

Il s'arrêta un instant et regarda autour d'eux.

— Et puis, ajouta-t-il, je déteste vraiment les serpents.

12

KAIFENG, PROVINCE DE HENAN

Le sous-lieutenant Zi Shun jeta un coup d'œil à l'intérieur du petit restaurant. L'endroit était mal éclairé, mais il distingua rapidement son groupe installé à une table du fond. Il fit un signe de tête au type derrière le bar et leva un doigt pour lui signaler qu'il voulait une bière.

Esquivant une serveuse pressée qui ne l'avait pas vu, Shun se fraya un chemin entre deux tables pleines pour rejoindre ses amis. Ils sirotaient tous une bière et, à en juger par le niveau de leurs chopes, il n'était pas loin derrière eux.

Peu après, la serveuse déposa la sienne devant lui et il paya.

— Alors, c'est vrai ? demanda Zhu à voix basse.

Les quatre amis, qui ne portaient pas leurs uniformes, n'avaient pas pu trouver un endroit plus improbable pour avoir cette conversation. Ici, ils pourraient discuter de ce qu'ils savaient et de ce qu'ils pensaient savoir.

Et des rumeurs, aussi.

La rumeur était le fléau des hauts gradés de toutes les armées de tous les pays depuis que la guerre existait. Elle se répandait plus vite qu'il était possible de la suivre. Elle était plus virulente que le gaz moutarde et tuait les gens en leur enlevant leur croyance et leur confiance dans la mission aussi sûrement qu'une balle au mauvais moment.

— Bon, dit Shun, autant mettre les choses au clair tout de suite. Tout ce que j'ai, ce sont des rumeurs et des insinuations. Je n'ai rien que ta mère ne t'ait probablement pas déjà dit avant de te border pour la nuit.

— Ma mère ne m'a jamais rien dit de gens qui se transforment en chats, contra Bai.

Zhu lui claqua le bras.

— Ça, c'est parce que tu es un citadin. Ceux des villes ne connaissent pas les anciennes histoires et ne les transmettent pas...

Shun l'interrompit avant qu'ils ne se lancent dans un débat houleux, comme ils le faisaient toujours.

— Oui, oui, je me souviens.

Zhu était le plus vif, mais né à la campagne. Bai était un peu plus lent, mais aimait vanter son expérience des villes

— Je me souviens, poursuivit-il, des histoires sur le Clan Sacré que me racontait ma mère. Sur les rois qui régnaient sur eux, là-bas, dans la campagne. C'est pire que ces histoires de guerriers silencieux qui viennent dans la nuit pour emporter les méchants enfants dans leur sommeil. On serait censé pouvoir reconnaître un membre de ce clan à leurs yeux.

— Jaunes, marmonna Jian.

Les trois autres se tournèrent vers leur compagnon qui en général ne parlait pas beaucoup.

L'homme entoura son verre de ses deux mains, un peu comme s'il lui vouait une prière.

— Ils ont les yeux jaunes, expliqua-t-il. Comme ceux d'un chat. La pupille fendue de haut en bas.

Shun attendit une dizaine de secondes pour voir s'il ajoutait autre chose, mais ce fut tout ce qu'il dit, se renfermant dans son silence.

— Ouais, dit Shun en haussant les épaules. J'ai entendu ça, pour les pupilles.

— Et donc, leurs rois sont puissants ? demanda Bai. C'est bien ça ?

Jian intervint une seconde fois. Ce devait être un record, deux fois en une nuit !

— Non. Ils attendent un leader, l'Impératrice Léopard, qui seule saura les diriger.

Shun fronça les sourcils.

— Une Impératrice Léopard ?

Jian hocha la tête.

Shun se souvenait très bien des histoires que lui racontait sa mère et elle n'avait jamais mentionné une Impératrice Léopard.

Il regarda autour de leur table avec désinvolture, pour s'assurer que personne ne les espionnait, puis se pencha vers ses amis.

— Alors la rumeur est peut-être vraie. Je n'ai jamais entendu parler de cette Impératrice Léopard. Et vous deux ? (Zhu secoua la tête et Bai haussa les épaules, confirmant qu'il ne connaissait pas non plus.) Pourtant, la rumeur qui circule à la base prétend qu'une Impératrice Léopard règne sur le Clan Sacré et qu'elle grogne, la nuit, depuis son temple dans les montagnes.

— Qu'importe si elle grogne ? demanda Bai. Une balle ne pourrait-elle pas la tuer, comme n'importe quel léopard ? (Il fut surpris de voir ses trois compagnons le regarder en secouant la tête.) Eh bien quoi, elle ne peut pas être tuée ?

— Bien sûr que si, dit Shun. Nous ne savons juste pas comment. Dans les histoires que je connais, il est impossible de tuer les membres du Clan Sacré avec de simples balles, ni même un couteau. En supposant que l'on pourrait même les atteindre avec l'un ou l'autre. Ils sont si rapides qu'on ne peut même pas les voir.

— De l'argent, murmura Jian.

— D'accord, souffla Bai. C'est ton troisième commentaire. Y'a un truc qui te chiffonne dans cette histoire, alors pourquoi ne pas juste nous dire tout ce que tu sais, histoire qu'on n'ait pas une crise cardiaque chaque fois que tu ouvres la bouche.

Jian but une longue gorgée de sa bière puis hocha la tête, comme s'il venait d'avoir une conversation avec lui-même et que celui qui voulait parler l'avait emporté.

— Les histoires sur le Clan Sacré sont importantes dans ma famille. Pourquoi, je ne saurais vous le dire. Non parce que je ne le veux pas, mais parce que je ne le peux pas. Ma mère ne m'a jamais confié pourquoi elle en savait tant et mon père était contrarié à la moindre petite mention que je pouvais en faire. Je n'ai jamais connu mes grands-parents et si j'avais des oncles ou des tantes, ils ne leur parlaient jamais. Et donc, bien sûr, pas de cousins.

Ses trois amis hochèrent la tête, l'invitant à poursuivre.

— J'ai bien essayé d'en apprendre davantage, mais en cachette. Je devais toujours regarder par-dessus mon épaule.

Jian leva sa chope vers le barman. Shun regarda la table, puis leva quatre doigts.

Ils regardèrent la serveuse passer devant le bar, récupérer les quatre bières et les apporter jusqu'à eux. Elle remporta les chopes vides et les amis se penchèrent de nouveau au-dessus de la table pour reprendre leur conversation.

La serveuse lança un regard surpris au barman. Ce dernier secoua la tête et haussa les épaules. Elle ne comprenait pas. En général, quand quatre hommes célibataires venaient ici, ils la reluquaient quand elle s'éloignait. Elle s'assurait toujours de leur donner un bon spectacle, car cela aidait pour les pourboires. Malheureusement, Ai venait de l'informer que, cette fois-ci, elle s'était décarcassée pour rien. Il y avait quelque chose de plus intéressant qu'elle.

Elle fronça les sourcils en espérant que cela n'affecterait pas son pourboire. Elle avait besoin d'argent pour réparer son climatiseur qui était tombé en panne.

— J'ai donc fait des recherches, reprit Jian. Ce que j'ai trouvé qui se rapprochait le plus de ce que je savais de ma mère sur le Clan Sacré, ce sont ces histoires de loups-garous de la vieille Europe et des films américains modernes. Ma mère a une fois mentionné que l'argent pouvait les blesser. Quand je lui ai posé une question à ce sujet, quelque temps plus tard, elle a fait mine de ne pas comprendre de quoi je voulais parler. Mais je pouvais lire la peur dans ses yeux, comme si le simple fait de savoir ça pouvait être dangereux.

— Pour elle ? demanda Zhu.

— Pour moi. (Jian but une gorgée, puis remit ses mains autour de sa chope.) Comme si quelqu'un pourrait vouloir me faire taire parce que j'ai ce savoir.

Il arrêta de parler et ses amis se dirent qu'il venait d'épuiser un mois de parole en une seule séance.

C'est Shun qui brisa le silence qui s'était instauré entre eux.

— D'accord. Supposons que nous ayons des informations fiables. Le Clan Sacré existe, ce sont des métamorphes comme des loups-garous et ils peuvent être blessés avec de l'argent. Ils sont difficiles à tuer et nos dirigeants veulent que nous allions les tuer...

— Dans les montagnes de Hubei, précisa Zhu.

— En sautant en parachute, ajouta Bai.

— Dans l'obscurité de la nuit, conclut Shun. Dites, les gars, c'est pas pour dire, mais ça sent pas bon tout ça. Impossible d'aller là-bas avec de l'artillerie lourde, il va falloir y aller en hélicoptère...

Zhu l'interrompit.

— Sauf que ce serait trop bruyant. Alors, on va devoir sauter en parachute. Sans doute l'une des méthodes les plus créatives pour s'écrabouiller au sol jamais inventées.

— Ce sont nos dirigeants qui devraient sauter en parachute, lâcha Bai.

Jian leva sa chope vers lui pour trinquer.

Shun tourna sa paume vers le haut.

— Juste notre structure de commandement puisque nous sommes les parachutistes. Apparemment, avec toute la technologie disponible, ce sera comme s'ils étaient avec nous... à nous donner tous les ordres les plus inutiles sur le terrain.

— Ce n'est pas tout, remarqua Zhu. J'ai entendu dire que quatre scientifiques nous accompagneront. Ils vont envoyer une autre équipe les chercher pour les amener jusqu'à nous.

— Que les anciens sourient avec bénévolence à ceux choisis pour cette mission inutile.

Quatorze heures plus tard, Shun se mordit la langue après avoir prononcé un discours cinglant et irrespectueux à l'égard de ses ancêtres morts depuis longtemps, car ils n'avaient pas pu l'empêcher, avec ses trois compagnons, d'être sélectionnés pour aider les scientifiques.

Deux jours plus tard, les quatre parachutistes fatigués revinrent au même restaurant. Un signe de main et le barman prépara leur bière préférée. La serveuse les installa à leur table favorite, au fond de l'établissement, avant d'aller chercher leur commande.

— Non, mais vous y croyez, vous ? se plaignit Zhu. Ils voulaient qu'on porte leurs parachutes pour eux. On croit rêver !

Bai s'assit dans le box et se poussa pour que Jai puisse s'installer à côté de lui.

— Oh, moi, je les porterai leurs parachutes. Jusqu'au sol, où je les jetterai sur leurs gros culs d'intellectuels après qu'ils aient fait leur dernière et fatale chute !

Ce fut au tour de Zhu de s'asseoir.

— La femme était la pire dans le lot, dit-il alors que Shun s'installait en dernier. On aurait dit une petite princesse précieuse. Le seul qui mérite qu'on lui accorde le moindre intérêt, c'est l'informaticien.

— Tout ça parce qu'il aime les jeux vidéo sur la Seconde Guerre Mondiale, commenta Zhu.

— Quelqu'un a une piste pour les balles en argent ? demanda Bai.

Les trois autres secouèrent la tête et Shun haussa les épaules.

La serveuse arriva avec leurs bières et ils en profitèrent pour commander à manger. Elle nota la commande et s'éloigna.

— Pas tout à fait, dit Shun, mais je devrais pouvoir obtenir des revêtements en argent. Si nous fournissons les balles, ils les enduiront d'une très fine couche... (Il regarda Jian.) Tu crois que ça marchera ?

Leur ami silencieux pinça les lèvres.

— Je le crois, oui. Si tu peux parler avec cette personne, demande-lui de découper un X sur le dessus des balles. Si nous touchons quelqu'un, nous voulons que l'argent se propage dans son corps. Je ne pense pas que ça le tuerait, mais ça ferait de nous une cible moins appétissante.

Zhu grimaça, l'air un peu remué.

— Quand même, t'aurais pu éviter d'utiliser ce mot. Je n'ai pas encore mangé.

— Tu n'es pas le seul, convint Bai. Au fait, si ça t'a coupé l'appétit... je peux avoir ton plat ?

13

BERLIN, ALLEMAGNE

Melissa laissa tomber sur la table la boîte qui contenait son repas. Terry leva les yeux et grimaça en la voyant les sourcils froncés.

— Je ne peux pas dire que cette expression te va bien. C'est quoi le problème ?

Elle s'assit en lâchant un gros soupir.

— Ce serait bien s'il n'y en avait qu'un. Marre de ces connards qui se prennent pour Dieu...

— Tu veux parler des pédants du gouvernement ?

— Qui d'autre ? (Elle ouvrit sa boîte et en sortit un biscuit.) Ils font exactement ce que tu disais qu'ils ne devraient *pas* faire.

— Ils vont envoyer certains d'entre nous dans un territoire contrôlé par des islamistes radicaux ? (Elle hocha la tête en mâchant.) On connaît la répartition des équipes ? (Elle hocha de nouveau la tête en les désignant tous les deux.) Toi et moi sommes dans la même équipe, d'accord. On va devoir se taper des pédants américains, allemands ou français ? (Elle le pointa du doigt.) Américains, donc. Formidable.

Il soupira en regardant au loin.

Melissa l'observa un instant. À son expression, il semblait faire des calculs.

— Pourquoi ? demanda-t-elle après avoir avalé sa bouchée. Tu penses à quoi ?

Ses yeux restèrent rivés sur la fenêtre pendant qu'il répondait.

— Eh bien... Je connais quelques-uns des types qui s'occupent de la sécurité des Américains, alors je vais me renseigner pour voir s'ils me permettraient d'emporter des armes plus lourdes.

— Pourquoi te le permettraient ou interdiraient-ils ? demanda Melissa en avalant sa dernière bouchée de biscuit. Tu vas manger le tien ?

Terry sourit en poussant sa boîte vers elle. Son biscuit était encore dans son cellophane, tout au fond. Son offrande fut immédiatement acceptée.

— Parce que, répondit-il, j'ai un peu d'expérience sur le terrain, mais je suis devenu mercenaire peu après avoir quitté l'armée. J'étais jeune et inconscient, à l'époque, et j'ai dit des trucs stupides au sujet de mes supérieurs. C'était il y a dix ans. J'aurais sans doute dû m'excuser, mais j'ai une théorie. Je pense que la testostérone s'accompagne d'une substance chimique secondaire qui fait qu'un homme est, par nature, incapable d'admettre qu'il a tort. Il est difficile de lutter contre ça quand on est jeune, qu'on a beaucoup de testostérone et qu'on est du coup connardifié.

Melissa renifla, recrachant presque des miettes du biscuit qu'elle mangeait. Elle couvrit rapidement sa bouche pour limiter les dégâts.

— Excuse-moi... Connardifié ?

Il ricana.

— Ouais. C'est le nom que j'ai donné à l'effet de cette substance chimique. Selon mon estimation, le rapport entre connardification et testostérone est de quatre pour un.

Elle s'essuya la bouche.

— C'est plutôt énorme, ça.

— Et ce n'est pas tout ! Il y a une quantité naturelle que tous les mecs doivent gérer en permanence. Donc, le corps peut très bien absorber des niveaux normaux de testostérone et de connardification. Mais quand le niveau augmente, le corps n'arrive plus à suivre et doit emmagasiner la connardification de la même manière qu'elle emmagasine les calories dans la graisse. Et même quand la testostérone retombe avec l'âge, il nous reste encore des années, parfois même des décennies de connardification à supporter.

— C'est pas plutôt les autres qui doivent supporter ça ?

— Ah, ouais. D'accord, je suppose que ceux d'entre nous qui sont des connards subissent indirectement les retombées de notre comportement.

— Je me doutais que tu avais dû être dans l'armée, étant donné ta carrure et tout. Et donc, ils t'ont invité dans ce petit groupe pour quelle raison ? Juste à cause de ta mémoire eidétique ?

Terry regarda autour d'eux pour s'assurer que personne ne pouvait les entendre.

— Pas tout à fait. Pour être franc, il y a différentes personnes intéressées qui se demandent ce qui se passe. Rien de cette ampleur ne peut rester secret bien longtemps... en tout cas, pas dans certains cercles. Un très ancien contact, de l'époque où j'étais dans l'armée, m'a contacté et a suggéré que ce serait une bonne idée si je m'impliquais. Je me suis un peu renseigné auprès d'autres contacts et je me suis rendu compte que c'était vraiment bien payé. Je me suis dit que, peut-être, nous pourrions prendre un bon petit bain de soleil chaud dans les forêts humides sud-américaines. Si j'avais su que nous repartirions au Moyen-Orient, j'aurais sans doute demandé bien plus de fric.

Melissa arqua un sourcil.

— Ça t'inquiète vraiment tant que ça ? Je veux dire, ils ne

mettraient pas réellement toutes nos vies en danger pour ça, non ?

Terry tenta de retenir son rire.

— Tu plaisantes, j'espère ? Pour la plupart des politiciens, nous ne sommes que des pions sur l'échiquier. Si un ou deux d'entre nous y passent, ce n'est pas grand-chose pour eux. Ça fait partie du jeu. Si nous crevons tous, ça coûtera sans doute sa carrière à quelqu'un... à moins qu'il ne reçoive qu'une réprimande. Observe bien tout... Même les pédants se rendront compte un jour ou l'autre que eux non plus ne sont pas indispensables. Et ça les mettra bien en rogne, crois-moi.

Il tira sa boîte pour la ramener devant lui et y jeta ses ordures.

— Quels sont les deux autres endroits ? Et s'il te plaît, dis-moi que ce n'est pas Hawaï.

Melissa sourit.

— Si seulement ! Par contre, l'un des deux est justement l'Amérique du Sud. L'autre, par contre... je suis plutôt contente de ne pas y être envoyée, car c'est pas loin du pôle sud.

Terry grimaça.

— Le pôle sud ? Merde alors. J'aime autant partir sur le terrain. Je déteste le froid. Je supporte pas ça. Je préfère encore affronter une centaine de gars sous un soleil torride plutôt que de passer une seule nuit dans un climat qui peut te geler au point que ton bras se casse comme du verre.

Melissa éclata de rire.

— Donc, si je comprends bien, selon toi nous avons eu le deuxième pire choix possible cette fois-ci ?

Il hocha la tête.

— D'après ce que j'en sais, je dirais que oui. Je vais aller voir ces contacts dont je t'ai parlé et voir ce qu'on peut faire pour l'artillerie. Peut-être accepteront-ils de fermer les yeux si j'apporte quelque chose que nous ne sommes pas censés avoir. Ça pourrait faire toute la différence.

Il se leva et s'apprêtait à partir lorsqu'il se retourna, sourire aux lèvres.

— Ne t'emmerde pas avec du maquillage, mais prévois pas mal de tubes de crème pour la peau et veille à bien te renseigner sur les règles vestimentaires. Si nous devons nous rendre en ville, les shorts et les manches courtes sont à proscrire.

Sur ce, il fit demi-tour et la laissa terminer son repas.

VRG *Archange*

LA CHAMBRE d'Éric était bien rangée. Il avait passé beaucoup de son temps dans l'armée à mettre de l'ordre. Après l'avoir quittée, il avait maintenu les mêmes habitudes. Il avait deux photos dans des cadres sur une table : une de son frère avec sa famille et une autre avec sa nièce. Elle était très jeune sur cette photo, une pré-adolescente. Aujourd'hui, elle devait être à l'université. Il avait envoyé de l'argent à son frère pour être sûr qu'elle ait cette opportunité. Tout comme il avait dans le passé envoyé de l'argent à son frère lorsqu'il était militaire pour que ce dernier puisse avoir une éducation.

À présent, il envoyait l'argent à travers un trust. Son frère le croyait mort depuis plus de dix ans. Il espérait que ces photos prises de lui et des autres Gardes ne feraient pas penser à son frère qu'il était encore en vie. Peut-être se dirait-il qu'il s'agissait juste d'un type qui lui ressemblait.

— Éric ?

C'était la voix d'*Archange* qui résonnait dans les haut-parleurs de sa chambre.

Il était assis sur son lit en train de lire. Il baissa son livre et leva les yeux.

— Oui ?

— Stephen a demandé si vous vouliez bien le rejoindre plus tôt que prévu dans la salle d'entraînement ?

Aïe. Il ne savait pas si c'était une bonne ou une mauvaise chose. Par contre, ce qui était certain, c'est qu'il ne devait pas traîner.

— Dis-lui s'il te plaît que j'y serai dans cinq minutes.

Il sauta hors du lit et enfila ses chaussures. Bien qu'il s'inquiétât de sa conversation avec Gabrielle, il se sentait prêt. Mais pour Stephen, c'était une autre paire de manches. Il ne savait pas du tout à quoi s'attendre.

Avec un dernier coup d'œil, il s'assura que tout était en ordre dans sa chambre.

Il ne supporterait pas que quelque chose ne soit pas à sa place si quelqu'un devait venir enlever ses affaires après cette rencontre.

ÉRIC ENTRA dans la zone d'entraînement des Garces. Il vérifia que Stephen n'était pas caché derrière la porte, prêt à lui sauter dessus. Mais ce n'était pas le cas. Au contraire, le vieux vampire était au centre de la pièce, assis dans la position du lotus, vêtu de sa tenue d'entraînement.

— Fermez derrière vous, dit-il. À clé. Puis venez vous asseoir près de moi.

Éric remarqua qu'il n'avait pas ouvert les yeux en parlant. Se retournant, il verrouilla la porte. *Archange* pouvait bien sûr ouvrir n'importe quelle serrure, mais elle ne le ferait que pour quelqu'un comme Bethany Anne ou John.

Il s'avança jusqu'au centre de la pièce et s'assit à deux mètres de Stephen, lui faisant face. Après une trentaine de secondes, voyant que rien ne se passait, Éric commença à se détendre et à méditer. Ayant perdu la notion du temps, il fut légèrement surpris lorsqu'il entendit la voix de Stephen dans sa tête.

Vous voulez sortir avec Gabrielle, si je comprends bien ?

— Oui, répondit-il. C'est Bethany Anne qui vous en a parlé ?

Non. Je l'ai lu dans vos pensées superficielles.

Éric était sidéré. Il savait que Bethany Anne pouvait lire dans les pensées, mais elle ne le faisait que rarement. Il aurait dû se souvenir que Stephen avait beaucoup employé ce pouvoir pendant de nombreux siècles et n'aurait pas les mêmes réticences.

Il serait bon qu'il se souvienne de ne pas essayer de cacher des choses à Stephen.

Je comprends que demander la permission du père lorsqu'on veut sortir avec la fille est une coutume dans votre culture. Mais Gabrielle n'est pas ma fille biologique. Par contre, je l'ai transformée, c'est vrai, et je l'appelle souvent ma fille. Est-ce que cela change quelque chose ?

— Non. Que vous l'appeliez votre fille et qu'elle vous appelle son père est suffisant pour moi. C'est ma façon d'honorer cette relation.

Éric gardait son calme tout en parlant, les yeux fermés.

C'est une attitude honorable, dit la voix dans sa tête. *Et vous cherchez quoi, exactement ? Ma bénédiction ? Mes conseils ? Autre chose ?*

— Juste votre permission. Je ne refuserai ni votre bénédiction ni vos conseils, mais je compte faire ça tout seul.

Stephen tourna la tête légèrement et répondit à voix haute.

— Vous voulez que cette relation aille beaucoup plus loin, n'est-ce pas ?

Éric ouvrit les yeux.

— Je le crois bien, Stephen. Je reconnais avoir agi de manière irréfléchie il y a quelques années et j'aimerais voir si je peux bâtir quelque chose de solide avec elle. À moins que quelque chose arrive à l'un de nous, nous devrions vivre très, très longtemps.

Stephen leva une main.

— Permettez-moi de vous interrompre là, Éric. Comprenez-

vous que, en tant que vampires, nous avons des attentes différentes en matière de relations ?

— Vous faites référence à la monogamie ? (Stephen
acquiesça.) Je comprends. Je ne peux pas dire que je sois d'accord avec ce concept pour l'instant, mais je sais qu'avec les
décennies cela pourrait devenir une évidence. Cela dit, je n'ai
pas l'intention de m'engager dans cette relation sans m'assurer
que Gabrielle comprenne que je la considère comme une relation exclusive.

Éric fut pris de court lorsque Stephen éclata brusquement
de rire.

— Ha ! Ce sera exclusif. Si vous croyez une seconde que
Gabrielle envisage une relation ouverte, ne soyez pas surpris si
certaines parties de votre anatomie soient découpées pendant
votre sommeil, histoire de prouver qu'elle ne fonctionne pas
ainsi.

— Oh.

— Non, mon fils. Gabrielle garde encore des idées très, très
démodées sur les relations entre les hommes et les femmes.
Elle peut dire tout ce qu'elle veut en public, mais... (Il se tapa la
poitrine.) Je connais la *vraie* Gabrielle. Il y a toujours en elle
une petite romantique désespérée qui croit qu'un couple doit
rester un couple jusqu'à ce que mort s'ensuive. Ce n'est pas que
Gabrielle ait changé, c'est juste qu'elle pense que peut-être
dans ce monde moderne elle ne pourra jamais concrétiser ses
rêves.

— Alors, mon désir de maintenir une relation exclusive lui
plaira ? C'est une bonne chose, n'est-ce pas ?

Stephen sourit en se levant.

— Mon cher Éric, je dirais même que c'est la clé de son
cœur. À présent, vous devez vous lever et me prouver que vous
avez ce qu'il faut pour protéger son corps.

Éric sourit en se levant à son tour.

— D'accord, vieil homme. Mais n'allez pas croire que je vais y aller mollo avec vous juste par respect.

Stephen rit de nouveau.

— J'espère bien que non. Et pour ma part, j'essaierai de ne pas m'inquiéter de vous voir pleurer comme un bébé qui réclame son lait.

Le vampire avait décidé de ponctuer cette déclaration par une attaque, mais fut surpris lorsque son coup de pied fut rapidement bloqué.

Éric ne tenta pas d'enchaîner avec un assaut, préférant attendre pour se familiariser avec le rythme de son adversaire. Mais cela ne l'empêcha pas de répondre à sa pique.

— Rira bien qui rira le dernier, vieil homme.

Dans la suite de Bethany Anne, la vampire, John, Darryl et Scott étaient tous assis sur le lit, mangeant du popcorn en suivant le combat sur le grand écran mural. Ils acclamaient tour à tour l'un et l'autre en fonction d'une attaque bien pensée ou d'une parade réussie. Lorsqu'Éric évita de justesse un coup particulièrement vicieux, Darryl en fut tellement ravi qu'il cogna le bol de popcorn en agitant ses mains et en renversa une partie. Il eut un sourire gêné et ramassa une poignée de popcorn tombée sur le couvre-lit qu'il enfourna aussitôt.

— Désolé, dit-il la bouche pleine.

Bethany Anne roula des yeux en se levant pour aller chercher son petit aspirateur.

Une heure plus tard, Stephen mit fin à la séance.

Les quatre amis virent le vieux vampire serrer la main d'Éric.

— Vous n'avez pas besoin de ma permission, dit-il, mais vous l'avez. Ainsi que ma bénédiction.

Les cris qui fusèrent dans la suite furent retentissants.

Leur Éric était enfin devenu un adulte.

∾

VINGT MINUTES PLUS TARD, Éric entrait dans la salle principale de réunion de son équipe où ses amis l'attendaient tous. Il sourit sous leurs hourras.

Quand Darryl s'approcha pour lui serrer la main, il cligna des yeux.

— Euh, pourquoi tu as du popcorn dans les cheveux ?

Berlin, Allemagne

TERRY RÉUSSIT ENFIN à coincer Robert dans une petite pièce. Il avait vu le pédant du gouvernement en sortir quelques secondes plus tôt. Terry tapa à la porte et entra, refermant derrière lui.

Lorsqu'il se tourna, il vit que Robert avait haussé un sourcil.

— On dirait que les nouvelles vont vite. Tu veux repartir ?

Terry retint la première réplique qui lui traversa l'esprit.

— Non, je suis juste venu demander ta permission.

Robert pinça les lèvres, se pencha en avant et posa ses coudes sur la table.

— Ça doit te faire mal au cul, ça.

— D'avoir à demander ou de devoir l'avouer ?

Tout en parlant, Terry tira une chaise très moche, typique des immeubles gouvernementaux. Il s'assit en face de son supérieur.

— Les deux, je suppose. Bon, tu dois savoir que nous repartons sur le terrain et je vais moi aussi te faire un aveu que je préférerais ne pas faire : je suis content que tu sois des nôtres. (Robert désigna la porte.) T'as vu sortir notre polichinelle de service ? (Terry hocha la tête.) Tu sais donc qu'il ne nous reste plus beaucoup de temps.

Terry lâcha un soupir en regardant son ami de longue date. Ils avaient bossé sur beaucoup de missions ensemble au fil des ans.

— Est-ce qu'ils réalisent au moins que tout ça risque de nous péter à la gueule ? demanda-t-il.

— Bien sûr que non. Ces débiles de Washington font entièrement confiance aux satellites-espions capables de compter les poils du cul d'un chameau. Alors, évidemment, ils sont persuadés que personne ne vit à soixante-douze heures à la ronde de notre destination.

— Et tu y crois, toi ?

— Qu'ils peuvent compter les poils du cul d'un chameau, ou pour les soixante-douze heures ? (Terry se contenta de le fixer. Il ricana.) Bon, bon, d'accord. Non. Bah, je croirais presque au cul du chameau, mais ça c'est sans doute à cause de mon humour de gamin.

— Betty l'appelait prépubère, lui rappela Terry.

— C'est pas faux. Elle a toujours aimé utiliser des mots avec plus de deux syllabes. Mais assez plaisanté. (Robert posa ses mains sur la table.) Quelle est cette nouvelle permission que je ne vais pas vouloir te donner ?

— La permission de porter des armes.

— Tu l'as déjà. Même cette petite femme avec qui tu traînes tout le temps va prendre au moins un Glock.

Terry arqua un sourcil.

— Sérieux ? Je l'aurais cru un peu trop classe pour ce genre d'arme. (Son ami haussa les épaules.) C'est juste que ça me surprend un peu, c'est tout. Cela dit, ce n'est pas ce que je voulais dire. Je voudrais surtout emporter une caisse de... euh... d'outils. Que ce soit autorisé et qu'elle ne soit pas fouillée. Du genre ultra confidentiel, qu'on n'ouvrira que si nous en avons vraiment, *vraiment* besoin, au point où nous n'en aurions rien à foutre que ça mette certaines personnes en rogne, si tu vois ce que je veux dire.

— Style parce qu'on est sur le point de crever ?

Terry hocha la tête. Robert se frotta le visage, pensif.

— Rien de nucléaire ?

— Ni nucléaire ni radioactif. Rien qui soit sur une liste de produits prohibés, mais si quelqu'un tombait dessus ça soulèverait forcément des questions. Donc, je te dis que j'en ai besoin pour être sûr d'avoir toutes les réponses si on m'en demande. Je veux bien mettre une couche de bouquins par-dessus, pour les apparences. En tout cas, je te jure que personne dans ton équipe ne portera le chapeau à ma place, si ça devait en arriver là.

Robert soupira, mais c'était dans des moments comme celui-ci qu'il appréciait l'instinct de son ami. Il hocha la tête en signe d'acquiescement et ouvrit un dossier qui était posé à côté de lui. Il en sortit une étiquette autocollante qu'il signa.

— Tiens, prends ça. (Il la tendit à Terry.) Je veux que la caisse soit bien scellée, compris ? Il ne faut pas qu'on puisse l'ouvrir sans déchirer cette étiquette. Si tu peux faire ça, on devrait être bon.

Terry se leva et tendit la main. Robert la serra après une brève hésitation.

— Je m'efforce de ne pas être un connard. Je ferai de mon mieux.

Robert sourit.

Quelques instants plus tard, Terry quittait la pièce pour passer deux ou trois coups de fil.

Il allait avoir besoin de soutien et il espérait que son patron saurait lui en fournir. Sans ça, leur investissement partirait en fumée.

Il pouvait le sentir au plus profond de ses tripes.

14

VRG ARCHANGE

Bethany Anne finit par laisser tomber et elle appela des agents d'entretien pour qu'ils viennent nettoyer sa chambre. Quel dommage qu'Ashur ne fut pas là, il se serait régalé. La prochaine fois que Darryl renverserait du popcorn, le chien mangerait tout.

@@. *Bethany Anne, vous avez un instant à m'accorder ? .@@*

Elle remercia les nettoyeurs qui repartaient après un boulot bien fait et s'enferma dans sa suite. Sa réunion avec Dan et Lance était terminée depuis une dizaine de minutes et elle en avait encore quinze avant sa prochaine avec Cheryl Lynn.

Que puis-je faire pour toi, Adam ?

@@. *Nous avons trouvé des informations qui pourraient nous aider à localiser Stefanie Lee. .@@*

Génial ! Où se trouve cette salope ?

@@. *Quelque part en Chine, si nos informations sont fiables. .@@*

Excuse-moi, Adam, mais je suis à peu près certaine que nous savions déjà qu'elle était en Chine. Aux dernières nouvelles, ça reste encore un pays relativement grand, alors je vais avoir besoin d'un peu plus de précisions. Sauf si nous avons eu un cul monstre et qu'elle se trouvait dans la région que nous avons rasée...

Pendant un instant, la reine des vampires se permit un instant de rêver. Ne serait-ce pas formidable si Stefanie Lee s'était *réellement* trouvée dans la région rasée ? De grands vaisseaux qui tombent du ciel, font pleuvoir des palets et bam ! En plein dans le mille. Mais il était impensable qu'elle puisse avoir eu une telle veine.

@@. Mon équipe a trouvé des informations qu'elle a partagées avec Frank. Selon lui, elles sont bonnes. Alors, nous creusons dans son passé. Nous pensons qu'elle pourrait être rentrée chez elle. .@@

Ça peut pas être si difficile que ça de retrouver son adresse ? Bon, je me doute que la Chine ne doit pas avoir un annuaire gigantesque que l'on puisse consulter, mais ça ne peut pas être si compliqué que ça, non ?

@@. Il semblerait que ses parents soient très haut placés dans une organisation nommée le Clan Sacré. .@@

Bethany Anne essaya de se remémorer tous les films de kung-fu chinois qu'elle avait vus. Il y en avait beaucoup. Son père les aimait et ils en avaient souvent regardés ensemble lorsqu'elle était gamine.

Ils préfèrent l'ombre à la lumière, c'est ça ?

@@. Exactement. Et dans le cas de ce clan, peut-être même plus que la norme. Mais il y a un élément en particulier que Frank dit ne pas aimer du tout. .@@

Qu'est-ce qui inquiète tant notre petit Frank ?

@@. Une légende comme quoi les membres de ce clan peuvent se transformer en chats. .@@

Bethany Anne s'arrêta net.

Il pense que nous avons un problème kurthérien ?

@@. Oui. .@@

La vampire compta lentement jusqu'à quinze, puis se tourna et quitta sa chambre.

Dis à Gabrielle qu'elle vienne avec les mecs me rejoindre dans la zone d'entraînement.

@@. Fait. .@@

Tom ?

Elle attendit quelques secondes avant de s'impatienter.

TOM ! cria-t-elle mentalement.

La réponse vint rapidement, d'une voix déconcertée.

Quoi ?

C'est quoi cette histoire de clan kurthérien ?

J'en sais rien. C'est bien pour ça que j'étudie la question avec Frank. Nous essayons de voir s'il existe des informations sur ce Clan Sacré dans les archives historiques de la Chine auxquelles nous avons accès.

Vous autres Kurthériens n'avez rien de mieux à faire que de foutre la merde sur notre petite planète ?

Surprenant, n'est-ce pas ? Je ne sais pas pourquoi tu es aussi veinarde.

Veinarde ? Tu plaisantes, j'espère ! Nous avons des vampires, des loups, des ours et maintenant des chats, bordel de merde ! On va avoir droit à quoi ensuite, des moutons ?

Tom éclata de rire.

Ah non ! Les moutons ne sont pas assez agressifs. Peut-être des... Oh, attends, c'était une blague ?

Oui, c'était une blague. Que diable allons-nous faire avec un autre membre de ta foutue espèce ? Seigneur Tout Puissant, je te jure, si je pouvais tous les aligner pour leur foutre une raclée, ça ne me soulagerait pas le moins du monde.

Ce n'est pas pour pinailler, lâcha Tom, *mais mes concitoyens, en particulier les Sept, ne sont pas du genre à prendre bien les critiques ou les attaques physiques.*

Et tu crois vraiment que j'en ai quelque chose à foutre ?

Tom ne répondit pas.

Bethany Anne retrouva son équipe dans la salle d'entraînement.

— Akio rentre quand ? demanda-t-elle à John pendant qu'il plaçait des protège-tibias.

— Demain, peut-être. Plus probablement le jour d'après. Ils ont presque terminé les préparatifs en Australie.

— Parfait. (Elle se tourna vers les autres.) Bon, écoutez-moi tout le monde. Il y a du nouveau. Il semblerait que notre chère Stefanie Lee pourrait être ou ne pas être associée avec un clan de Wechselbalg qui peut se transformer en chats.

— Cool. (Les quatre autres se tournèrent vers Darryl.) Quoi ? C'est sympa de pouvoir se transformer en loup ou en ours, mais un chat ? Ces bestioles sont magnifiques.

— Ces bestioles, lui rappela Bethany Anne, vont avoir des griffes de sept à dix centimètres et voudront te découper la peau en rondelle.

— Dans ce cas, la question ne se pose pas. Ces chats doivent mourir. Désolé, mais le fils préféré de Madame Jackson ne tolère en aucune façon l'éviscération.

— Pas de grenades, ajouta Scott.

— Je sais pas, marmonna John en terminant de se préparer. Parfois, elles peuvent être utiles.

— Non, insista Scott. On s'est éclatés à New York, d'accord, mais nous avions la phrase-clé pour nous esquiver à temps.

Gabrielle, qui était en train de s'étirer allongée au sol, regarda vers le Garde.

— La phrase-clé ? J'ai dû louper un chapitre.

— Quand on était sur le toit, expliqua Darryl, John a regardé en bas et il a vu ces types qui parlaient de descendre Bethany Anne avec des lance-roquettes...

— Ouais, l'interrompit Scott, et il a dit « hé les gars, matez-moi ça ! » C'est la phrase-clé qui veut dire « barrez-vous de là à toute vitesse ».

Les deux Gardes échangèrent un regard complice pendant que les autres gloussaient.

— Voilà, il nous faudrait un truc dans le genre, si possible. Et de préférence avec un potentiel moins létal pour nous.

— Et si on utilisait des palets ? suggéra John. Jane parle beaucoup d'en faire des plus petits que l'on pourrait plus facilement contrôler.

— Ce serait génial, ça ! s'exclama Gabrielle. Comme à l'intérieur de la base chinoise ?

— Un peu dans ce genre, ouais.

— Ça va, je vous laisse peaufiner les détails. (Bethany Anne se dirigea vers l'autre bout de la pièce.) En attendant, je veux qu'on s'entraîne sérieusement. Alors, je vais jouer la défense.

— Tu prends qui dans ton équipe ? demanda Gabrielle.

— Personne, répondit la reine par-dessus son épaule.

— Oh merde, marmonna Scott. Ça va faire mal.

— Quelqu'un a pensé à apporter de l'ibuprofène ? demanda Darryl.

~

— Putain de merde, ces griffes font foutrement MAL !

Gabrielle tenait son ventre là où son chemisier avait été déchiré, emportant avec des bouts de chair et de muscle. Le sang dégoulinait le long de ses bras, trempant son pantalon.

— J'en sais quelque chose, marmonna Éric en serrant une serviette contre son bras.

John grogna et se pencha en avant, posant les mains sur ses genoux le temps de retrouver son souffle.

— Elle s'amuse avec nous, les gars. Elle nous a divisés, nous a surpris avec de nouvelles techniques...

— N'oublie pas les griffes, lâcha Scott en s'appuyant contre le mur. Pour l'amour de Dieu, n'oublie pas les griffes !

Darryl fronça les sourcils en regardant John.

— Pourquoi tu n'as pas de griffures, toi ?

Il avait déchiré sa chemise et en avait utilisé les morceaux pour bander ses plaies à la poitrine.

— Grâce à toutes les raclées que j'ai reçues, avoua John avant de se relever.

Ils gardaient tous leurs yeux fixés sur Bethany Anne. La reine se tenait à l'autre bout de la pièce, les yeux légèrement rouges. Elle haletait, elle aussi, tout en les fixant.

— T'en penses quoi, Gabrielle ? demanda John.

L'interpellée baissa le bras maintenant que son estomac avait eu le temps de guérir un peu.

— Je crois, dit-elle, que je suis un peu rouillée. (Éric lui lança une serviette qu'elle utilisa pour essuyer de son mieux le sang sur son bras.) Mais d'une manière ou d'une autre, je vais rendre la monnaie de sa pièce à cette... (Elle s'arrêta en voyant Bethany Anne hausser un sourcil.) À cette femme.

— Ça me va, dit Darryl. Je vote pour que vous deux y alliez et la fatiguiez un peu. Après, nous trois on vient pour le coup de grâce.

Ils ricanèrent quelques instants.

— En fait, dit Éric, je veux bien tenter une approche par le haut si Gabrielle la prend par le bas.

La vampire se tourna vers le Garde, mais celui-ci avait son regard rivé sur Bethany Anne.

— Tu as un plan, cowboy ?

Éric hocha lentement la tête.

Gabrielle sourit et ses yeux durcirent en se tournant de nouveau vers la reine.

— Putain ouais, je couvre tes arrières.

Derrière eux, les trois autres se regardèrent et échangèrent un sourire entendu. Si rien d'autre, Éric ferait valoir son point de vue.

Un point de vue sans doute douloureux, mais au moins il serait émis.

— Attends que j'aie parcouru un tiers de la distance avant de me suivre. Après, calcule bien ton coup, d'accord ?

— Quel coup ? siffla Gabrielle.

Mais c'était trop tard. Éric courait déjà vers leur reine en criant.

— *Gottverdammt* !

La vampire s'élança à sa rencontre. Elle avait à peine fait trois pas, qu'Éric sautait. Et ce n'était pas un petit saut. Sa tête cogna presque le plafond, qui se trouvait à six mètres au-dessus d'eux, alors qu'il volait à travers la pièce.

Gabrielle voulait lui crier que Bethany Anne se contenterait d'attendre qu'il atterrisse pour lui donner une raclée et... Oh !

Elle sourit en comprenant qu'il ne faisait pas ça pour attaquer, mais pour lui donner une ouverture à ELLE. Éric profitait de ce qu'il savait de la patronne pour offrir à Gabrielle une occasion en or de marquer un point douloureux. C'était la faiblesse la plus délicieuse et la plus manipulable qu'avait Bethany Anne.

Et ça marchait !

La reine jeta un coup d'œil à Gabrielle avant de relever les yeux vers Éric, un petit sourire se dessinant sur ses lèvres tandis qu'elle observait la trajectoire de son Garde.

Touché, coulé.

Gabrielle fonça droit devant, consommant une grande partie de sa réserve éthérique pour percuter Bethany Anne. Elles s'écrasèrent toutes les deux contre le mur dans un bruit assourdissant. Les coussins de protection n'étaient pas suffisants pour l'étouffer, tellement le choc était puissant.

— Bordel de merde ! cria Bethany Anne en repoussant les griffes de son adversaire.

Sa main déchira un trou dans la paroi matelassée à l'endroit où Gabrielle s'était trouvée l'instant d'avant. Presque trop tard, la reine se souvint d'Éric et eut le temps de se décaler assez pour ne subir qu'une partie du coup. Elle fut projetée de nouveau contre le mur, tomba au sol, roula sur elle-même et se releva... sourire aux lèvres ?

— Putain, il était temps que vous pensiez à utiliser dans nos combats ce que vous savez de moi !

Ses yeux perdirent leur teinte rouge et ses griffes se rétractèrent.

Gabrielle remarqua qu'Éric ne baissait pas sa garde, alors elle se repositionna légèrement sur sa droite pour que Bethany Anne ne puisse pas les atteindre tous les deux en même temps.

— C'est bon, dit la reine, la séance est terminée.

Éric se détendit.

En regardant vers le mur, Gabrielle vit qu'un gros morceau de la surface protectrice manquait et elle tressaillit. Elle aurait eu foutrement mal si elle avait été touchée.

— Quelqu'un a besoin de sang ? demanda Bethany Anne.

Éric marcha jusqu'à la glacière et l'ouvrit.

— Gab !

Gabrielle se retourna juste à temps pour voir une poche de sang voler vers elle. Elle tendit la main pour l'attraper. Ses crocs s'allongèrent et s'enfoncèrent dans la poche pour en drainer une partie.

— C'est un B négatif sans prétention, ajouta Éric avec un sourire.

En observant les autres, il les vit tous en train de secouer la tête.

Bethany Anne regarda autour d'elle et ils l'imitèrent pour voir ce qu'elle voyait.

La pièce était dans un état déplorable, presque détruite.

— Bon, dit John en essuyant la sueur sur son front, je crois que nous devons appeler les gars qui s'occupent des réparations à bord. Peut-être qu'ils pourront nous aider à trouver une solution. À part les parois métalliques, tout ça semble avoir foutrement souffert.

— Tu déconnes, j'espère ? demanda Darryl, sa voix plus

aiguë que d'habitude. Je suis à peu près sûr que c'est moi qui ai souffert dans cette histoire. (Il pointa vers sa droite.) Si ce banc est bousillé, c'est parce qu'il était sur mon chemin quand j'ai atterri. Il était simplement au mauvais endroit au bon moment. La pièce a souffert, mon cul.

Scott et Éric ricanèrent alors que Darryl se tournait de nouveau vers l'équipe.

— Alors, quelqu'un a pensé à apporter de l'ibuprofène ?

Ils discutèrent encore une dizaine de minutes sur ce qu'ils devraient travailler pour mieux combattre un adversaire ultra-rapide pourvu de griffes. John promit de voir avec Jane ce qu'ils pouvaient faire pour protéger les bras. Gabrielle fit remarquer qu'il faudrait protéger *tous* les endroits sensibles.

Alors qu'ils commençaient à partir, Éric appela Gabrielle. Elle se tourna pour le regarder.

— Tu veux bien rester une minute ? J'ai une question à te poser.

Bethany Anne ne les regarda pas en passant entre eux pour se diriger vers la sortie.

— Au fait, dit-elle par-dessus son épaule, c'était une belle attaque. Pas besoin de revivre ça pour moi. Vous vous êtes bien débrouillés, mais que ça ne vous monte pas trop à la tête.

Elle rejoignit John, Darryl et Scott qui avaient déjà quitté la pièce et ils refermèrent la porte derrière elle.

Une lueur rouge apparut dans les yeux de Bethany Anne.

— On fonce ! murmura-t-elle.

Aussitôt dit, aussitôt fait. Elle fila dans le couloir à toute allure, ses trois Garces juste derrière elle.

— Archange ! cria-t-elle. Projette le flux de la salle d'entraî-nement sur l'écran principal.

Il ne leur fallut que dix secondes pour rejoindre sa suite.

Ils se ruèrent dans la chambre en criant. Bethany Anne fit un grand saut dans les airs, voltigeant au-dessus d'Ashur qui baissa la tête et atterrit dans son lit. Elle faillit tomber par terre, mais parvint à garder son équilibre.

Quatre paires d'yeux se tournèrent vers l'écran mural.

— Je crois que ça pourrait être marrant, disait Gabrielle. J'accepte.

Elle se tourna et quitta la pièce, laissant Éric seul.

Il sauta haut, frappant l'air en criant.

— YES !

Il retomba sur ses pieds, arrangea ses vêtements et quitta la salle à son tour.

— Eh merde, grommela Bethany Anne, on a tout raté ! Archange, éteins l'écran.

— Il aurait pu au moins bafouiller un peu, pleurnicha Darryl, le temps qu'on arrive pour l'espionner.

— Allez, les gars, c'est l'heure de vous casser. Moi, je suis dégoûtante et vous, vous saignez.

— À qui la faute, patronne ? plaisanta Scott.

Bethany Anne les raccompagna jusqu'à la sortie de la suite, leur dit au revoir et ferma la porte derrière eux. Elle retourna s'asseoir sur le lit.

— Archange, rembobine l'enregistrement quinze secondes avant ce que tu viens de nous montrer.

Elle regarda autour d'elle et fit une moue avant de ramener ses yeux sur l'écran juste quand Éric demandait à Gabrielle de rester un instant.

— Eh merde, j'aurais bien aimé avoir du popcorn.

15

VRG ARCHANGE

— Quelle idée tordue ont encore eu Steve et Adarsh ? demanda Lance.

Le visage de l'ex-général s'affichait sur l'écran mural, observant les personnes assises dans la salle de conférence. Ils étaient une vingtaine, dont Dan, Bethany Anne, Frank, Barb, Marcus, Bobcat et Jeffrey.

Ils savaient tous que cette réunion risquait d'être un peu longue.

C'est Marcus qui répondit.

— Adarsh voudrait qu'on trouve un moyen pour discerner la différence entre la lumière d'une étoile et ce que notre œil perçoit réellement. Il pense que si notre indésirable visiteur utilise une méthode de dissimulation, ça doit déformer la lumière ou un truc dans le genre.

Lance mâchouilla son cigare éteint.

— Donc, s'ils ont la capacité de se rendre invisibles, nous sommes foutus ?

— Non. Je pense que l'algorithme qu'ils sont en train de développer devrait nous aider, d'une manière ou d'une autre. Cela dit, nous avons reçu les résultats de nos analyses et il semblerait que ce vaisseau soit sans doute un peu plus grand que le *Defender*. Si vous pensez qu'il est difficile de trouver une aiguille dans une meule de foin, mieux vaut que je ne vous parle pas de la difficulté de trouver un vaisseau de soixante à quatre-vingt-dix mètres de long dans l'immensité de l'espace.

— À moins qu'il ne soit à proximité ? demanda Bethany Anne.

— Oui, bien sûr. Plus le vaisseau est proche, plus la quantité d'espace qu'il bloque est importante. Le localiser s'il se trouve à quelques milliers de kilomètres, d'autant plus s'il est invisible, serait bien plus compliqué.

— Ne pourrions-nous pas utiliser un sonar ? demanda Lance.

— Dans une certaine mesure. Nous avons une idée approximative de la composition du vaisseau, mais rien de très précis. Ils n'utilisent pas le même revêtement que nous, du moins pas que nous ayons pu déterminer. Mais ils n'émettent aucune onde que nous puissions capter, ils pourraient donc avoir quelque chose à l'intérieur qui empêche toute énergie perdue de quitter le vaisseau.

— Aucune chaleur, donc ? demanda Frank.

— Pas que nous ayons pu détecter.

Ce fut au tour de Dan d'intervenir.

— Des anomalies de gravité ?

En tant que chef de l'équipe BMW et responsable des opérations générales dans le domaine de la recherche, c'est Jeffrey qui répondit.

— Nous avons fait des tests pour voir si nous pouvions détecter nos propres vaisseaux et cela s'est avéré problématique. Ce qui, d'une certaine façon, est une bonne chose, car cela nous permet d'être silencieux et discrets. Si nous coupons nos transpondeurs, personne ne peut savoir où nous sommes...

— Ça ne peut pas être aussi simple, l'interrompit Barb.

Tous les regards se braquèrent sur elle et elle réalisa qu'elle avait énoncé à voix haute sa frustration. Bethany Anne haussa un sourcil, alors elle tenta de développer sa pensée.

— Je crois plus prudent de supposer que ces extraterrestres sont capables de localiser les vaisseaux dans l'espace... sinon, pourquoi se cacher comme ils le font ?

— Pour être clair, dit Marcus, nous ne nous inquiétons pas vraiment de voir nos sondes spatiales heurter des astéroïdes. Même dans les zones les plus denses – la ceinture d'astéroïdes – il faut faire des calculs compliqués si l'on veut être sûr d'en voir un ne serait-ce que de la taille du plus petit état américain. Oh, bien sûr, il existe des groupes, mais ils sont faciles à éviter. Pour vous donner une idée, on aurait peut-être deux mille astéroïdes d'un mètre répartis sur une zone équivalente à la superficie des États-Unis

— Alors, c'est pas *La guerre des étoiles* ? demanda William. Tu peux pas foncer à travers un champ de gros cailloux en essayant de les esquiver ?

Le scientifique secoua la tête.

— À moins de vraiment tenir à le faire. Pour ça, il faudrait chercher un groupe. En outre, ce vaisseau est un point infiniment minuscule dans l'infinité de l'espace.

— D'accord, dit Bethany Anne. Donc, s'ils cherchent à se cacher, c'est qu'il doit forcément exister un moyen de les trouver.

— En supposant qu'ils soient encore ici, convint Marcus.

Elle hocha la tête, pensive.

— C'est en effet une possibilité, comme vous le verrez dans une seconde. Nous cherchons et cherchons, mais pour l'instant nous faisons chou blanc. Ce qui peut laisser à penser qu'ils sont repartis. Cela dit, les amis, nous avons de nouvelles informations. Une nouvelle anomalie au point d'entrée/sortie 1.

Adam, demande à Archange *de lancer l'enregistrement réalisé par le* Defender.

@@. Fait. .@@

Derrière la table, une vue de l'espace apparut. Et là, au milieu de nulle part, flottait un large cercle vert empli et entouré de vagues ondulantes.

C'était un spectacle saisissant... mais qui n'était pas censé se trouver là.

— C'est quoi.... *ça* ? demanda Dan.

Bethany Anne inclina la tête vers la vidéo.

— *Ça*, c'est ce que Tom appelle un Portail Annexe. *Defender* l'a découvert il y a trois heures. Aucun de nos senseurs n'a pour l'instant réussi à le détecter, mais c'est de cette zone que le vaisseau provenait. Nous pensons que notre indésirable visiteur est venu à travers ce portail et Tom pense qu'il repartira de la même façon.

— Alors, ces enculés sont toujours là ? demanda Lance.

Bethany Anne avait un peu parlé avec son père lorsqu'ils avaient reçu l'enregistrement, mais ils n'avaient pas eu le temps de rentrer dans les détails.

— Je le crois, papa.

C'était dans des moments comme celui-ci qu'elle avait tendance à l'appeler 'papa' plutôt que 'général' ou même 'Lance'. Affronter l'inconnu la faisait parfois s'oublier et utiliser ce terme révélateur. Heureusement, aucune des personnes présentes n'irait jamais transmettre cette précieuse information à ceux qui aimeraient connaître leur lien.

— Et donc, intervint Frank, c'est quoi un Portail Annexe ? Je devine que nous n'allons pas aimer la réponse...

Tom, pourquoi ne pas leur expliquer sur le haut-parleur ?

Comme tu veux, répondit l'extraterrestre.

— Bonjour tout le monde, ici Tom. (Sa voix était chaleureuse, mais encore légèrement électronique.) Bethany Anne m'a demandé d'intervenir.

La reine fut amusée de voir la salle s'animer. Elle réalisait que lui parler, ou même l'entendre, était un événement rare pour la plupart d'entre eux. Même Marcus se contentait souvent de communiquer avec Tom par texto.

Barb tourna vers elle un regard interrogateur. Elle sourit et hocha la tête pour confirmer que oui, il s'agissait bien de l'extraterrestre en personne.

— Avant que je ne rentre dans les détails, je dois vous rappeler que mes informations datent d'il y a plus de dix de vos siècles. Toutefois, déjà à cette époque, certaines civilisations extraterrestres employaient des portails présentant les caractéristiques que vous voyez dans la vidéo. On les appelle des Portails Annexes car la plupart des espèces qui s'aventurent dans l'espace sont de nature curieuse et plutôt portées sur la conquête. Elles ont souvent besoin de quitter leur monde d'origine, ce qui les pousse à trouver des solutions pour surmonter les difficultés liées à l'exploration spatiale, mais elles ont rarement la capacité de développer immédiatement une technologie leur permettant de sécuriser ce type de voyages...

— Sauf nous, contra fièrement Jeffrey.

— Non, c'est faux. Votre espèce a lancé plusieurs programmes qui ont causé la mort de nombreuses personnes. Certes, ce n'est pas beaucoup d'un point de vue statistique, mais en pourcentage de ceux qui essaient d'atteindre les étoiles, c'est à peu près aussi élevé que ceux qui essaient d'atteindre le sommet du Mont Everest... à savoir, quatre pour cent. Pour qu'un voyage spatial soit considéré comme un succès, mon peuple estime que ce pourcentage doit être inférieur à un. Le vôtre est bien plus élevé, et ce, depuis quelques décennies.

Jeffrey haussa les épaules.

— Désolé. Pour nous, c'est comme si nous faisions ça depuis quelques années et que brusquement nous pouvions utiliser des générateurs de gravité pour réussir.

— Pas faux, dit Bethany Anne. Mais ça, c'est parce que les Kurthériens ont interféré, pour le meilleur ou pour le pire, dans le développement de notre espèce. Donc, sur l'échelle de l'histoire complète de cette planète, cela ne représente qu'un court laps de temps. Cela dit, si les choses s'étaient déroulées comme ils l'avaient prévu, nous serions déjà dans l'espace en train de combattre d'autres civilisations pour le compte de nos seigneurs et maîtres.

— Pourrions-nous convenir de les appeler les Sept ? demanda la voix de Tom.

— Si tu veux. Pour ceux qui ne seraient pas au courant, il existe douze clans de Kurthériens. Tom vient d'un groupe de cinq qui n'est pas fichu d'écraser un cafard...

— Je m'améliore sur ce point, interrompit l'extraterrestre.

— Seulement grâce à la mauvaise influence de Bethany Anne, fit remarquer Lance.

La salle éclata de rire.

— Peut-être bien, général. Mais je pense plus probable que ce soit grâce aux nombreuses et longues conversations que nous avons eues sur la nécessité de ce qu'elle appelle l'élagage. C'est, d'une certaine manière, similaire à ce que nos généticiens ont fait avec notre propre ADN.

— C'est juste un élagage de dernière mesure, dit Bethany Anne. Bref. Les Kurthériens psychotiques sont les sept autres clans. Continue, Tom.

— Pour la plupart des espèces, voyager dans l'espace entraîne une croissance énorme de leur civilisation, car cela donne accès à de nouvelles matières premières. Par extension, cela conduit à de nouvelles techniques de construction, permettant de faire plus grand et plus vite. Prenez par exemple le vaisseau dans lequel vous vous trouvez. En l'espace de trois générations, toute espèce devient accro à cette course vers les étoiles, voulant construire plus et plus vite, grandir, acquérir plus de matériaux, découvrir de nouvelles technologies... et tout ça, grâce à l'espace. Une fois épuisées les ressources naturelles proches de leur monde d'origine, ils s'étendent et annexent d'autres régions.

— Connaissez-vous des cas où cela s'est passé autrement ? demanda William.

— Bien sûr. Cela peut survenir dans les cas de civilisations très structurées. Comme les consciences collectives, ou ce que vous appelleriez des groupes familiaux patriarcaux ou matriarcaux... ou encore, des monarchies avec une autorité divine.

Frank tourna un large sourire vers Bethany Anne.

— Hé ! Faut pas déconner, dit-elle alors que tous les regards se braquaient sur elle. Je vise pas à dominer l'univers. Je veux juste botter des culs jusqu'à ce qu'ils pigent qu'ils doivent arrêter de manipuler les humains et les autres espèces.

— Un Portail Annexe, reprit Tom, représente la première étape de reconnaissance d'une civilisation en pleine expansion. Elle cherche de nouvelles ressources, des technologies qu'elle peut s'approprier et de la main-d'œuvre.

Barb eut l'air surpris.

— De la main-d'œuvre ? Ils n'ont pas tout ce qu'il leur faut chez eux ?

— Ils veulent des esclaves, expliqua Bethany Anne. Pense à l'Empire Romain. Les puissants ne voulaient pas se salir les mains alors qu'ils pouvaient rester à Rome et passer du bon temps. Je suis sûre que la perspective de parcourir des milliards de kilomètres pour mourir d'asphyxie en creusant des mines sur un astéroïde ne doit pas leur paraître particulièrement séduisante.

Bobcat se redressa dans son siège, hébété.

— Ces enculés voudraient voler nos matériaux, s'emparer de notre technologie et, par-dessus le marché, nous faire trimer pour eux ?

— C'est exact, dit Tom. Je pensais que c'était évident.

Le pilote se gratta le menton.

— Peut-être. Je pensais juste que les Kurthériens voulaient nous utiliser pour combattre une autre espèce. Je n'avais pas envisagé l'esclavage...

— Mais *c'est* une forme d'esclavage, fit remarquer Marcus en lançant à son ami un regard interrogateur. Tu ne considères pas la guerre comme de l'esclavage ?

— Ah, ouais, d'accord, mais c'est au moins un petit peu plus intéressant. Utiliser une pioche sur un rocher au milieu de nulle part, c'est juste cruel.

Bethany Anne préféra couper court. Elle connaissait assez bien ces trois-là pour savoir que sans ça, la conversation pourrait tourner en rond un bon moment.

— Poursuis, Tom.

— Le Portail Annexe est connecté à un autre endroit dans l'espace, leur permettant de facilement retourner dans leur propre système solaire.

— Tu veux dire comme un portail de distorsion ? demanda Marcus. Ils ne peuvent pas faire comme toi ?

— Si par là tu veux dire presque mourir en se déplaçant aléatoirement vers un lieu inconnu, alors non. Cette capacité de nos vaisseaux est une technologie avancée exclusive aux Kurthériens. Ce Portail Annexe est le seul moyen pour ce vaisseau de repartir. C'est comme ça que je sais qu'il ne s'agit pas de Kurthériens. Mon peuple n'utiliserait pas un tel artifice.

— Et les espèces qu'ils ont subjuguées ? demanda Lance.

— Non, pas pour un éclaireur. Un portail de ce genre est une porte ouverte qui permettrait à l'espèce qu'ils étudient de la traverser pour aller dans leur système.

Bethany Anne fronça les sourcils.

— Pourquoi ne sont-ils pas inquiets, dans ce cas ? Nous avons... Oh. Merde.

— Exactement, dit Tom.

— Seigneur, marmonna Marcus. Voilà qui est... surprenant.

— De quoi diable parlez-vous ? voulut savoir Bobcat.

Bethany Anne regarda autour de la table, un sourcil levé.

— Ils n'ont pas encore repéré nos vaisseaux. Ils ne savent pas que nous pouvons traverser leur portail.

Tous les yeux se retournèrent vers le cercle vert qui ondulait sur un fond étoilé.

— *Gottverdammt*, grogna Bethany Anne. Voilà que j'ai maintenant ma propre boîte de Pandore.

Vaisseau intersidéral yollin, *G'laxix Sphaea*

— Avez-vous tous bien compris ? demanda le capitaine Kael-ven T'chmon.

Il avait fait venir tous ses conseillers pour une réunion d'urgence. Il y avait là le chef de la sécurité Kiel, le scientifique Royleen et Melorn. Devant eux flottait une représentation de la station spatiale en orbite autour du satellite mort de cette sous-espèce.

— Le plan me semble solide, dit Royleen en frottant la peau sèche de son visage. Mais c'est vraiment moche ce truc, non ?

Les trois autres Yollin ne purent qu'acquiescer.

— Nous leur rendrions un fier service si nous la pulvérisions une fois nos prisonniers capturés, remarqua Kiel.

Kael-ven renifla.

— Vous dites ça parce que vous aimez faire exploser les choses. J'ai lu le rapport de votre précédent capitaine, vous savez. (Il leva une main avant que l'autre puisse répondre.) Ce n'est pas que je désapprouve votre suggestion. Mais les missiles nécessaires pour cet acte de charité ont un coût... un coût qui serait prélevé de notre budget.

— Ah, oubliez ça.

Ils devaient tous recevoir une prime pour ce voyage et Kiel ne voulait en aucune façon être responsable de la réduction de cette prime. Sans doute ne trouveraient-ils rien de valeur dans ce système solaire, mais peut-être que la commission d'intermédiaire et la technologie du petit vaisseau qu'ils avaient vu de loin généreraient quelques bénéfices.

Le capitaine se tourna vers le scientifique.

— Avez-vous pu déterminer leur mode de propulsion ?

— Non. Ça ne tient pas debout ! Les images que nous avons de leur usine de fabrication sont complètement illogiques. Le vaisseau, si c'en est bien un, semble plus adapté pour parcourir les mers que pour naviguer dans l'espace. Le fait qu'il se trouve là, *dans l'espace,* me pousse à penser qu'il s'agit d'une espèce détraquée. C'est une dichotomie insensée de voir des efforts intelligents, presque brillants, à côté de... *ça* !

Il désigna la station spatiale.

— Et donc, quelle est votre opinion sur cette espèce ?

— S'ils n'étaient pas dans l'espace, dit Royleen, je dirais que ce sont des idiots. Mais étant donné qu'ils sont là... Je dirais que ce sont soit des idiots très chanceux, soit des savants idiots.

Le capitaine éclata de rire.

— J'en déduis que vous les prenez pour des idiots ? Je vous en prie, ne retenez pas votre langue à cause de moi.

Royleen leva ses deux bras en l'air.

— Vous ne devriez pas me taquiner ainsi, capitaine. Je suis une proie trop facile en ce moment. Qu'est-ce qu'ils construisent dans cette base ? Quelque chose, bien sûr. Pourtant, voilà, nous avons cette abomination qui flotte devant nos yeux, dans toute sa gloire monstrueuse. Il n'y a aucune logique dans leurs actions.

— Assez discuté de ces gens et de leur intelligence, coupa le capitaine. De toute évidence, ils sont une cible trop facile. (Melorn ne put retenir un sifflement. Il plaqua ses deux mains sur sa bouche, regardant son supérieur d'un air alarmé.) Pas d'inquiétude. Ici, vous pouvez tous parler librement. Ne soyez pas délibérément irrespectueux et tout ira bien. (Melorn hocha la tête et baissa les mains.) Maintenant, passons aux choses sérieuses. L'acquisition d'informations. En somme, il nous faut des échantillons vivants de cette espèce.

— La gravité de leur planète, dit Royleen, est douze pour cent plus lourde que la nôtre et leur atmosphère est respirable sans masque. Cela dit, je le déconseillerais, étant donné le niveau de pollution. Nos senseurs indiquent qu'ils polluent beaucoup. C'est peut-être pour cette raison qu'ils veulent partir dans l'espace.

— Une autre attaque contre eux ? demanda le capitaine.

— J'offre juste une explication logique pour leurs actions.

Kael-ven T'chmon se tourna vers son conseiller militaire.

— Eh bien, Kiel, si vous nous disiez comment vous comptez procéder pour l'attaque ?

VRG *Archange*

BETHANY ANNE REVINT à sa suite après sa dernière réunion et lança sa tablette sur le lit. Ashur n'était pas là, alors elle supposa qu'il était parti en quête de nourriture. Elle se demanda si elle ne devait pas lui trouver de la compagnie.

Elle lâcha un profond soupir.

Ils avaient maintenant un vaisseau qui leur tournait autour avec des extraterrestres qui voulaient savoir si les humains feraient de bons esclaves pendant qu'ils les démunissaient de tout ce qui pourrait leur permettre de naviguer à travers les étoiles.

Foutrement génial.

Au moins, elle avait positionné le *Defender* à proximité de la sortie. Tant que le Portail Annexe était actif, rien n'était joué. S'ils pouvaient juste choper le vaisseau avant que le passage ne se referme, ce serait fantastique.

@@. Bethany Anne. .@@

Oui, Adam ?

@@. *J'utilise beaucoup trop de cycles de calcul pour essayer d'aider Yuko.* .@@

Et tu veux quoi, exactement ? Tu veux des conseils ? Qu'as-tu fait pour l'instant ?

@@. *J'ai lu toute la documentation pertinente que j'ai pu obtenir sur internet ou par d'autres biais... .@@*

Attends une seconde, que veux-tu dire par 'autres biais' ?

@@. *Serait-il envisageable à ce stade de poursuivre la conversation sans répondre à cette question ? .@@*

Foutre que non ! As-tu obtenu des informations spécifiques que tu n'aurais peut-être pas dues ?

@@. *C'est une question subjective, non ? Pour comprendre ce qui perturbe Yuko, il m'a fallu me tourner vers des médecins. .@@*

Bethany Anne dut réfléchir un instant à ce que l'IA venait de dire pour comprendre ce qu'elle n'avait *pas* dit.

Aurais-tu consulté des dossiers médicaux et lu leurs notes sur des consultations privées avec leurs patients ?

@@. *Oui. Cela me semblait la méthode la plus rapide pour comprendre ce qui perturbait Yuko et comment un professionnel s'y prendrait pour l'aider. .@@*

C'est très délicat, ça, Adam. Il y a énormément de nuances qu'un médecin ne va pas inclure dans ses notes et cela peut fausser les résultats et/ou le diagnostic. Et puis, ce médecin spécifique pourrait ne pas être approprié pour le patient qu'il traite. Il y a tellement de façons différentes que cela pourrait mal tourner, je ne suis pas sûre de pouvoir même en imaginer le quart.

@@. *Je suis malheureusement parvenu à la même conclusion. J'ai regardé les statistiques et découvert que les médecins, en particulier les psychologues, sont encore incapables de déterminer si ce sont leurs actions qui ont aidé. Ou est-ce juste le fait de parler avec un médecin et la volonté d'aller mieux qui ont été les principaux facteurs facilitant la résolution du problème ? .@@*

Dans ce cas, pourquoi m'en parler ? Yuko fait quelque chose pour se réconcilier avec son père ?

@@. *Je crois que si elle avait une solution et avait besoin de mon aide, elle m'en parlerait. J'ai remarqué que son efficacité au travail a*

baissé de quatorze pour cent par rapport à son pic d'il y a deux mois.
.@@

Et cela évoque quoi pour toi ?

@@. Je pense qu'elle souffre d'une maladie mentale à long terme
et qu'elle aura besoin d'aide pour la surmonter. .@@

Et comment proposes-tu que nous procédions ?

@@. C'est bien pour ça que je vous en parle, chef. .@@

Bethany Anne se laissa tomber sur le lit et couvrit ses yeux.
Certains jours, il valait mieux rester sous sa couette.

D'accord. Résume moi la situation depuis le début.

Elle bascula en vitesse vampirique et en une seconde et
demie, elle avait toutes les informations dont elle avait besoin.

Très bien. Voici ce que nous allons faire...

16

STATION SPATIALE UNE, L2

— Mais puisque je te dis que c'est la méthode des cowboys !

Adarsh secoua la tête en regardant le bordel que Steve avait mis sur la table.

— Je ne pige pas ce que tu veux me faire gober là.

— Je ne veux rien te faire gober, bon sang ! Je t'explique, c'est tout. Franchement, des fois c'est à se demander si t'es humain. (Steve saisit l'appareil qu'ils avaient construit ensemble et le retourna.) Regarde, voilà les modifications que nous avons faites pour le scope. En supposant que notre visiteur malvenu ait le moindre effet sur la gravité, cela devrait pouvoir se détecter, non ?

— C'est ce que j'ai expliqué plus tôt, selon le théorème de Gauss appliqué à la gravitation. Mais pourquoi le détruis-tu ?

Steve éclata de rire.

— Dans la Marine nous ne détruisions jamais rien. Nous usions de ce que nos amis de l'armée appelaient des expédients de terrain. (Il se tourna légèrement pour saisir un oscilloscope qui se trouvait derrière lui.) Et donc, nous allons faire quelques altérations à ces filtres que tu as créés...

— Stop ! s'exclama Adarsh. C'est *ça* qui me dérange. J'ai

passé beaucoup de temps à faire des calculs complexes pour concevoir ces filtres, je dirais même que ce fut laborieux. Et toi tu t'apprêtes à tout casser.

Steve accrocha deux pinces sur l'appareil.

— Je vais rien casser, alors pas la peine de monter sur tes grands chevaux.

Les épaules d'Adarsh s'affaissèrent.

— Pourquoi tu dis tout le temps ça ? Je n'ai pas de chevaux. Je n'en ai jamais eu. Je n'ai jamais vécu à la campagne.

— C'est juste une expression, mon pote. T'as grandi où, déjà ?

Steve parlait distraitement tout en bricolant.

— Détroit.

— Aux États-Unis ?

— Tu connais une autre ville qui s'appelle Détroit ?

Steve ne répondit pas, car il était maintenant trop concentré. Il pianota quelques commandes, puis débrancha le câble USB.

— Voilà, dit-il en enlevant les pinces. Maintenant, nous devons juste placer ce machin au bon endroit.

— C'est-à-dire ? demanda Adarsh.

Steve tourna vers son collègue un regard confus.

— Mais dehors, bien sûr.

G'laxix Sphaea

LA VOIX du capitaine sortit du haut-parleur, résonnant à travers le bureau.

— Nous sommes à trois heures solaires de notre point de chute. Votre équipe est prête ?

— Oui chef, répondit Kiel. Le matériel d'acquisition a été réglé par le docteur Royleen. Selon les informations de l'ancienne base de données, il ne devrait provoquer que peu de dommages physiques à long terme.

— Combien dans votre équipe ?

— Douze, capitaine.

— Qui vous remplacera pendant votre absence ?

— Bo'cha'tien. Elle est très compétente, chef.

— J'ose l'espérer, si vous lui confiez cette tâche. Veillez juste à ce que vous reveniez tous en un morceau. Il serait mal avisé qu'elle bénéficie d'une promotion avant son heure.

— Compris, chef.

— Ce sera tout.

Le grésillement du haut-parleur cessa.

Kiel essaya de comprendre l'émotion qu'il ressentait. Au bout de quelques instants, il identifia le problème. Son capitaine se souciait de son sort.

Il se leva et contourna son bureau, mettant cette pensée de côté. Pour l'instant, il devait se concentrer. Le reste devrait attendre.

Station Spatiale Une, L2

Tron, le patron de la station spatiale, considéra Steve et Adarsh d'un œil critique pendant qu'ils lui expliquaient pourquoi ils voulaient sortir dans l'espace.

— Vous m'excuserez, dit-il, mais je suis Britannique. Et les Britanniques sont cyniques de nature. Nous partons du principe que tout va forcément foirer et agissons en fonction.

— Alors ça...

Steve s'arrêta net, réalisant que rien de ce qu'il pourrait dire ne modifierait des décennies d'endoctrinement culturel.

— Je sais bien, continua Tron, que c'est une manière tordue et plutôt négative de considérer la vie, mais notre contre-argument typique est que cela permet de sauver des vies. Dans le cas qui nous concerne, peut-être les vôtres. Donc, si je comprends bien... (Il gesticula d'une main, désignant la boîte métallique posée sur le chariot entre les deux hommes.) Vous pensez que ce machin pourrait nous aider ?

Steve répondit d'une voix ferme.

— Oui, chef.

Tron remarqua que l'autre homme ne disait rien. Il se tourna vers lui.

— Adarsh ?

L'interpellé hésita.

— Il y a un certain potentiel... Nous avons fait de notre mieux. Et après, nous avons fait de notre mieux pour, euh, l'améliorer.

Il jeta un œil à Steve qui l'ignora.

— D'accord. Permission accordée. Mais faites attention à vous, d'accord ?

Steve sourit et se tourna pour pousser le chariot hors du bureau. Il remarqua qu'Adarsh était sur le point de parler et lui roula sur le pied en passant.

— Oh, désolé ! Je t'avais pas vu. Tiens, tu veux bien m'aider, là ?

Tron roula des yeux. Il venait d'autoriser Abbott et Costello à faire une virée dans l'espace.

Génial.

— BORDEL, y'a pas moyen d'avoir un BON café ici ?

Bree lança un regard noir à la cafetière. Peu importe le nombre de fois qu'elle expliquait aux autres comment préparer un café de qualité, ces Néandertaliens ne savaient pas nettoyer le filtre ou qu'il fallait utiliser de l'eau froide. Elle pourrait retourner à sa chambre pour se faire une bonne tasse avec la petite cafetière personnelle que Bobcat lui avait envoyée, mais c'était à l'autre bout de la station et elle n'avait vraiment pas envie de tant marcher.

D'un air dégoûté, elle reposa la carafe sur le réchaud.

Se retournant, elle vit passer Steve et Adarsh qui poussaient quelque chose dans le couloir. Elle se dirigea vers eux, saluant Kris au passage.

Ces deux-là la faisaient toujours rire et comme elle était en manque de caféine, un peu d'humour lui ferait du bien.

ReaLea arrivait depuis l'autre extrémité du couloir. Elle salua Steve et Adarsh en les dépassant, se dirigeant vers le réfectoire. Elle était à trois mètres de la porte quand Bree en sortit en coup de vent et bifurqua pour suivre les deux hommes d'une démarche déterminée. ReaLea se figea, regarda à l'intérieur de la pièce qui l'incitait à venir se repaître, puis se tourna vers ses amis. Elle roula des yeux avant de leur emboîter le pas.

— Ça a intérêt à valoir le détour...

G'laxix Sphaea

— ICI LA PASSERELLE. Il ne reste plus qu'une heure solaire et le capitaine veut savoir si votre équipe est prête ?

Kiel activa le micro de son casque.

— Oui. Nous procédons juste à des tests de dernière minute sur notre équipement.

— Compris.

Le déclic dans son oreille indiquait qu'il était de nouveau seul avec ses pensées. Kiel ne voulait pas foirer cette mission. Il avait beaucoup discuté avec Royleen et était maintenant excité par les possibilités qu'offrait cette découverte. Cette espèce semblait capable d'exploiter des mines en plein espace, ainsi que d'y vivre et survivre. Le médecin ne pouvait toujours pas trancher s'il s'agissait d'idiots très chanceux ou de savants idiots, mais il devait reconnaître que les données recueillies jusqu'à présent étaient plutôt prometteuses.

Ils avaient peut-être touché le gros lot dans ce système solaire. C'était un coin un peu reculé et les Kurthériens n'étaient pas là, ce qui signifiait que ce monde n'avait pas été revendiqué par le seul groupe qui aurait pu faire hésiter leur roi. Ils pourraient l'annexer dans les règles.

Rien n'indiquait que le capitaine soit malhonnête et puisse faire quoi que ce soit pour léser son équipage lorsqu'ils rentreraient sur Yoll. Si tout se passait comme il l'espérait, dans moins d'une année solaire standard, il serait riche.

Il serait le premier membre de sa famille à pouvoir choisir son destin.

À moins que le capitaine T'chmon lui demande de se joindre à une autre expédition. Dans ce cas, il serait le premier à sauter sur l'occasion.

La vie ne pouvait guère être meilleure qu'elle ne l'était actuellement pour quelqu'un de sa caste.

Station Spatiale Une, L2

STEVE ET ADARSH verrouillaient le nouveau détecteur en place quand ils entendirent la voix de Bree dans leurs casques.

— Vous en êtes où, les gars ?

— Pareil qu'il y a trois minutes, répondit Steve. Nous sommes dehors, dans l'espace. Avec seulement trois millimètres de protection entre mon cul et le néant. Y'a de quoi refroidir, c'est moi qui te le dis.

— Refroidir ? Je croyais que ça voulait dire tuer quelqu'un ?

Steve sourit alors que les rires de Bree et de ReaLea résonnaient dans leurs casques.

— Dans un autre contexte, sans doute. Détroit, hein ?

— Oui, pourquoi ?

— Va falloir un de ces jours que je visite ton quartier, mec. Bref. Dans le contexte actuel, ça veut juste dire que j'ose pas desserrer mon cul par crainte de perdre de l'oxygène.

— Ah ouais, je vois. (Adarsh plissa le nez.) Par contre, merci pour l'image. C'est dégoûtant. Je vais avoir du mal à me sortir ça de la tête, maintenant.

Cette fois, c'est Steve qui se mit à rire.

Quelques minutes plus tard, ils avaient terminé. Ils retournèrent vers le sas et la sécurité de la station.

Syrie

— Où allons-nous ? demanda Hamza.

Ils s'agrippèrent aux poignées lorsque le camion tangua en passant sur un pan particulièrement abimé de la route.

Yasin se repositionna sur le banc en bois, calant le fusil entre ses jambes.

— Pas loin de la frontière. On a signalé des gens qui creusent sans l'accord du ministère des ressources naturelles.

— Et alors ? Tu crois pas qu'on a d'autres trucs plus importants à faire ?

Hamza essaya de s'installer plus confortablement pour amortir les chocs le mieux possible avec ses jambes.

— C'est l'argent, mon ami, c'est *toujours* l'argent. Et puis, nous ne pouvons pas non plus permettre qu'on profane nos terres.

— Comment diable avons-nous même entendu parler de ça ?

Hamza était vraiment irrité de devoir faire ce voyage.

— Selon la rumeur, quelqu'un aurait cafté. (Il regarda son ami.) Parait même qu'il y a des Américains sur le site.

La surprise marqua le visage de Hamza, rapidement remplacée par un large sourire.

— Mais bon sang, pourquoi ne pas l'avoir dit tout de suite ? Je rêve de tuer des chiens américains depuis plus d'un an.

Ils riaient encore lorsque le véhicule passa sur un autre nid-de-poule et ils rebondirent douloureusement sur leurs sièges. Yasin rit de plus belle en entendant son ami invectiver le conducteur et ses ancêtres.

À l'extérieur de Tal Ajaja, Syrie

LE SOLEIL COMMENÇAIT à se coucher lorsque Robert vint voir Terry. Il aidait Melissa à trier certains des objets qu'ils avaient trouvés. Terry leva les yeux pour regarder son vieil ami qui lui fit signe de sortir du trou.

Il se tourna vers la sombre ouverture du tunnel qu'ils avaient creusée.

— Melissa ?

Il l'entendit jurer à l'intérieur.

— Quoi ? cria-t-elle.

Elle oubliait tout le temps qu'il fallait garder la tête basse là-dedans. Même avec le casque qu'il essayait de lui faire porter, elle se cognait régulièrement au plafond. Elle avait beau être incroyablement intelligente lorsqu'il s'agissait d'archéologie, elle était vraiment nulle pour les fouilles. Sa seule expérience dans le domaine avait été dans des fosses ouvertes avec des mâts de tentes et de grandes couvertures pour protéger l'équipe du soleil. Elle n'avait jamais mis les pieds dans un trou aussi sombre.

— Je dois monter un instant parler avec Robert. Ne fais pas de conneries pendant mon absence, d'accord ?

— Quelles conneries voudrais-tu que je fasse dans un foutu trou dans le foutu sol ?

— Eh bien, tu pourrais par exemple bouger un rocher et faire s'affaisser le plafond, qui t'écraserait sous son poids.

Terry entendit un petit 'oh' contrit et sut qu'il n'obtiendrait pas une meilleure réponse de l'universitaire. Il se retourna et grimpa l'échelle pour rejoindre la surface. Robert se pencha et tendit une main pour l'aider à sortir.

Une fois à la surface, Terry essuya son pantalon d'un revers de main pour en faire tomber le sable. Lorsqu'il se redressa, Robert lui fit signe de le suivre sans dire un mot. Intrigué, il suivit son ami sur une quinzaine de mètres, où ils contournèrent un affleurement.

— C'est quoi le problème ? demanda Terry. Des visiteurs ?

— J'en ai l'impression, répondit Robert.

— L'impression ? Je croyais qu'ils étaient capables de compter le nombre de poils sur le cul d'un chameau ? Pourquoi cette incertitude ? Et puis merde, mec, on peut pas se demander sans arrêt si des extrémistes islamiques armés jusqu'aux dents vont nous tomber dessus. C'est quoi cette hésitation ?

— Le pédant du gouvernement affirme qu'il n'y a rien sur le radar ni sur les images satellites.

— Et c'est vrai ?

— Oui, dut admettre Robert. Il n'y a pas un grand nombre de véhicules se dirigeant vers nous. Cela dit... J'ai vu quelques images où l'on peut voir des groupes de deux ou trois venant de différentes directions et convergeant vers notre position.

Terry leva une main pour s'essuyer le front.

— Tu crois qu'ils savent que les États-Unis sont dans le coup ? (Robert hocha la tête.) Eh merde. Quand les politiciens comprendront-ils que ces connards savent être très sournois lorsque nous sommes impliqués ? (Terry tourna son regard vers l'horizon.) Nous avons combien de temps ?

— D'après ce que j'ai vu, les premiers pourraient être là dans la matinée. Dis-moi si tu as besoin de quelque chose ?

Terry lâcha un gros soupir avant de se tourner de nouveau vers son ami.

— Je vais devoir passer quelques coups de fil. Écoute, si les choses tournent mal et que tu décides que je dois sortir l'artillerie lourde, je le ferai. Mais n'oublie pas qu'on m'en fera payer chèrement le prix.

— Ils te mettraient au rebut ? demanda l'autre, un peu surpris.

— Mis au rebut, jeté aux oubliettes, réduit au silence... (Terry grimaça.) Non, ça n'irait pas jusqu'à là, mais mieux vaudrait que je disparaisse, tu comprends ?

Robert hocha la tête.

— Je suis désolé, mais si on risque des pertes, il faudra sans doute en arriver là.

Terry sourit et haussa les épaules.

— J'en attends pas moins de toi, mon ami. Inutile que des gens meurent si on peut l'éviter, mais gardons ça en dernier recours, d'accord ?

Robert hocha la tête et tendit la main.

— Encore une fois, nous affrontons l'enfer ensemble. En espérant que nous aurons autant de succès que la dernière fois.

Terry serra la main tendue et ricana.

— Tuons-les tous...

Robert termina la phrase sous le soleil déclinant.

— ... et que Dieu reconnaisse les siens.

Force yollin

— Nous sommes en position, capitaine. À votre ordre, nous décollons.

— Bien reçu. Vous avez le feu vert. Bonne chasse.

Kiel était surpris. Il était rare qu'un capitaine donne personnellement le feu vert.

— Bien compris, capitaine. Merci.

Il était temps de voir ce que leur vaisseau avait découvert. Il n'était pas rare, pendant les repas, d'entendre des vétérans raconter comment ils avaient soumis des civilisations pourtant coriaces. Ces histoires étaient populaires aujourd'hui et le resteraient sans doute encore demain.

Peut-être reviendrait-il lui aussi avec quelques histoires à raconter.

Station Spatiale Une, L2

RealLea et Bree couraient pour rattraper les deux hommes.

— Pourquoi cette urgence ? demanda ReaLea.

— Alerte rouge ! cria Adarsh par-dessus son épaule.

Steve entra dans le laboratoire en premier, suivi de près par les trois autres. Les deux filles purent alors constater que des symboles rouges clignotaient sur trois différents moniteurs.

— Merde ! (Steve se laissa tomber dans une chaise et posa son casque sur la table. Il jeta un œil vers Adarsh.) C'est fiable, tu crois ?

Le second homme s'assit à côté de son ami et se tourna vers un autre groupe de moniteurs.

— Accorde-moi une minute.

— Nous n'avons pas une minute, bordel ! grogna Steve. Je veux une réponse dans dix secondes.

Il appuya sur un bouton pour ouvrir une communication avec Tron.

La voix de leur supérieur grésilla dans le haut-parleur.

— Alors, Abbott et Costello sont bien rentrés en un morceau ?

— Abbott et Costello croient surtout que nous sommes sur le point d'être attaqués, répondit Steve.

— Quoi ?

— Notre nouveau détecteur indique une anomalie à environ cinq cents kilomètres de nous, dans la direction opposée à celle de la lune, avec plusieurs petits signaux entre elle et nous.

— Vous en êtes sûrs ? demanda Tron d'une voix calme.

— Non, avoua Steve, pas encore.

Il avait à peine terminé sa phrase qu'une alarme retentit à travers toute la station.

— C'est quoi ce bordel ? demanda Steve. J'ai dit que nous n'étions pas sûrs...

— C'est l'heure d'un exercice surprise.

— Aha ! s'écria Adarsh. Je les ai ! Eh merde.

— Merde quoi ? demanda Bree.

— Ça fonctionne. Ils sont réels.

— Eh bien, dit Tron, nous voilà fixés. Combien de temps avons-nous avant qu'ils nous tombent dessus ?

— Deux minutes, répondit Adarsh. Ils viennent de décoller.

La ligne fut coupée. Une seconde plus tard, la voix de Tron résonnait par-dessus l'alarme, à présent diffusée à travers toute la station.

— Ici le commandant Tronley. Alerte maximale. Ennemi en approche. Je répète. Ennemi en approche. Ceci n'est *pas* un exercice. À vos postes de combat. Que les Gardiens se préparent à l'attaque. Le personnel secondaire doit immédiatement prendre les armes qui leur ont été désignées. Les civils sont priés de rejoindre au plus vite les conteneurs d'évacuation les plus proches de leur emplacement. Je répète : ceci n'est *pas* un exercice. Alerte maximale.

G'laxix Sphaea

— Très intéressant, capitaine.

Le scientifique Royleen se trouvait sur la passerelle du *G'laxix Sphaea*. Il observait, écoutait et saurait se rendre utile si Kiel avait besoin de conseils sur quels spécimens ramener. Melorn était parvenu à lui procurer de nombreuses images, alors il connaissait bien la physiologie des aliens.

— Vous êtes gentil, Royleen, mais j'aimerais une réponse un peu plus substantielle.

Le capitaine T'chmon appuya sur deux boutons sur l'accoudoir de sa chaise et l'hologramme qui flottait devant eux se transforma.

— Les relevés dans le coin inférieur droit indiquent le niveau de vibration. Il y en a à présent à travers toute la station. (Il appuya sur un autre bouton.) Kiel ! Quelque chose les a avertis. Ils savent sans doute que vous arrivez.

— Pas de problème, capitaine. Nous y sommes presque. Il est impossible qu'ils soient à la hauteur. Ils ne sauront pas ce qui les a frappés. Ça va être du gâteau.

Station Spatiale Une, L2

— Réfectoire !

Steve saisit son casque et contourna les deux femmes.

— Restez ici, leur dit-il en traversant le sas.

Adarsh prit également son casque.

ReaLea lança à Bree un regard incrédule.

— Je rêve ou il vient de nous dire de rester en arrière ? (Elle plissa les yeux.) J'ai travaillé dans la police, moi, alors je crois que…

— Ce sont des extraterrestres, remarqua Adarsh en se dirigeant vers la sortie. Ils veulent probablement les femelles en priorité.

Il attrapa un couteau sur son passage.

— Ils n'ont pas intérêt à toucher à *cette* femelle-ci, cracha Bree. Je n'ai pas encore eu ma dose de caféine et je suis une vraie garce quand je n'ai pas eu ma dose.

— Tu sais, plaisanta ReaLea en sortant du laboratoire, on dit qu'admettre avoir un problème est le premier pas.

— Quel est le second ? demanda Bree en la suivant.

— Prendre une arme et tabasser tous ceux qui te font remarquer que tu as un problème.

Elles se dirigèrent vers le réfectoire.

LE VAISSEAU de Kiel percuta la paroi d'un conteneur. Le trou fut rapidement scellé par un gel qui se dilate et se fige dans le vide jusqu'à ce qu'il occupe toute la place. L'enveloppe extérieure serait larguée à leur départ, laissant la zone perforée se refermer, mais lentement. Toute personne se trouvant à proximité à ce moment-là mourrait sans doute.

Des alarmes se déclenchèrent dans son casque alors que résonnait encore l'horrible crissement métallique. L'appareil élargissait le trou afin de leur faciliter l'abordage. Royleen n'était pas sûr de la vitesse appropriée pour empaler la station à l'aspect si fragile sans que son équipe ressorte par l'autre côté.

Cela aurait certainement foiré la mission.

Les alarmes changèrent de tonalité.

La chasse était ouverte.

JOE JENSEN REVENAIT d'une séance d'entraînement et portait encore des protections sur ses bras et ses jambes lorsque l'alarme se mit à hurler. Il fit demi-tour et retourna en courant à la salle de gym. Après avoir saisi un long bâton et en avoir retiré les protections à chaque extrémité, il repartit tout aussi vite dans l'autre direction. En sortant de la pièce, il faillit percuter Steve et Adarsh qui arrivaient de l'autre bout du couloir.

— Mais c'est quoi ce bordel ? demanda-t-il.

— Attaque en cours, répondit Steve, on ne sait juste pas encore où.

— T'es pas prêt pour ça, mec.

— Pour ton information, Joe, j'ai commencé à me battre bien avant ta naissance. Voyons si je peux bousiller deux ou trois de ces connards.

Steve sursauta en voyant débouler les Gardiens. En passant devant lui, John répondit à sa question muette.

— On va récupérer des armes.

Steve sourit en les suivant.

— En voilà une idée qu'elle est bonne.

17

À L'EXTÉRIEUR DE TAL AJAJA, SYRIE

Terry alluma le téléphone qui lui avait été donné en s'éloignant du camp. Il avait vraiment espéré contre toute attente ne pas avoir à utiliser cette botte secrète. Devoir avouer qu'il avait un autre employeur allait forcément faire des mécontents. Mais le groupe était riche... et puissant.

C'était le côté 'riche' qui avait initialement attiré son attention. À présent, il comptait sur le côté 'puissant' pour sauver leurs peaux. Il aurait préféré que personne ne soit au courant qu'il avait ces relations, mais il n'y pouvait rien. Sa réputation allait en prendre un sacré coup. Il soupira. Lui qui avait espéré impressionner la petite dame... là, pour le coup, c'était rapé.

Il composa le numéro.

— Bonjour, c'est Terry. J'ai un problème...

~

ROBERT OBSERVA son ami de longue date s'éloigner du site de fouille. Il avait compris que Terry aurait sans doute bientôt quelques soucis à cause de cette aide... mais ce qui se trouvait dans la malle était sa botte secrète. Les deux hommes avaient de nombreuses fois travaillé ensemble et Terry avait toujours le chic pour le surprendre. Robert espérait qu'il y aurait encore une surprise cette fois-ci.

Quelques minutes plus tard, Terry revint vers le campement, son visage marqué par la détermination. Robert se tourna pour rejoindre ses hommes et les préparer. Le pédant du gouvernement avait beau soutenir qu'il n'y avait pas lieu de s'inquiéter, il n'y croyait pas une seconde. D'ailleurs, il ressentait déjà cette démangeaison caractéristique entre ses omoplates.

Les ennuis arrivaient... et à grands pas.

LE CAMION ÉTAIT ARRÊTÉ sur le côté de la route. Yasin et Hamza étaient assis par terre, à l'ombre du véhicule, remerciant Allah de leur avoir accordé un peu de répit après toutes les secousses que leurs corps avaient endurées.

Yasin regarda son ami tout en parlant la bouche pleine.

— On devrait arriver au lever du soleil. Avec un peu de chance, on pourra les cueillir au saut du lit, avant même que ces chiens boivent leur café.

— Tu veux parler de cette eau boueuse infecte qu'ils osent appeler café ? Les tuer serait un acte de charité. (Les deux hommes ricanèrent en mangeant.) J'ai hâte de les aligner dans mon viseur. Ça fait si longtemps que j'ai envie de saigner ces porcs. J'en ai souvent rêvé, tu sais.

— J'ai cru comprendre qu'il s'agit d'un petit groupe, dit Yasin après avoir avalé une nouvelle bouchée. Une vingtaine de personnes, à tout casser. Dont sans doute une dizaine de gardes. Contre trente ou trente-cinq de notre côté. Ça va être la curée ! Nous aurons terminé à midi et nous pourrons reprendre la route dans l'après-midi.

Hamza grogna.

— Pourquoi diable ne pas faire durer le plaisir jusque dans la soirée ? Comme ça on pourrait dormir sur le terrain rocheux et repartir le lendemain. (Il tapa sur la carrosserie du camion par-dessus son épaule.) Avec ce bolide.

MELISSA REJOIGNIT Terry avec son repas froid et s'assit en face de lui, sur un large rocher. Son ami regardait au loin dans la nuit. Elle commença à ouvrir sa boîte.

— Seigneur, marmonna-t-elle, ces biscuits au chocolat me manquent à un point, c'est même pas drôle. Je tuerais pour un biscuit au chocolat.

Terry ricana et se pencha pour fouiller dans son sac à dos.

— Eh bien, j'avais prévu de t'offrir ça pour ton anniversaire, jeudi prochain, mais je crois que maintenant est un moment plus avisé. (Il sortit un paquet-cadeau mal emballé dans un papier rouge avec un nœud doré à moitié écrasé.) J'ai choisi cette marque, car les gâteaux sont dans des cellophanes individuels, ce qui devrait leur permettre de mieux se conserver.

Melissa en resta bouche bée. Elle tendit la main pour prendre le paquet.

— Comment as-tu su pour mon anniversaire ? (Terry tapota son front, sourire aux lèvres.) Arrête de me charrier. Je crois pas une seconde que tu puisses avoir trouvé cette info sur le web et l'avoir retenue.

Elle déchira le papier rouge pour révéler une boîte bleue de biscuits au chocolat.

— Tu sais, ajouta-t-elle, si tu n'étais pas aussi sale, couvert de sueur et dégoûtant, je t'aurais sûrement embrassé. (Elle ouvrit la boîte et en retira plusieurs gâteaux.) Merci Seigneur, je n'aurai besoin de tuer personne en fin de compte.

Terry décida de ne pas gâcher son plaisir pour l'instant.

Elle releva les yeux vers lui.

— Non, mais sérieusement, comment connais-tu la date de mon anniversaire ?

— Oh, ça n'a pas été si difficile à découvrir. Tu es plutôt connue dans le cercle universitaire. Tu as publié plus de quatorze articles – que j'ai tous lus, soit dit en passant. Alors, je n'ai pas eu à trop creuser pour trouver ta date de naissance.

— Il n'y avait pas aussi l'année, j'espère ? (Il hocha la tête et elle grimaça.) Ne sais-tu pas qu'il y a certaines choses qu'une femme n'aime pas que l'on sache à son sujet ? (Elle avait déjà avalé dix biscuits lorsqu'elle réalisa qu'elle devrait sans doute en offrir un à celui qui avait ramené ça pour elle depuis l'autre bout du monde.) Tu en veux un ?

Terry sourit et tendit la main pour accepter cette offre généreuse, réussissant à chiper un second biscuit avant qu'elle ne lui arrache le paquet.

— Merci. Je sais à quel point ça doit être difficile pour toi de partager étant donné que ce sont sans doute les seuls biscuits à cent kilomètres à la ronde.

Melissa écarquilla les yeux en regardant le paquet. Elle le plaqua contre sa poitrine, l'entoura de ses bras et lança un regard farouche à son ami.

— C'est mon mien !

Leurs éclats de rires résonnèrent dans l'obscurité de la nuit.

VERS MINUIT, Robert rejoignit Terry et s'appuya contre un rocher.

Melissa était partie se coucher quelques heures plus tôt. Il avait décidé de ne pas lui parler de ce qui était sur le point de se passer – il serait bien assez tôt pour ça plus tard. Ces heures de sommeil paisible et ininterrompues lui feraient le plus grand bien.

Terry leva les yeux en voyant son ami approcher.

— On dirait que les grosses pontes ont fini par comprendre qu'il y avait un souci, dit Robert. Ils m'ont officiellement informé que, je cite : il pourrait y avoir quelque chose, peut-être une ou plusieurs personnes, se dirigeant vers nous. (Terry renifla son mépris.) Toutefois, ils ne semblent accorder aucun poids à ce que j'ai vu plus tôt. Ils pensent que nous avons encore, au pire, soixante-douze heures avant que l'ennemi se pointe.

— Ça te démange ? (Robert hocha la tête.) Et j'ai l'arme secrète. (Terry lâcha un soupir.) Ouaip, on est dans la merde jusqu'au cou.

— Ton arme secrète vaut son pesant d'or, non ? (Robert se rapprocha et s'assit par terre à côté de son ami, jambes tendues devant lui, s'appuyant en arrière sur ses bras.) Tu sais, si ça devait être notre dernière nuit... Disons que je préférerais aplanir les choses entre nous.

— C'est tout à ton honneur, dit Terry. Tu sais, je n'ai jamais voulu te faire du mal. J'étais jeune, j'étais con et je croyais tout savoir. J'ai voulu régler les problèmes en dehors de l'équipe et je n'aurais pas dû. Quand tu ne m'as pas soutenu comme tu l'avais toujours fait auparavant... j'avoue que ça m'a fait mal. Alors, pendant cinq ans, je me suis défoulé sur toi et tous ceux qui me tombaient sous la main. Jusqu'à ce qu'un jour, au cours d'une mission, je tombe sur quelqu'un qui m'a montré que parfois, juste parfois, il vaut mieux fermer sa gueule.

— Sérieux, quelqu'un a réussi à te faire entendre raison ? J'aimerais bien rencontrer cette personne, tiens.

Les yeux de Terry se tournèrent vers le ciel et la beauté des étoiles.

— Peut-être un jour, murmura-t-il, peut-être même bientôt.

Suivant le regard de son ami, Robert grogna.

— Oh, c'est pas le moment de baisser les bras. Je ne sais pas toi, mais perso je n'ai pas hâte de rencontrer notre Créateur. T'es devenu croyant ou quoi ? (Quand Terry éclata de rire,

Robert comprit qu'il faisait fausse route.) Ça va, je voulais juste m'assurer que tu n'étais pas en contact direct avec Lui.

Il pointa le ciel du doigt, ce qui fit sourire son ami.

— Non, je ne suis pas en contact direct avec Lui.

— N'empêche que, si c'était le cas, je trouverais ça foutrement utile là tout de suite. (Il regarda le campement par-dessus son épaule.) J'ai vingt-trois personnes sous ma protection. Je pense pouvoir en loger une quinzaine dans la zone excavée, ce qui devrait les mettre à l'abri des coups de feu. Reste à déterminer si tu veux descendre avec eux ou monter avec nous.

— Putain, Robert, je sais que j'ai fait des conneries que je regrette, mais franchement, là, tu me blesses !

Robert regarda son ami, sourit et lui tendit une main.

— Excuses acceptées, p'tit con.

VRG *Archange*, en orbite au-dessus de l'Australie

@@. *Bethany Anne... .@@*

Oui ?

La vampire sortait d'une réunion avec l'équipe BMW. Ils avaient estimé qu'il était temps de parler à la patronne de leur idée de bar. Elle ne put s'empêcher de sourire. Malgré tout le bordel qui régnait autour d'eux, ces trois-là tenaient absolument à créer le premier, le meilleur et le plus célèbre bar de la galaxie.

L'avenir ne les effrayait pas, mais eux effrayaient peut-être l'avenir.

@@. *Nos hackers ont découvert des informations relatives à une opération de l'APL surnommée 'Chats'. En creusant davantage, ils ont trouvé qu'ils s'apprêtent à lancer une attaque de parachutistes sur un ancien temple dans les montagnes de Hubei. .@@*

Si je comprends bien, vous avez retrouvé Stefanie Lee, mais l'armée chinoise voudrait aussi mettre le grappin sur elle ?

@@. *Selon mes calculs il y a 89,7 % de chance pour qu'il s'agisse de son repaire. L'instinct de Frank lui dit que c'est plus proche de 100 %.*.@@

Parfois il faut savoir suivre son instinct. L'attaque est prévue pour quand ?

@@. *Ils prévoient de frapper cette nuit. Ils partent dans les quatre prochaines heures.*.@@

Bethany Anne se figea et bascula en vitesse vampirique pour réfléchir à tous les défis qui nécessitaient son attention. Pas question de louper une telle opportunité.

Je veux que John, Éric, Darryl et Scott viennent avec moi. Je vais aussi récupérer Ashur. Dis à Gabrielle de me retrouver à ma suite et qu'Archange avertisse ceux qui doivent l'être. Et que l'on prépare immédiatement nos vaisseaux personnels.

GABRIELLE LA REJOIGNIT moins de dix secondes après l'arrivée de Bethany Anne. Celle-ci était déjà dans son placard, en train de se changer. Elle enfila un pantalon de cuir noir, un chemisier et un gilet pare-balles. Gabrielle lui tendit ses étuis, puis le premier pistolet.

— Que veux-tu que je fasse ? demanda-t-elle à sa patronne.

— Tu dois rester disponible au cas où Lance aurait besoin de renforts... je veux dire, plus de renforts qu'Akio pourrait fournir. À part ça, détends-toi. (Elle tapota sa tempe.) Si j'ai besoin de toi, je t'appellerai. Alors, bon, évite de t'endormir, d'accord ?

Elle sourit.

— Je te balancerais bien des conneries métaphysiques sur l'inutilité de vouloir résoudre ses problèmes à travers la vengeance... Mais j'ai vécu assez longtemps pour savoir que, parfois, la vengeance peut être réconfortante et aider à mieux dormir la nuit.

Après avoir vérifié qu'ils étaient chargés de balles en argent, Bethany Anne glissa ses pistolets dans leurs étuis. Un coup à la porte interrompit sa réponse, suivi d'une voix d'homme.

— Votre épée, ma reine ?

— Ici, Kenshin.

Le susnommé apparut dans l'encadrement de la porte. Il s'inclina tout en lui tendant l'arme à bout de bras.

Bethany Anne lui rendit la courbette et prit l'épée de sa main droite.

— Ta reine en a besoin pour dispenser sa justice. Lorsque j'en aurai fini, l'épée reviendra sous la protection de mon élite.

Kenshin s'inclina encore davantage, puis se redressa et partit.

Gabrielle le suivit des yeux.

— Tu sais, dit-elle pensivement, le fait qu'ils ne parlent pas est un peu flippant.

— Ils parlent, il faut juste apprendre à les connaître. (Elle fit un signe de tête dans la direction où était parti l'homme.) Kenshin ne porte pas juste le nom d'un célèbre samouraï, il *est* ce célèbre samouraï. Il préfère ne pas parler de cette époque. Il est tombé dans un coma à cause d'un cancer de l'estomac. Un vampire qui avait beaucoup de respect pour lui a décidé de le tourner dans la nuit. De sorte qu'il y a deux histoires sur sa mort. Dans un scénario, il a été assassiné par un ninja ; dans l'autre, la version la plus exacte, il a été emporté par son cancer.

— Comment peux-tu savoir ça ? demanda Gabrielle. Je croyais qu'il n'aimait pas parler de son passé ?

— C'est vrai. Mais c'est difficile de dire non à sa reine.

Bethany Anne contourna son amie pour sortir du placard, juste au moment où Ashur arrivait dans la suite en trottinant.

— Tu as mangé ? (Le chien haleta.) Super. T'auras pas besoin d'avaler ce que tu mords ce soir. (Ashur suivit Bethany Anne alors que celle-ci regardait Gabrielle par-dessus son épaule.) Je te confie le vaisseau. Si t'es pas sûre de la réponse à une question, vois avec ton père.

La reine empoigna les poils de son chien et les deux disparurent.

Gabrielle se tourna vers un mur.

— Archange ?

— Oui, Gabrielle ?

— Bethany Anne m'a mise aux commandes. En attendant son retour, toutes les demandes devront passer par moi.

Elle sortit de la suite.

— Entendu, répondit la voix du vaisseau. Vous êtes aux commandes en attendant le retour de Bethany Anne.

18

VRG ARCHANGE

Bethany Anne avait vérifié le chargement de son Aigle Noir, s'assurant qu'elle et son équipe avaient beaucoup de palets, y compris un nouveau modèle de cinq kilos.

Ashur avait sauté à l'arrière sans aucune aide et avait haleté en la regardant marcher autour du vaisseau.

— Ça va, ça va, on va y aller, petit dieu de la guerre. (Le chien aboya et elle éclata de rire.) Toi, j'aurais jamais dû t'expliquer l'origine de ton nom.

Elle se retourna et vit ses mecs refermer leurs verrières. Sauf John. Lui était en train de l'observer. Elle lui fit un clin d'œil avant de grimper dans l'appareil et de s'installer aux commandes. John sourit et secoua la tête en refermant sa verrière.

— Aigle Noir Un à *Archange*, dit-elle dans son micro. Autorisation de décoller ?

— *Archange* à Aigle Noir Un. J'ai modifié le bouclier. Autorisation accordée.

L'équipe de Jeffrey avait enfin trouvé comment ajuster la gravité pour permettre à des vaisseaux de traverser le bouclier sans aspirer l'atmosphère de la baie. Les nacelles devaient sortir lentement – pas plus de huit kilomètres par heure, pour l'instant –, mais c'était déjà foutrement mieux qu'avant.

Elle lui avait dit que c'était sympa, mais... quand pourrait-elle appuyer sur le champignon ? Il avait souri et secoué la tête en s'éloignant.

Cinq vaisseaux quittèrent l'*Archange* et s'orientèrent vers le magnifique globe bleu.

@@. *La Chine a avancé le lancement de la mission.* .@@

Eh, merde ! Il nous reste combien de temps ?

@@. *Leur HPA est de vingt-six minutes.* .@@

— On met le paquet, les gars ! La Chine a commencé la fête plus tôt que prévu. Ces bâtards impatients veulent me voler ma revanche.

La voix de Scott résonna dans son cockpit.

— Dis, on peut pas les laisser se latter un bon coup d'abord ? Ce serait à mourir de rire.

Bethany Anne secoua la tête.

— Je préfère ne prendre aucun risque. Cela dit, nous ne frapperons que ceux qui se mettent en travers de notre chemin. Je veux Stefanie Lee. Nous devons aussi confirmer la présence de Kurthériens ou d'artefacts kurthériens. Nous n'avons vraiment pas besoin que la Chine réquisitionne ce genre de technologie.

— Ça puerait plus que de la merde de singe, dut reconnaître Darryl.

L'équipe entra dans l'atmosphère juste au-dessus de l'Australie, puis bifurqua vers le nord-nord-ouest. Certains habitants de l'Australie du nord, de l'Indonésie, de la Malaisie, du sud du Viêtnam, du Cambodge, de la Thaïlande, du Laos et du sud de la Chine furent témoins de cinq météorites traversant le ciel. Peu de temps après, des enregistrements vidéos se propagèrent sur le web.

@@. *Arrivée prévue dans deux minutes. Vous aurez douze minutes sans interférence.* .@@

Compris, Adam.

@@. J'ai un message urgent de Gabrielle. La station spatiale est atta-quée. Archange a quitté son orbite pour aller les aider. Ils devraient arriver sur place dans neuf minutes. Par ailleurs, un contact de Dan est sur le point de subir une attaque en Syrie et a demandé notre soutien..@@

Bethany Anne grimaça. BORDEL ! Elle y était presque... Elle était sur le point de donner l'ordre de se diriger vers la Syrie quand la voix de son père résonna dans le haut-parleur.

— Ne t'inquiète pas, je vais m'en occuper avec Akio et un groupe de Gardiens. Nous arriverons en Syrie dans très peu de temps. Continue comme prévu.

La reine des vampires en eut les larmes aux yeux.

— Compris, dit-elle. Mais je te préviens, si mon directeur d'exploitation est blessé, je ne le protégerai pas contre le cour-roux de sa femme.

— Ha ! Pas de souci, c'est réglé. La permission m'a déjà été accordée.

Bethany Anne en resta bouche bée.

— T'es sérieux, là ?

— Tu veux qu'elle t'appelle pour te le confirmer ? demanda Lance.

— Non, c'est juste que...

Elle s'arrêta, ne sachant plus quoi dire.

— Bah, reprit son père, elle sait qui elle a épousé. Elle ne tient pas davantage à me changer que moi à la changer elle. Et puis, elle doit se dire qu'avec Akio et les Gardiens, je ne risque pas grand-chose après tout...

Elle entendit des huées et des « putain ouais ! » dans le fond.

@@. Bethany Anne... le Président souhaite vous parler..@@

Gottverdammt ! Quand il pleut, il pleut à verse.

— Je dois raccrocher, papa. J'ai le Président sur l'autre ligne.

— Entendu. À plus tard.

Le général raccrocha et elle prit l'autre appel.

— Ici Bethany Anne.

— Désolé de vous déranger, mais j'ai une faveur embarrassante à vous demander.

— Allez-y, mais vous n'avez que quarante-cinq secondes avant que je doive couper.

— D'accord. On m'informe que nous avons vingt-trois personnes coincées dans une fusillade en Syrie. Il nous est impossible d'intervenir assez rapidement. Vous serait-il possible de nous aider ?

— Oui, de l'aide est déjà en route. Je vous ferai savoir ce qui s'est passé dans une heure. (Bethany Anne vit les montagnes s'approcher à toute vitesse.) Autre chose ?

— Euh, à quelle vitesse peuvent-ils être là-bas ?

— Très vite. Pas plus de dix minutes. Désolée, mais je dois y aller.

Le Président entendit le déclic indiquant que la communication avait été coupée.

Merde, pensa-t-il, *je n'ai pas eu le temps de demander si elle avait quelque chose à voir avec ces étranges météorites au-dessus de l'Asie...*

Il prit son téléphone, qu'il avait posé sur son bureau, et le porta à son oreille.

— De l'aide est en route. Pas plus de dix minutes. Bonne chance.

Il posa le combiné sur son socle.

Seigneur, comme il aimerait avoir les ressources de cette femme...

~

ADAM, préviens mon père que le Président des États-Unis a officiellement demandé notre aide. Vois si tu peux envoyer un message au contact de Dan s'il n'a pas encore divulgué son lien avec nous et assure-toi que la boîte n'est utilisée que si nécessaire.

Station Spatiale Une, L2

STEVE PRIT UN BÂTON. Il n'était pas très doué avec les armes blanches, mais il trouvait plaisante l'idée d'utiliser une sorte de longue batte. L'équipe avait envisagé d'employer les mesures anti-émeutes mises en place dans la station, mais avait finalement opté contre. Personne ne pensait que des pistolets à billes pourraient être d'une grande utilité. Et puis, si elles pouvaient s'avérer efficaces contre l'adversaire, il serait toujours temps de les récupérer.

Il se retourna et se fraya un chemin au travers d'autres Wechselbalg qui allaient et venaient dans la pièce.

Steve venait d'entrer dans le couloir quand tout bascula.

— Nous avons des intrus dans les sections 12-4, 12-5, 30-2 et 30-3, résonna la voix de Tron dans les haut-parleurs.

Il entendit le vide aspirer l'air à travers la brèche pendant une seconde, puis des alarmes se mirent à hurler à travers tout le vaisseau dès que l'ouverture fut scellée.

Steve enfila son casque et le verrouilla tout en avançant. Il activa le micro qui lui permettrait d'être entendu en dehors de sa combinaison. Du coin de l'œil, il remarqua qu'Adarsh l'avait imité, tandis qu'environ un tiers des Wechselbalg était parti vers l'arrière pour faire de même.

Le nez du vaisseau qui les avait percutés pencha en avant, cognant le conteneur dans un bruit métallique violent. Puis, un extraterrestre apparut.

— Dégagez de mon foutu chemin, *Gottverdammt* ! hurla Steve tout en se précipitant vers l'ennemi.

Il fit tournoyer son bâton au-dessus de lui tout en courant.

— À l'attaque !

Tron discutait avec l'IE.

— Passe-moi l'*Archange* immédiatement !

— Ici Gabrielle. J'ai reçu les dernières données de la station. Nous quittons l'orbite terrestre. Nous devrions vous rejoindre dans dix minutes.

— Nos parois ont été perforées en quatre endroits. Les extraterrestres ont scellé les ouvertures. Quarante-cinq pour cent du personnel a rejoint nos conteneurs sécurisés et nous devrions atteindre les quatre-vingts pour cent dans... une minute et quinze secondes. Nous avons repéré dix ennemis pour l'instant. Tu devrais recevoir des images sous peu, ainsi qu'un enregistrement vidéo en direct.

— Sérieux, vous avez intérêt à tenir dix *Gottverdammt* minutes ou je vais botter tous vos foutus culs.

Tron éclata de rire.

— J'ai cru comprendre que Bethany Anne était occupée sur une autre mission... t'essaies de parler comme elle, là ?

— Bordel que non ! C'est tout moi, ça. Si les choses merdent et que vous tombez pendant que je suis aux commandes, Bethany Anne va me foutre la raclée de ma vie, alors moi je ferai de même avec vous.

— Bien compris. Cela dit, comme je n'aurai peut-être pas la possibilité de le dire dans dix minutes, je voudrais juste t'informer que tu n'es pas assez teigneuse pour arriver à la cheville de Bethany Anne. (Il regarda vers sa droite.) Je dois filer. Deux intrus tentent de pénétrer dans nos sas.

— Alors bottez-leur les fesses, Station Spatiale Une. C'est un ordre de la Reine des Garces en personne.

Il regarda de nouveau l'écran et hocha la tête.

— Entendu, *Archange*. Je vais personnellement transmettre le message.

Tron coupa la communication.

. . .

<u>Syrie</u>

TERRY OUVRIT les yeux en entendant le crissement du gravier. Il était bien réveillé quand Robert apparut dans son champ de vision.

— Le pédant du gouvernement m'informe que nos visiteurs seront là dans une heure.

— Comment, il accepte enfin la réalité de la situation ?

— Oui. Et comme tu peux l'imaginer, il n'est pas trop content que nous n'ayons aucun renfort.

— Tu veux que je lui dise que je te l'avais dit ? J'ai déjà la mauvaise réputation d'avoir la langue bien pendue, alors tu sais...

Terry se leva et épousseta son pantalon.

— Si on essayait plutôt de créer une version de toi toute nouvelle et améliorée ?

Il emboita le pas à son ami qui se dirigeait vers la tente du politicien.

— Est-ce le bon moment pour faire une blague vaseuse comme quoi j'ai choisi le mauvais moment pour arrêter de boire et de jurer ?

Ils partagèrent quelques instants de rire avant d'entrer sous la tente.

Deux minutes plus tard, les deux hommes en ressortirent et se dirigèrent vers le reste de l'équipe. Robert partit aider les gens à rejoindre l'abri des excavations. Terry, lui, marcha vers la tente de Melissa. Il avait envie de la revoir pendant qu'elle nourrissait encore un peu d'estime pour lui.

C'était sans doute stupide, se dit-il, mais il était fier d'avoir pensé à acheter cette boîte de biscuits pour elle.

Melissa se réveilla en sentant une légère pression sur son bras.

— Qu'est-ce que c'est ? marmonna-t-elle. Et pourquoi je ne peux pas aller chercher la glace ?

Terry haussa les épaules.

— Sans doute parce que le congélateur le plus proche se trouve à des centaines de kilomètres d'ici, Dieu seul sait dans quelle direction. Et puis, je doute que tu la trouverais à ton goût, de toute manière.

La jeune femme ouvrit les yeux. Elle ne s'était pas attendue à entendre la voix d'un homme dans son rêve. Son regard s'arrêta sur Terry et elle sentit immédiatement son inquiétude.

— Que se passe-t-il ?

— Eh bien... Tu te souviens que j'étais inquiet que le gouvernement nous lâche ici, seuls et loin de tout ? (Elle hocha la tête, comprenant rapidement ce qui lui traversait l'esprit.) Prends tout ce dont tu as besoin et va dans la zone d'excavation. N'oublie pas de prendre de l'eau et, franchement, tout ce que tu te sens capable de porter. Oh, de quoi t'éclairer et communiquer. Au cas où vous devriez boucher l'ouverture, quelqu'un devrait pouvoir creuser pour vous sortir de là.

Melissa sauta hors de son sac de couchage, sans se soucier du fait qu'elle ne portait rien de plus qu'un bikini. Elle commença à enfiler ses vêtements.

— Tu ne viens pas avec nous ?

— Non. Je dois rester en haut avec les autres pour empêcher nos visiteurs de vous atteindre. Si on réussit, vous n'aurez pas à craindre de suffoquer.

Elle lui lança un regard pendant qu'elle boutonnait son short.

— Toi, tu n'es pas très doué pour annoncer les mauvaises nouvelles.

Terry sourit.

— Je peux te caresser dans le sens du poil, si tu préfères, mais n'oublies pas que c'est moi qui t'ai apporté cette boîte de biscuits... ça doit bien compter pour quelque chose, non ?

— Merde ! Elle est passée où ?

Prise de panique, Melissa regarda tout autour d'elle, puis s'agenouilla et fouilla sous son sac de couchage. Elle en retira la boîte d'un air soulagé.

— Bordel, si j'avais su qu'on se taperait toute cette merde ce matin j'aurais peut-être tout mangé. Tant pis. Au moins, je pourrais maintenant me consoler avec du chocolat. (Elle se retourna et tendit le paquet à son ami.) Tiens-moi ça un instant, s'il te plait... et défense d'en manger, sinon tu pourras plus pisser droit pendant une semaine.

Elle se leva, prit son pistolet et le fourra dans son étui. D'un geste rapide, elle ouvrit un sac et y jeta des vêtements ainsi que son ordinateur portable. Elle regarda Terry qui lui rendit sa boîte de biscuits. Puis ils sortirent ensemble de la tente.

— TH ?

Il était sur le point de partir dans la direction opposée, mais il s'arrêta pour la regarder.

— Oui ?

— Sois prudent, d'accord ?

Terry porta deux doigts à son front et la salua avec un sourire. Puis il partit rejoindre Robert.

Melissa l'observa un instant, se demandant si elle le reverrait un jour vivant. Elle se tourna et marcha vers la zone d'excavation. Elle connaissait ses points forts tout autant que ses points faibles. Elle n'était pas assez stupide pour vouloir tenter sa chance sur la première ligne. Mais si un de ces connards était assez con pour montrer sa tronche à moins de trois mètres d'elle, elle ferait de son mieux pour leur donner un mal de crâne carabiné.

Elle sortit une balle du chargeur et la glissa dans sa poche.

Personne ne la capturerait vivante.

Base TRG, Australie

LANCE MÂCHOUILLAIT son cigare en réfléchissant aux trois opérations en cours. Il ne pouvait pas aider l'*Archange*, car il lui serait impossible de les rejoindre à temps. Et puis, il ne serait pas raisonnable de mettre en danger la vie des informaticiens d'Adam.

Il enfonça le bouton de l'interphone.

— Patricia ?

La réponse lui parvint immédiatement.

— Oui, mon chéri ?

— J'ai une faveur à te demander.

Il y a à peine quelques années, il ne lui serait jamais venu à l'esprit d'agir ainsi. Mais à présent, son avenir était lié à elle. Il ne pouvait plus se permettre de prendre des risques sur un coup de tête.

— Je t'écoute.

La voix de sa femme était claire, nette, efficace.

— J'aimerais partir avec Akio et les Wechselbalg...

— Je comprends. Je m'occupe de la base avec l'aide d'Adam et de son équipe. Va botter des culs, mon amour.

Lance fixa le haut-parleur d'un air incrédule, ne sachant trop comment réagir.

— Vas-y, insista-t-elle. Je t'imagine très bien en train de regarder le téléphone, te demandant si tu as bien entendu. Tu crois quoi, que je ne savais pas qui j'épousais ? Tu es un militaire jusqu'au bout des doigts. J'en ai toujours été consciente. Quand je t'ai épousé, j'ai aussi épousé cet aspect-là de toi. Ne t'inquiète pas, je te soutiens à cent pour cent.

Il appuya de nouveau sur le bouton de l'interphone, cette fois plus doucement.

— Et moi toi, Patricia. Occupe-toi bien de l'équipe d'Adam, d'accord ?

— Foutre que oui. Je suis en communication avec Adam, alors t'en fais pas, on gère. Va aider le contact de Dan. Gabrielle s'occupe de la station spatiale et je ne suis pas inquiète pour

Bethany Anne, tout ira bien pour elle. Merde, quand est-ce que ça ne va *pas* pour elle ? (Lance put déceler un brin de fierté dans le rire de sa femme.) Allez, mon chéri, va botter des culs pour moi, tu veux bien ?

— Jusqu'en enfer et au-delà. Dis-moi juste quand, d'accord ?

— Je m'en souviendrai, Lance Reynolds. J'ai beaucoup de temps devant moi pour te faire tenir cette promesse. Allez, vas-y !

— Je suis déjà parti.

Lance coupa la communication et commença à déboutonner sa chemise.

Eh merde, pensa-t-il.

Agacé, il l'arracha et la jeta sur la table avant de quitter son bureau.

Son regard s'assombrit pendant qu'il marchait dans le couloir. Ceux qui le virent passer pendant qu'il donnait des ordres dans son micro, lui cédèrent rapidement le passage. La plupart avaient entendu parler de sa colère légendaire, mais pensaient que ces histoires étaient exagérées.

Ils n'avaient jamais vu Lance Reynolds dans toute sa fureur.

À présent, il semblait plus que furieux. Il semblait dangereux et certains comprenaient d'où leur reine bien-aimée tenait ce regard qui disait « ne venez surtout pas m'emmerder ».

Tel père, telle fille.

L'impression générale était que quelqu'un était sur le point de passer un sale quart d'heure.

Cinq minutes plus tard, le général montait dans un vaisseau alors qu'il commençait à décoller. Akio et dix Wechselbalg se trouvaient déjà à bord. Le vampire japonais le salua d'un signe de tête tout en lui agrippant le bras pour l'aider à monter. Deux garous refermèrent la porte derrière lui.

Certains des conteneurs gravitiques avaient été modifiés avec de nouveaux moteurs et un supplémentaire à l'avant pour ajuster le courant d'air autour d'eux. Il y avait quinze sièges de chaque côté, avec des harnais à cinq points d'ancrage. Lance s'assit à une extrémité et Akio s'installa à côté de lui. Ils se sanglèrent tous les deux.

Tiens bon, Terry, pensa Lance. *La Mort vient vous filer un coup de main.*

19

SYRIE

Terry sentit une vibration dans sa poche. Il sortit son portable et regarda l'écran d'un air surpris. Il venait de recevoir un texto. AIDE EN ROUTE. SIX MINUTES. LE PRÉSIDENT A DEMANDÉ NOTRE INTERVENTION. N'OUVREZ PAS LE CONTENEUR SI VOUS POUVEZ L'ÉVITER.

Il remit le téléphone dans sa poche, la surprise sur son visage se transformant en un sourire satisfait, ses inquiétudes envolées.

— Bonnes nouvelles ? demanda Robert.

Terry s'était un peu éloigné du groupe et il remarqua que six hommes l'observaient.

— Ouais, répondit-il en levant les yeux vers le ciel qui commençait à s'éclaircir. Nous allons recevoir d'autres visiteurs... ceux-là d'un genre plus bienveillant. D'après ce que je sais d'eux, pour l'amour du ciel, ne leur tirez pas dessus par erreur. Ils prendraient ça très mal. (Il regarda sa montre.) Il va nous falloir tenir encore cinq minutes. Après quoi nous ferions sans doute mieux de rejoindre les autres dans la fosse.

— Bordel, c'est quoi qui vient ? Un AC-130 ?

— Encore mieux que ça, j'imagine. Enfin, disons plus

unique. (Terry haussa les épaules.) Le Président lui-même a demandé... (Il s'arrêta net, grimaçant.) Merde, j'aurais sans doute pas dû mentionner ça. (Il regarda les hommes qui l'observaient.) Vous voulez bien oublier ce que j'ai dit à propos du Président ? Je ne sais pas si c'est censé être une info confidentielle. Si on vous pose des questions, renvoyez juste les gens vers moi, au moins jusqu'à ce que j'ai confirmation qu'on puisse en parler, d'accord ? J'ai ma réputation.

Il obtint sept hochements de tête. En regardant vers Robert, il le vit lui faire un clin d'œil discret. Terry sourit en détournant son regard. C'était agréable d'être de nouveau intégré dans une équipe. Cela lui avait manqué pendant toutes ces années. À mesure que sa connardification diminuait, sa capacité à penser clairement s'améliorait.

— Cinq ? demanda Robert.

Terry hocha la tête.

— Tu peux y compter.

Robert donna des ordres. Tout le monde s'activa pour empiler autant de rochers que possible autour d'eux, tout en veillant à minimiser les risques de ricochets.

Puis le compte à rebours commença.

Hamza se pencha vers le sommet de l'affleurement et tapa sur l'épaule de Yasin. Ce dernier le regarda, puis se détourna en voyant qu'il s'agissait de son ami.

— Ces chiens ont été prévenus, murmura Hamza. Il devrait y avoir plus d'activités.

Yasin regarda vers le ciel.

— Ce n'est pas grave. Du moment qu'ils n'ont pas de drones, cela ne fera que retarder l'inéluctable. Ils n'ont aucun soutien aérien et ils ne pourront pas éviter éternellement nos balles. De toute façon, tu rêvais de faire durer le plaisir.

— C'est pas faux. Je vois qu'ils ont des tentes et sans doute d'autres trucs bien confortables. Je devrais pouvoir trouver quelque chose pour rendre le voyage de retour plus agréable.

Ils se positionnèrent et patientèrent jusqu'à entendre le signal pour passer à l'attaque.

— Aiaiaiaiaieeeee ! cria Hamza en appuyant sur la gâchette de son fusil.

Avec un peu de chance, il aurait le plaisir de voir exploser quelques têtes américaines. Cela lui ferait un agréable souvenir. Sinon, ce n'était pas grave. Il pourrait toujours par la suite cribler les corps de ses balles.

Après s'être occupé des femmes.

— BORDEL DE MERDE ! râla quelqu'un lorsque les balles commencèrent à pleuvoir autour d'eux.

Terry regarda sa montre. Ces cons n'auraient pas pu attendre encore quarante-cinq secondes ? Putain d'enculeurs de chameaux à la mords-moi-le-nœud. Ces psychopathes ne recevraient pas de cadeaux de Noël de sa part, pour sûr.

— Quarante-trois secondes, cria Robert. Ne les laissez pas vous toucher ou je devrai vous tirer dessus aussi. Chacun d'entre vous doit ressortir d'ici indemne, c'est bien compris bande de fainéants ? Et puis, qu'est-ce que vous attendez pour les canarder ? Allez les gars, feu à volonté !

MELISSA ENTENDIT le craquement des premiers coups de feu. L'odeur de la peur se propagea rapidement dans ce petit espace confiné. Il faisait chaud, ça puait et maintenant elle pouvait entendre quelqu'un pleurer derrière elle. Elle ne savait pas trop pourquoi elle avait dit aux autres de continuer à s'enfoncer plus

loin dans la grotte. À faire sa maligne, elle se retrouvait maintenant près de l'entrée.

Melissa glissa une main dans sa poche et en sortit la balle
qu'elle avait retirée du chargeur. Elle pinça les lèvres, pensive.
Eh puis merde. Elle replaça la balle dans l'arme. Si elle devait
tuer chacun de ces enculés avec ses mains, elle le ferait... ou, du
moins, elle essaierait de le faire.

Pas question, en tout cas, de se dégonfler.

Lance regardait sa tablette, qui lui montrait des images de
la scène qui se déroulait sous eux.

— Adam, dépose-nous ici après la première salve de palets.

Il appuya sur l'écran à l'endroit voulu et sentit le conteneur
entamer sa descente.

— Un peu d'attention, s'il vous plaît, dit-il en rangeant l'appareil. Nous allons nous poser juste derrière eux. Quand je
vous donnerai le feu vert, il faudra les éliminer aussi vite que
possible. Mais nous allons d'abord les frapper avec quelques
palets bien placés. Cela devrait soulever du sable et de la poussière et créer beaucoup de confusion parmi eux. Profitez-en
pour tuer un max de ces connards... mais ne vous gourez pas de
cibles !

Akio se détacha et s'avança vers une boîte métallique d'un
mètre cinquante de haut, soudée au mur. Il retira la goupille du
loquet et ouvrit la porte. Il lança un regard vers Lance qui leva
un doigt. Le vampire japonais se pencha à l'intérieur de la
boîte. Il en retira deux palets d'un kilo avant de refermer la
porte.

Lance fit un signe de tête aux deux Gardiens assis en face
de lui.

— Ouvrez la portière de droite.

L'un des types, Jim, se détacha et tendit la main pour

enlever le crochet qui maintenait la portière fermée. Son collègue lui saisit le bras et s'agrippa de l'autre main à une barre métallique qui se trouvait au plafond.

Jim termina son geste, se penchant juste un peu vers l'extérieur. Akio s'approcha de l'ouverture, lança les deux palets dehors et referma la portière.

— Maintenant, Adam ! cria Lance.

Trois secondes plus tard, ils entendirent tous deux explosions retentissantes.

— OK, tu peux nous déposer maintenant.

Lance regarda les Gardiens et vit que tous les dix avaient de grands sourires ravis. Il ricana, se disant que, tout de même, Bethany Anne avait le chic pour attirer et recruter les types les plus agressifs.

En même temps, il devait reconnaître qu'il s'éclatait, lui aussi.

~

— BORDEL, c'était quoi, ça ?

Les explosions semblaient provenir de la crête où s'étaient postés les enfoirés qui leur tiraient dessus.

— J'imagine que ça doit être la cavalerie, cria Terry.

Il était difficile de se faire entendre dans tout ce vacarme.

Robert hocha la tête.

— Cessez le feu, les gars ! Ne tirez que si vous êtes certain d'avoir un ennemi dans votre ligne de mire. C'est bien compris ?

Les hommes répondirent « Oui patron ! » d'une seule voix.

~

MELISSA SENTIT PLUS qu'elle n'entendit les deux explosions. Les parois de la grotte tremblèrent et de la poussière tomba du plafond.

Bordel de merde ! Maintenant, elle allait craindre aussi un possible effondrement. Au moins, elle n'aurait pas à subir une séance de torture si elle était enterrée vivante.

Je te jure, Terry, si je ressors de là, tu vas m'entendre !

Mais pas avant qu'elle ne l'embrasse.

LORSQUE LE SOL se mit à trembler, Yasin se pencha par réflexe. Une seconde secousse le projeta sur le sable, plusieurs mètres plus loin, écorchant ses jambes et genoux.

— C'est quoi ce bordel ? demanda Hamza.

Tout autour d'eux, ils pouvaient entendre les gens tousser et cracher alors que la poussière et la terre remplissaient l'air. Les deux amis se dépêchèrent de recouvrir leurs bouches et leurs nez avec leurs manches.

Yasin considéra l'ampleur des dégâts et essaya de deviner d'où viendrait la prochaine attaque. Il n'entendait aucun moteur d'avion et les explosions s'étaient arrêtées.

Ils se tenaient debout, dos à dos, le regard de Hamza tourné vers le campement américain et celui de Yasin vers le côté opposé.

De fait, Yasin fut le seul à voir l'homme aux yeux rouges qui apparut brusquement de nulle part. Il n'eut le temps ni d'agir ni de parler qu'il se sentit poignardé à la poitrine.

Hamza ressentit une vive douleur dans son dos. Il baissa les yeux et vit quinze centimètres de lame dépasser de sa propre poitrine. Il toussa et recracha du sang.

— Yasin ? dit-il d'une petite voix.

L'épée fut retirée et il sentit le corps de son ami s'affaisser alors que ses yeux se fermaient pour la dernière fois.

Akio retira l'épée qui avait embroché les deux hommes. Il en entendit trois autres sur sa gauche, mais les Gardiens arrivaient de ce côté-là, alors il se dirigea plutôt vers la droite. Quelqu'un venait de tousser par là, à pas plus de cinq mètres.

Il posa un pied sur un rocher et, l'utilisant comme appui, se propulsa dans les airs. En retombant, il abattit sa lame et trancha le bras de sa victime. L'arme qu'elle avait tenue et la main qui l'agrippait tombèrent entre deux rochers. Un nouveau coup d'épée ouvrit l'estomac de l'homme qui hurla de douleur.

Cela ne fit qu'ajouter à la confusion générale.

Le vampire sourit. C'était ce que sa reine aurait voulu et il comptait faire tout son possible pour accomplir sa volonté.

— Maintenant, Akio !

La voix avait résonné dans son oreille.

Il se figea et se concentra.

La lueur rouge dans ses yeux clignota et il sentit la puissance sortir de lui...

Les hurlements déchiraient l'aube naissante.

Une pluie de sable s'était abattue sur Robert et ses hommes.

Puis la peur les avait foudroyés.

Ce n'était pas une peur normale, mais un miasme d'émotions. Robert dut lutter contre une envie pressante de prendre ses jambes à son cou. Il regarda Terry, qui n'avait pas l'air en meilleur état.

— Bordel, mec, c'est quoi ce délire ?

Son ami lui jeta un œil.

— C'est une bonne question et je n'en sais foutre rien. Mais dis bien à tout le monde de ne surtout pas tirer, parce que je peux te garantir que ça se terminerait très mal.

Robert ordonna en hurlant que tout le monde pose ses armes et résiste au besoin de détaler.

Il regarda de nouveau Terry.

— Dis-moi la vérité, enfin ! C'est qui, la cavalerie ?

Terry se contenta de secouer la tête. Il avait appris qu'il valait mieux garder certaines choses pour soi.

DEUX PERSONNES au fond de la grotte se mirent à hurler et à pousser ceux qui se trouvaient devant eux, leur criant de dégager le chemin. Un des politiciens s'était retourné et poussait dans l'autre sens, essayant de s'enfoncer plus profondément dans la grotte.

Melissa rampa à l'extérieur et se plaqua contre la paroi à côté de l'ouverture. Elle se mit en position fœtale et cria.

— LÂCHE TOUT, Akio.

Les yeux du vampire s'assombrirent, ne laissant qu'une légère trace de rouge. Il avait entendu quelques coups de feu lointain pendant qu'il se concentrait pour diffuser la peur sur une zone aussi étendue que possible. Il se sentait vidé, mais bien.

Le ciel commençait à se dégager et il vit des hommes marcher dans la pénombre d'une aube encore poussiéreuse.

Il n'y avait que des Gardiens.

Tournant sur sa gauche, il donna un coup d'épée, faisant preuve de miséricorde.

Les cris de l'homme cessèrent.

Une minute plus tard, le silence enveloppait la petite colline.

Akio se retourna en entendant des bruits de pas. Une silhouette vint vers lui, main tendue.

Le Japonais la serra.

— Très beau boulot, dit Lance. Vraiment formidable. (Le général jeta un coup d'œil sur le champ de bataille.) Gardiens ! Nettoyez-moi ça ! Je reviens dans une minute.

Lance fit signe à Akio de le suivre.

Le vampire nettoya sa lame et la rangea dans son fourreau, qu'il tenait dans sa main gauche. Tout en marchant, il restait aux aguets, car il ne permettrait à personne de faire du mal au père de sa reine.

— Ah ben merde alors, souffla Robert lorsque la peur se dissipa aussi brusquement qu'elle était venue.

Il entendit plusieurs hommes s'effondrer au sol.

Après avoir repris ses esprits, Robert tendit l'oreille, mais il n'entendit rien. La colline était silencieuse. Il doutait que quelqu'un ait pu survivre à cet assaut.

— Regarde !

Il se retourna et vit que Terry pointait vers le champ de bataille. Là, deux hommes avançaient vers eux. Ni l'un ni l'autre n'avait une arme à la main, bien que l'un des deux...

— Non, mais je rêve ou c'est une putain d'épée ? demanda un de ses hommes.

— Silence dans les rangs ! ordonna Robert tout en se relevant.

Il fit signe à Terry de le suivre et enjamba les rochers pour aller vers les deux hommes. En passant, il jeta un œil à son fusil, mais préféra le laisser derrière. Son ami l'imita et ils avancèrent ensemble à la rencontre de leurs sauveurs.

— Donne-moi quelque chose, merde, murmura Robert. Un indice. Ne serait-ce que deux syllabes, bordel !

Terry se pencha pour souffler dans son oreille.

— TRG.

Robert ferma les yeux une seconde et secoua la tête. Bien sûr que c'était la TRG. Qui d'autre ? Il en aurait ri si la situation n'était pas aussi absurde.

— Tu n'as pas dit que le Président était intervenu ?

Tout cela lui semblait encore tellement confus, alors il essayait de comprendre.

— Ouaip.

— C'est tout ce que tu as à dire ?

Terry sortit son portable et couvrit de son doigt une partie de l'écran avant de montrer le texto à Robert.

AIDE EN ROUTE. SIX MINUTES. LE PRÉSIDENT A DEMANDÉ NOTRE INTERVENTION.

Ah ben merde. Robert fixa son ami qui se contenta de hocher la tête. Tu parles d'une arme secrète !

Quelques secondes plus tard, ils rejoignaient les deux hommes.

— Bonjour. Je suis Robert Martelle, dit celui-ci en tendant la main. Responsable de la sécurité.

Celui qui semblait Américain lui serra la main.

— Lance Reynolds, général à la retraite, anciennement au service de l'armée américaine. Vous avez remarquablement bien gardé votre sang-froid, bien joué.

Tout en écoutant l'homme parler, l'esprit de Robert travaillait à toute vitesse.

Lance Reynolds... c'est pas le nom du directeur d'exploitation de la TRG ?

⁓

PENDANT QUE LES deux autres discutaient, Terry observait le petit homme qui se tenait derrière le général. Il remarqua que ses yeux regardaient sans cesse dans tous les sens – rien ne lui échappait. Il portait des vêtements de style japonais – une sorte de croisement entre les tenues d'un samouraï et d'un ninja, avec quelques touches plus modernes. Sur le bras droit, il portait un écusson représentant une tête de mort blanche, avec de longs crocs, le tout sur fond rouge.

Ça en jette, comme look, pensa Terry.

Ses vêtements portaient des éclaboussures de sang, suggérant que l'épée n'était pas juste pour la frime.

Le regard de Terry revint sur l'écusson. Il tenta de se rappeler où il l'avait déjà vu.

Ah, merde. Ça lui revenait. Il était normalement porté par la garde rapprochée de la patronne elle-même. Terry décida qu'il ferait mieux de suivre ses propres conseils et de surveiller ses manières.

Entendant du bruit derrière eux, Terry se retourna et vit les hommes de Robert en train d'aider les gens à ressortir de l'excavation. Le représentant du gouvernement avançait droit sur eux et il vit quelqu'un aider Melissa à grimper l'échelle.

— Excusez-moi, dit-il aux deux qui discutaient, mais je dois aller m'occuper de quelqu'un. Et vous avez un visiteur qui se pointe.

Robert se retourna et vit l'officiel qui arrivait d'un pas décidé.

Terry tapota le dos de son ami et partit vers la fosse. Ça ne devait pas toujours être drôle d'être le type aux commandes, mais pour l'instant il ne leur serait d'aucune utilité.

Quel dommage.

Terry était encore à portée de voix lorsque le pédant prit la parole.

— À quoi diable pensiez-vous en larguant des bombes juste au-dessus de nos têtes ?

S'il n'avait pas ressenti le besoin de voir Melissa, il aurait aimé entendre la réponse du général à ce connard.

Melissa, toutefois, accaparait toute son attention... et elle se dirigeait droit sur lui.

— Tu vas bien ? lui demanda-t-il.

Elle hocha la tête en silence. Son visage s'assombrit d'inquiétude et il commença à l'examiner pour voir si elle était blessée. En arrivant devant lui, elle attrapa sa tête et la pencha pour le regarder dans les yeux. Elle le fixa un instant, puis se leva sur la pointe des pieds pour l'embrasser.

Quand elle le lâcha, son visage était marqué de stupéfaction.

— Je n'ai pas encore décidé si je devais te gifler, dit-elle, alors ne pousse pas le bouchon.

— Que diable ai-je fait pour mériter une gifle ?

Il était plus que confus, essayant d'évaluer les mots, le ton et les actions de la jeune femme. Mais il n'y trouvait aucun sens.

— Tu aurais pu te recevoir une balle ! cria-t-elle, comme si cela expliquait tout.

Il se pencha en avant.

— Et toi, tu aurais pu suffoquer.

Elle s'écarta brusquement de lui.

— N'essaie pas d'être logique ! Moi, j'étais cachée. Toi, tu étais là, à découvert.

— Non. (Il pointa derrière lui, vers un abri improvisé entouré de pierres.) J'étais caché là. Il aurait été difficile de me toucher. Ce n'est pas comme si je m'agitais dans tous les sens avec une cible sur le cul.

— D'accord, mais je ne pouvais pas te voir !

Elle le toisa, comme pour le mettre au défi de la contredire.

— Mais eux non plus, lui assura-t-il.

Melissa jeta un œil vers le champ de bataille et réalisa à quel point l'ennemi avait été proche.

Elle se rapprocha de lui en sifflant.

— As-tu la moindre idée à quel point tu m'embrouilles la tête ?

Terry cligna des yeux.

— T'embrouiller ? Moi ? Je suis un type tout ce qu'il y a de plus simple. Explique-moi ce qui peut bien t'embrouiller chez moi ? (Il désigna son corps de haut en bas.) Vas-y, je suis curieux d'entendre ça.

Elle se rapprocha, se collant presque contre lui. Avec chaque commentaire, elle le poignarda du doigt.

— Tu es intelligent. (Coup de doigt.) Tu es beau gosse. (Coup de doigt.) Tu es militaire ! (Cette fois, le doigt l'effleura à peine et la jeune femme se mit à pleurer.) Et puis, tu me plais.

Terry hésita un instant, puis la prit dans ses bras.

— En quoi cela est-il un problème ? demanda-t-il.

Il la sentit secouer la tête contre sa poitrine.

— Je n'aime pas les militaires ! Ils sont stupides, ils sont moches et ils aiment tirer sur les gens et faire tout exploser et... et... et ils sont trop connardifiés ! (Elle lâcha un rire au milieu de ses sanglots.) Bon Dieu, quelle gourde je suis. Voilà que je t'ouvre mon cœur sans avoir la moindre idée si je te plais ou pas !

— Tu sais, pour une intellectuelle, tu peux parfois être un peu bête. (Il enchaîna avant qu'elle n'ait le temps de se mettre en colère.) Tu connais beaucoup de mecs qui amèneraient à l'autre bout du monde une boîte de biscuits pour faire une surprise à une femme qui ne lui plait pas ?

Melissa se poussa un peu pour le regarder dans les yeux.

— C'est bien vrai, alors, je te plais ?

Terry avait envie de se cogner la tête contre un mur.

— Oui, c'est vrai. Tu me plais. Je m'inquiète pour toi. Je n'allais pas laisser des abrutis d'extrémistes islamiques tirer sur la première femme avec laquelle je peux avoir une conversation intelligente sans qu'elle ne mentionne Kim Kardashian ou termine ses phrases par « n'est-ce pas, hein ? »

Elle renifla en s'essuyant les joues. Ses yeux étaient grands et magnifiques.

— Tu sais que je vais te gifler, hein ?

— Quoi ?

Les quatre hommes entendirent un claquement sourd. Robert se retourna et vit que l'académicienne avait fermement pressé ses lèvres contre celles de son ami, qui ne semblait pas vouloir se dégager de l'étreinte. Il haussa les épaules et reporta son attention sur la conversation.

L'officiel, qui n'avait pu s'empêcher de se plaindre dès qu'il avait ouvert la bouche, termina sa tirade.

— Et donc ?

— Donc quoi ? demanda le général. Si vous voulez savoir si je m'intéresse un tant soit peu à ce que vous avez dit, la réponse est non. Rien à foutre. Vous n'avez aucune autorité sur moi. (Il fit un geste du pouce par-dessus son épaule.) Je suis venu m'assurer que ces idiots ne vous trouaient pas la peau. Mission accomplie. Nous emmenons quiconque souhaite partir. Prenez vos affaires, si vous le souhaitez, mais nous sommes douze et, sauf erreur de ma part, vous êtes vingt-trois ? (Robert hocha la tête.) Nous avons un conteneur disponible pour votre matériel et trente sièges. Il nous manque donc cinq places. Si vous préférez rester ici, ce sera une place de gagnée. (Le général regarda autour de lui.) Nous décollons dans une demi-heure.

Il se tourna et commença à marcher vers la colline. Le politicien tendit la main pour attraper l'épaule de l'ex-militaire, mais le garde silencieux fit un pas en avant, saisit le bras de l'officiel et le tordit. Avant de pouvoir même lâcher un cri, l'homme était à genoux et le général lui jeta un coup d'œil.

— Akio, dit-il, ne tachez pas votre lame avec du sang de bureaucrate, cette saleté ne part pas. (Il se tourna de nouveau et s'éloigna tout en terminant de parler.) Je demanderai à un Gardien de le flinguer, comme ça son sang ne salira rien.

Le Japonais lâcha l'homme qui fixait le dos du général, bouche bée.

Robert baissa les yeux vers l'officiel.

— N'en rajoutez pas. Il ne travaille pas pour les États-Unis. Le Président a *demandé* leur aide. S'il rentre avec vingt-deux personnes au lieu de vingt-trois... (Il regarda les deux silhouettes qui s'éloignaient.) Disons que ce serait déjà vingt-deux de plus que ce que le Président aurait pu raisonnablement espérer sauver après votre monumentale bévue.

Il repartit vers le campement, laissant l'homme seul, à genoux dans le sable.

En passant, Robert remarqua que Terry avait une marque de gifle au visage et cela le fit sourire.

— On lève le camp ! cria-t-il à son équipe. Vous avez vingt-cinq minutes pour tout remballer. Le bus n'attendra pas. Si vous n'êtes pas prêts dans les temps, vous rentrerez à pied. Allez, magnez-vous le cul !

20

TEMPLE DU CLAN AUX MONTS DABA, HUBEI, CHINE

Les montagnes étaient moins hautes qu'elle ne l'aurait cru, mais elles étaient magnifiques. Du moins, ce qu'elle pouvait en voir. La Chine était un très beau pays. Quel dommage qu'il fût dirigé par de telles crevures.

D'un autre côté, elle devait reconnaître que la Chine n'était pas le seul pays avec des crevures dans son gouvernement.

La voix d'Adam résonna dans les haut-parleurs de toutes les nacelles.

— Vingt secondes avant l'atterrissage. Où souhaitez-vous vous poser ?

— Si on pouvait éviter le pied de la montagne, dit Scott, où nous devrions nous battre tout le long jusqu'au sommet, ça m'arrangerait. J'ai vu ça dans des films, vous savez. Ils vont vider leurs foutues écoles et des centaines de fanatiques d'arts martiaux vraiment énervés vont nous tomber dessus et ça va craindre un max. Alors, non merci.

— Poule mouillée, lâcha Darryl.

— Mon frère noir d'une autre mère se porte volontaire pour entrer le premier. J'ai vu *Black Panther* et *Shaft*, alors je sais que tu as ça dans le sang, mon pote.

— Allons, allons ! rétorqua le concerné. Gardons, si tu le veux bien, la mentalité de « tous pour un et un pour tous ».

Bethany Anne attendit qu'ils arrêtent de rire avant de donner sa réponse.

— Dépose-nous à côté de l'entrée principale. Nous allons devoir foncer, les gars. On entre et on sort. Faut déterminer s'il y a quelque chose ici dont nous aurions besoin, tuer la salope de service et se casser avant que les parachutistes chinois débarquent. (Elle fit une pause.) Et pas forcément dans cet ordre-là.

Les cinq Aigles Noirs descendirent jusqu'à moins de six mètres d'une zone dégagée, proche de l'entrée du temple. La reine ouvrit la verrière de son vaisseau et regarda sur le côté.

— Ashur...

Le chien leva la tête et Bethany Anne posa une main dessus. Elle se pencha légèrement sur la gauche et ils disparurent pour réapparaître à un mètre au-dessus du sol.

— Faut que j'apprenne à faire ça, marmonna John.

Lui et les autres Gardes durent faire ça à la dure : ils sautèrent.

— Attention, nous avons de la compagnie ! cria Darryl en esquivant une flèche qui fendit l'air là où s'était trouvée sa tête une seconde plus tôt.

— Eh merde, dit Bethany Anne.

Tout en jurant, elle dégaina un pistolet pendant qu'Ashur fonçait droit sur le temple. Repérant deux gardes cachés au-dessus de l'entrée, elle les flingua tous les deux. L'un fut juste touché à l'épaule, alors elle tira de nouveau pour lui faire exploser la tête.

Des frangibles en argent pour tout le monde, cette fois-ci.

Ils coururent vers l'entrée, se demandant combien de temps il leur restait avant que les fouteurs de merde ne débarquent pour leur gâcher leur plaisir.

Ah, merde, c'est vrai... C'étaient eux les fouteurs de merde.

Stefanie Lee regarda autour de la table.

— Les quatre premières caisses sont hors du temple. Les douze autres doivent partir par d'autres voies. Emmenez-en une vers le nord, une vers l'est et une vers l'ouest. Si l'une d'entre elles est saisie, personne ne pourra reconstituer la technologie. Veillez sur ces composants sur l'honneur de votre famille. Nous allons...

Deux coups de feu retentirent dans les couloirs. Elle fit signe aux trois rois.

— Vite ! Allez chercher vos hommes et emmenez les caisses à l'abri. Je viendrai à vous dès que nous aurons terminé ce combat avec l'armée. Je ne comprendrai jamais pourquoi ils ont cru pouvoir nous prendre par surprise.

Les trois hommes se levèrent et quittèrent rapidement la pièce, se dirigeant vers les profondeurs de la montagne.

Ce n'était pas une sage décision de leur confier ainsi les composants de notre vaisseau.

Leur serait-il possible de tout reconstruire ?

Sans notre aide, c'est très peu probable. Votre espèce n'est pas suffisamment intelligente. Ils devraient pouvoir lire le kurthérien pour comprendre le fonctionnement de la machine. S'ils appuient sur trop de boutons au hasard, le système finira par se verrouiller pendant environ dix-sept de vos jours.

Dans ce cas, bouclez-la.

Elle sortit à son tour de la salle, son père derrière elle. Les deux gardes postés à l'entrée se redressèrent en la voyant.

— Eh bien, qu'attendez-vous pour aller voir ce qui se passe ? demanda-t-elle.

Les deux hommes ne se le firent pas dire deux fois.

Agacée et impatiente, elle faillit les suivre, mais son père la retint.

— Nous devrions nous replier vers le sanctuaire principal

et l'utiliser comme centre de commandement. (Deux autres coups de feu, plus forts cette fois-ci, résonnèrent dans le couloir de pierre.) Viens, mon impératrice.

Il se tourna et partit dans la direction opposée.

Stefanie Lee grimaça mais suivit son père, sa robe ondulant sous la lumière des lampes à huile. Il y eut de nouveaux coups de feu derrière elle. C'est alors que les cloches du temple sonnèrent l'alerte préétablie pour annoncer l'arrivée de l'armée.

Mais...

Si l'armée n'arrivait que maintenant, qui venait de les attaquer ?

UNE ÉPÉE DANS CHAQUE MAIN, Bethany Anne marcha tranquillement dans le couloir. De temps en temps, elle entendait l'un de ses mecs lancer une boutade ou, plus rarement, tirer.

À une occasion, John utilisa son Spécial Jane. Elle lui avait servi pour tirer dans un plafond, faisant pleuvoir des éclats de pierre sur les gens à proximité et permettant au groupe de facilement traverser l'intersection.

C'est à ce moment-là que les cloches se mirent à tinter.

— Quelle poisse ! s'exclama John. J'entends des tirs de mitraillette. Je crois que les fouteurs de merde sont arrivés.

— Bordel de merde ! (L'irritation était claire dans la voix de leur reine.) Où se trouve le plan des lieux quand on en a besoin ?

— C'est pas pour dire, remarqua Scott, mais je doute qu'ils aient jamais envisagé que ces couloirs puissent être visités par des gens qui ne les connaissaient pas déjà par cœur. (Il tira avec son pistolet.) Nous ferions peut-être mieux de choisir une direction, nous avons de plus en plus de visiteurs indésirables.

Tu devrais utiliser l'odorat d'Ashur, suggéra Tom.

Si je n'étais pas aussi occupée, je te dirais merci.

Bethany Anne regarda autour d'elle et appela le chien.

Ashur lui répondit d'un halètement amusé.

— Trouve-nous le chemin le plus parfumé. Il faut trouver la salle de culte principale.

SHUN AVAIT à peine atterri qu'il entendit des coups de feu retentir dans la nuit.

C'était loupé pour l'effet de surprise.

Bai et Jian étaient en train d'enrouler leurs parachutes. Maintenant, s'il pouvait juste trouver Zhu, il aurait une équipe complète... Au moins jusqu'à ce que les quatre scientifiques les rejoignent. Heureusement, il était devenu douloureusement évident – suffisamment pour que les officiers supérieurs s'en rendent compte – que faire sauter en parachute, de nuit, quatre civils revenait à leur trancher la gorge.

Ils arriveraient par hélicoptère dans une vingtaine de minutes... à condition, bien sûr, qu'ils aient pu d'ici là sécuriser les lieux.

Un mouvement sur sa gauche attira son attention. Il vit Zhu courir vers eux, une mitraillette à la main.

— Prêts ? demanda-t-il en le rejoignant.

— Oui. Allons récupérer Bai et Jian. Ensuite, nous dégagerons la zone d'atterrissage.

Ensemble, les quatre hommes se dirigèrent vers l'emplacement désigné. Alors qu'ils avançaient, ils entendirent des grognements de chats et échangèrent des regards entendus.

Chacun des hommes éjecta calmement son chargeur et le remplaça par un autre d'un genre très spécial.

En entendant les cris de surprise et parfois de terreur, Shun grimaça mais prit une décision.

Ils allaient devoir quitter leur poste pour aider ceux qui se trouvaient en première ligne.

∽

BETHANY ANNE RANGEA ses épées et sortit ses pistolets lorsque John et Éric prirent la direction des opérations. Au cours des cinq dernières minutes, l'environnement était devenu riche en cibles. Ils avançaient dans les couloirs, puis revenaient sur leurs pas une ou deux fois et tiraient sur tout ce qui tentait de les ralentir.

Ils ne tiraient pas pour tuer, mais ils ne s'en inquiétaient pas trop non plus. Si une personne, un chat ou autre tenait absolument à arrêter les balles avec leurs têtes... Eh bien, ma foi, c'était des choses qui arrivaient.

Le principal, c'était de dégager le passage pour que l'équipe puisse avancer. Bethany Anne n'était pas venue là pour tuer tout le monde... juste *une* personne en particulier.

Alors qu'ils traversaient un couloir, elle sentit une odeur de parfum.

— Stop ! cria-t-elle.

Les quatre hommes restèrent aux aguets, scrutant les alentours, pendant que la reine rengainait ses armes. Elle reprit ses épées et ses yeux virèrent au rouge.

— Ashur, suis ce parfum !

Le chien haleta et avança dans le couloir.

Les autres le suivirent.

∽

— POURQUOI TOUT LE monde se met derrière nous ? demanda Bai pendant qu'il tirait.

Les rugissements du tigre qu'il avait touché percèrent la nuit. Il ne se releva pas comme s'il avait été à peine éraflé. Au lieu de ça, l'animal se comporta comme on aurait pu s'y attendre de la part d'un tigre : il disparut dans le fourré.

Un autre chat revint à l'attaque, nettement plus lent depuis que Shun et Jian lui avaient tiré dessus. D'autres coups de feu retentirent dans la nuit, détruisant la créature.

C'était finalement juste une question de dosage. Mettez suffisamment de plomb – ou, plutôt, d'argent – dans leurs carcasses et ces bêtes ne se relevaient plus.

— Ils croient que nous avons des balles magiques, répondit Shun en cherchant une nouvelle cible.

— T'as idée de ce que les officiers vont bien pouvoir penser de tout ça ? demanda Bai.

Il tira deux fois. Le premier tir manqua sa cible et toucha quelque chose qui grogna dans l'obscurité.

— Ils vont sans doute nous rétrograder pour avoir quitté notre poste, dit Jian.

— Ha ! s'exclama Zhu. Tu choisis bien ton moment pour parler, toi ! La prochaine fois, sois un peu plus confiant quand tu décideras de l'ouvrir.

L'autre ricana.

— D'accord, je *sais* qu'ils vont nous rétrograder.

Shun secoua la tête. Il savait que l'humour noir était chose courante sur un champ de bataille, mais Jian n'était sans doute pas loin de la vérité. Cette intervention avait toutes les caractéristiques d'une opération mal menée... et ils venaient de démontrer qu'ils avaient une petite idée de ce qui les attendait et avaient pu mettre en action un meilleur plan.

C'est le meilleur moyen, pensa-t-il, *pour devenir les souffre-douleurs d'officiers frustrés.*

∿

L<small>E</small> <small>COULOIR</small> s'ouvrait sur une pièce beaucoup plus grande et mieux éclairée. Deux autres gardes quittèrent leur poste à l'entrée pour se diriger vers elle.

— Couvre tes oreilles, boss ! cria John dans son dos.

Bethany Anne s'arrêta net et demanda à Ashur de se pousser pour que John et Éric puissent passer. À peine les avaient-ils dépassés, qu'ils tirèrent sur les deux hommes, visant la tête cette fois-ci. Il était inutile de leur dire qu'ils touchaient au but.

Désormais, il n'y aurait plus aucune pitié.

Elle avança et contourna ses deux Gardes.

— Sérieux, les gars, vous avez tout dégueulassé.

Éric inséra un nouveau chargeur tout en marchant.

— On doit nettoyer ? demanda-t-il.

— Non. C'est le résultat attendu pour cette soirée.

— Je vais classer ça dans la catégorie « choses que j'aurais aimé entendre ma mère dire ».

C'est ce moment-là que choisit pour débarquer un tigre Pricolici. Il avait environ la même taille que John et il gronda, comme pour les défier.

— BA ?

La reine jeta un œil à John.

— Non, dit-elle en secouant la tête. Lui, je me le garde. J'ai besoin de m'échauffer.

Darryl ricana.

— Oh, super. (Il regarda Scott.) Tu prendras les côtes du tigre ou tu préfères de la bavette ?

Son ami fit une grimace.

— T'es vraiment dégueu, mec...

L<small>ES</small> <small>DEUX</small> <small>GARDES</small> avaient été éliminés avec une froide efficacité.

Il lui revenait désormais de protéger l'honneur de son clan, ainsi que son avenir. Il avait tant sacrifié pour arriver jusque-là... et sa propre fille était l'élue. Il l'avait espéré toute sa vie et c'était devenu une réalité.

À présent, il devait repousser ces envahisseurs et la protéger. Son impératrice avait besoin de lui.

Il se métamorphosa. Ses sens s'aiguisaient dans le temple. Il adorait prendre sa forme de guerrier. La puissance, les parfums... cette sensation que le monde se figeait autour de lui lorsqu'il avançait... tout cela était exaltant.

Et enivrant.

Il sourit.

— Je vais te protéger, mon impératrice.

Il passa l'embrasure de la porte et écarta les bras. Il rugit pour défier les cinq humains et le chien blanc qui approchaient.

La femme ne sembla pas impressionnée. Elle sourit, même. Puis ses yeux brillèrent d'une lueur rouge et ses dents s'allongèrent en crocs. Sa forme Pricolici ressentit quelque chose qu'il n'avait jamais ressenti auparavant.

De la peur.

Il comprenait ce qu'il avait devant lui... mais c'était un mythe, une légende, une rumeur des temps passés...

Cette femme était une vampire.

Il recula. Le couloir n'était pas l'endroit idéal pour se battre. Mais elle semblait vouloir relever son défi, avec ses deux épées qui reflétaient la lumière.

Il allait devoir être prudent... et rusé.

Elle entra dans le temple et examina les lieux.

BETHANY ANNE VIT STEFANIE LEE. Elle était installée sur un petit trône et pointait une épée vers elle.

— Je m'occupe de toi dans un instant, dit la reine des vampires.

Elle examina les lieux et repéra trois autres ouvertures qui donnaient dans cette pièce.

Mes garces, surveillez les entrées...

— Je m'occupe de celle-là, dit Scott en se plantant devant celle par où ils étaient arrivés.

Ashur resta à côté de lui.

— Je prends la gauche, dit Darryl en marchant dans la direction voulue.

Éric se dirigea de l'autre côté.

— Droite pour moi.

John avança silencieusement vers la dernière ouverture, celle du fond.

Bethany Anne étira son cou de droite à gauche. Pendant ce temps, le tigre Pricolici regardait les Gardes et leurs armes.

— Même pas la peine d'y penser, l'avertit la vampire. Tu pourrais pas changer leurs draps, alors encore moins les battre dans un combat.

— Dans ce cas, pourquoi vous battre contre moi ?

— J'ai besoin de m'échauffer. T'es le prêtre principal ?

Elle se déplaça sur la gauche, ses épées bien en main.

— Oui, répondit le tigre.

Il avait décidé d'ignorer les hommes et de se concentrer sur la vampire.

— T'es donc le père de cette trainée ?

— Elle est l'impératrice ! grogna-t-il, ses yeux illuminés par la colère.

— Non. C'est une pute mal baisée qui a couru se cacher dans les jupes de son papa quand ses plans ont foiré.

Les yeux de Stefanie Lee se rétrécirent. Elle jeta un œil au plus proche des Gardes – un grand baraqué qui se trouvait sur sa gauche –, mais il la surveillait tout autant que le couloir.

Elle pouvait entendre les gens se battre un peu partout.

— Bon, c'est pas tout ça, mais est-ce que tu vas avoir les couilles de te battre contre moi, ou tu préfères rester là à faire le beau ?

Sans attendre une réponse, Bethany Anne se lança à l'attaque. Brutalement. Elle abattit son épée droite sur lui. Il esquiva le premier coup et sauta à gauche quand elle fit une autre tentative avec la deuxième lame.

Il resta debout, observant ses mouvements, à la recherche d'une ouverture. Elle sembla trébucher en changeant de style et il en profita pour bondir.

Il hurla de douleur lorsque la première épée perça sa poitrine. Elle l'avait berné pour le forcer à attaquer. Ses yeux, d'un rouge éclatant, s'accordaient avec son sourire carnassier. Elle repoussa ses bras avec son autre lame, puis inversa celle-ci et lui trancha la gorge.

Stefanie Lee vit Bethany Anne abaisser son épée alors que son père s'effondrait sur le sol. Alors que la vie le quittait, il la chercha du regard, lui donnant enfin la seule chose qu'elle avait désirée toute sa vie.

Une connexion.

Stefanie Lee pinça les lèvres en considérant cette femme arrogante qui la dévisageait.

— Vous n'êtes qu'une sauvage ! Vous n'avez pas idée des efforts et du temps que ce clan a passé à préparer ce monde pour l'avènement !

Bethany Anne nettoya nonchalamment sa lame contre la poitrine du garou, surveillant les mouvements de sa proie du coin de l'œil.

— Tu dis ça comme si j'en avais quelque chose à foutre. (Elle agita ses deux épées dans l'air et sourit.) Tout ce qui m'importe pour l'instant, c'est que tu paies pour avoir tué l'homme que j'aime.

— Tué qui ? (La garce éclata de rire. Elle se leva et se déplaça vers sa gauche, réduisant la distance qui les séparait. On entendait encore des bruits de combat à l'extérieur.) Que savez-vous de l'amour ? Qu'en avez-vous même à foutre ? L'homme que vous venez de tuer était mon *père* !

Un éclat jaune illumina ses pupilles dans la pénombre ambiante.

— Je classerai ça dans la catégorie des conneries dont je me fous éperdument. (Le ton de la vampire devint plus sombre.) T'es rien d'autre qu'une *shăbī* gâtée, assoiffée de pouvoir et de prestige parce que tu n'as pas reçu assez d'amour de ton petit papa. (Elle se déplaça vers la droite, forçant Stefanie Lee à changer de direction.) Tu serais pas foutue de mener une troupe de gamines effarouchées, alors ne parlons même pas de la planète ! T'es qu'une vermine puante en manque de bites.

Elle essaie de te mettre en colère !

Elle veut te pousser à prendre de mauvaises décisions. Enlève-lui ses épées, elles t'empêchent de te rapprocher et lui permettent de t'atteindre à distance.

— Vous osez me parler de mener ? Que savez-vous de ces choses-là ? Hein ? Tout ce que vous avez, vous en avez hérité. L'argent, les entreprises, même votre technologie. Personne ne vous aimerait si vous n'étiez pas puissante. (Elle siffla, sa voix emplie de haine.) Vous n'êtes qu'une sale hypocrite et vous *osez* me dire que je suis incapable de mener ? Moi, au moins, je suis prête à me battre avec ce que les dieux m'ont donné !

Bethany Anne inclina la tête.

— Quoi, tu veux parler de ces choses ? (Elle leva ses lames.) C'est ça qui terrifie ta jolie petite tête de chatte ? (Elle éleva la voix.) John ! Attrape. (Elle lui lança l'épée qu'elle tenait dans sa main droite, qu'il attrapa sans difficulté.) Darryl, prends l'autre. (La seconde épée s'envola vers la gauche, où le grand black la saisit au vol.) Voilà, je suis désarmée. C'est quoi maintenant ton plan machiavélique ?

Stefanie Lee eut un sourire mauvais.

— Votre portée est réduite, à présent. Et contrairement à mon cher et regretté père, je ne suis pas lente !

Elle éclata de rire pendant que ses ongles se transformaient en griffes tranchantes comme des rasoirs, chacune d'une longueur de douze centimètres. Des griffes avaient également poussé à ses pieds.

— Seigneur, quelqu'un a besoin d'une bonne pédicure ! s'écria une voix d'homme derrière elle.

Bethany Anne renifla.

— Scott, dit-elle tout en gardant ses yeux rivés sur Stefanie Lee, ce serait sympa si tu pouvais éviter de me faire rire.

— Comme tu veux. Mais tu dois quand même reconnaître qu'elle était bonne, celle-là !

Bethany Anne leva une main pour lui faire un doigt d'honneur.

Deux coups de feu retentirent à l'autre bout de la pièce.

— Désolé, dit Éric. Deux chats ont cru pouvoir interrompre cette charmante réunion. (Nouveau coup de feu.) Merde alors, elles sont coriaces ces bestioles. (Encore un autre.) Restez au sol, bordel de merde ! Ces balles coûtent une fortune.

Ignorant le chahut, la reine continuait à fixer Stefanie Lee.

— Hé, ducon ! cria Darryl. Essaie de le toucher plutôt que de le faire danser, ça marchera peut-être un peu mieux.

— T'es marrant, toi ! T'as déjà... (*bang !*) ... essayé de tirer... (*bang !*) ... sur des chats en mouvement ? Oh et puis merde !

Bethany Anne put sentir la vague de peur se dégager d'Éric. D'après les bruits, elle put visualiser le moment où le premier chat l'atteignit, encore sous l'effet de la douleur causée par les balles en argent. Suivit le bruit écœurant de la chair que l'on déchire, puis le plop de morceaux de cadavres qui tombent au sol.

— Ah non ! C'est pas du jeu de te barrer, toi... Putain, je peux pas quitter mon poste... Eh merde ! (Elle entendit des bruits de pas derrière elle.) Oh, désolé ! Je ne réalisais pas que tout le monde attendait après moi. Je vous en prie, poursuivez.

La voix de Stefanie était grave et glaciale.

— Vous hurlerez pendant des heures lorsque j'en aurai fini avec votre reine !

Elle lui lança un regard noir, auquel Éric répondit par un doigt d'honneur.

L'Impératrice Léopard se tourna de nouveau vers la vampire.

— Vos hommes sont indisciplinés, grossiers et immatures.

Bethany Anne sourit.

— Tout ce que j'aime. Mais assez plaisanté. Viens un peu par là, suceuse de tranches de bites syphilitiques usagées !

— Vous êtes la plus abjecte d'entre eux ! Que vous ayez ne serait-ce que frôlé l'esprit d'un membre de cette race bénie est un blasphème que je vais rectifier de ce pas !

— Je rêve ou elle vient de dire que Tom vient d'une race bénie ? interrompit John.

Le regard furieux de Stefanie se tourna vers lui et il haussa les épaules.

— Ah, c'est vrai, oups ! C'est bon, pour la séance de torture, j'attendrai juste derrière Éric, comme le bon petit garçon indiscipliné, grossier et immature que je suis.

— Oh, te retiens pas pour moi, dit Éric. Tu peux passer devant, si tu y tiens.

— Hé, la sans-nichon, c'est par ici que ça se passe ! (La reine claqua des doigts pour attirer l'attention de son adversaire.) T'as vraiment merdé.

Elle avança résolument vers l'Impératrice Léopard, le rouge de ses yeux s'accentuant. L'énergie éthérique qui se répandait en elle stria son visage de lignes rouges. Ses crocs s'allongèrent.

Stefanie ne put s'empêcher un mouvement de recul.

— Vous... vous êtes *quoi* ?

— J'espère que t'es contente, maintenant, buveuse de pisse attardée ! Tu as toute l'attention de la Reine des Garces en chair et en os. Des *griffes* ? (Bethany Anne hurlait à présent.) Tu crois vraiment que des putain de GRIFFES vont te sauver la vie ?

Elle se rapprocha suffisamment pour que Stefanie puisse lui sauter dessus. Ses griffes s'abattirent sur l'ennemie pour l'éviscérer. La vampire leva le bras pour bloquer l'attaque et à son contact, celui de l'impératrice fut tranché. Son autre bras était déjà sur sa lancée et subit le même sort.

La douleur se propageait dans son corps alors que son regard horrifié contemplait ses deux moignons.

J'essaie de bloquer la douleur. Qu'est-ce qu'elle vient de faire ?

Il doit bien y'avoir un moyen de quitter ce corps... si elle meurt, nous mourrons aussi !

BATS-TOI, GARCE ! crièrent d'une voix les deux Kurthériens dans la tête de Stefanie.

Elle les ignora, son regard engourdi encore fixé sur ses moignons ensanglantés. Son corps essayait de guérir assez vite pour arrêter l'hémorragie.

Bethany Anne souriait à pleines dents.

— Je n'ai pas besoin de griffes, moi. Je suis la Reine des Garces. L'homme que j'aime m'a appris, avec amour et patience, à utiliser l'éthérique. Tu n'es qu'une expérience génétique extraterrestre ratée, pauvre conne !

Bethany Anne leva sa main droite et Stefanie la vit se transformer, s'allonger, dans une copie conforme de ses ongles de douze centimètres, tranchants comme des rasoirs. La vampire ressemblait maintenant à la déesse de la mort.

Et elle était venue pour elle.

Une voix profonde et malveillante s'adressa à elle.

— Stefanie Lee, tu as été jugée radicalement inadéquate et une baiseuse invétérée de culs diarrhéiques. J'attends ce moment depuis foutrement trop longtemps. Maintenant, il est temps que tu paies pour tes crimes. *Crève* !

Elle hurla le dernier mot tout en enfonçant sa main griffue dans la poitrine de la condamnée, lui coupant facilement les côtes et lui arrachant le cœur.

Stefanie le regarda avec incrédulité. Elle entendit les cris lointains des extraterrestres, quelque part dans sa tête. Elle tomba à genoux et sa vue se brouilla.

Bethany Anne se porta sur le côté et leva une main. John lui lança son épée, qu'elle attrapa et abattit aussitôt sur la femme.

— J'ai dit, *crève*, connasse !

Le corps de l'Impératrice Léopard fut tranché en deux, la tête roulant au sol. Elle s'arrêta en heurtant le cadavre de son père.

Des milliers d'années de préparation pour dominer le monde avaient été anéanties en quelques minutes.

21

STATION SPATIALE UNE, L2

Le combat faisait rage tout autour de lui. Mais grâce à leur armure et à leur exosquelette de carapace, ils n'étaient pas en danger de mort.

C'était néanmoins un foutrement beau combat. Les aliens faisaient environ une tête de moins que son peuple. Malgré cela, certains d'entre eux étaient très musclés et quelques-uns extrêmement forts.

Anormalement forts.

La voix de Royleen résonna dans son casque, déconcentrant Kiel un instant alors qu'il reculait lentement sous l'assaut d'un alien armé d'une perche aussi longue que son corps. Ce type d'arme n'avait pas été utilisé depuis plus de quinze générations et, à deux reprises, son armure avait arrêté des coups assez puissants pour fissurer son exosquelette...

Kiel eut un sourire féral. Voilà qui ferait une sacrée histoire à raconter à leur retour sur Yoll.

— Il faut me ramener un échantillon de l'un de ses aliens à la force supérieure.

— Plus facile à dire qu'à faire, répondit-il tout en passant à l'offensive. Je ne peux activer toutes les fonctionnalités de l'armure sans risquer de briser ces murs fragiles... ce qui ne serait pas une bonne chose pour ton serviteur. Cet alien est diaboliquement rapide et semble s'être entraîné avec ce... AÏE ! Ignoble ver à peau molle !

Kiel ignora sa radio quelques instants pour se concentrer sur son attaque. Il parvint enfin à agripper ce fichu bâton et activa les servomoteurs de son armure. L'alien fut assez stupide pour ne pas lâcher, essayant de récupérer son arme. Il fut brusquement projeté en arrière par l'armure et s'écroula au sol, inconscient. Le guerrier leva les yeux et vit approcher deux nouvelles silhouettes.

— Des femelles ! cria Royleen dans son oreille. J'en veux une, Kiel. Amène-la-moi. Elles détiennent les réponses à la génétique de cette espèce et me seront très utiles pour mes recherches.

Un membre de son équipe prit la parole.

— Maître Kiel, nous avons réussi à maîtriser et capturer un mâle.

STEVE REGARDAIT Joe combattre un monstre. La créature avait deux jambes, mais elles étaient articulées à l'envers. Un peu comme les pattes arrière d'un cheval ou une sorte de gros insecte. Joe essayait de l'assommer à coup de bâton.

— Putain de merde ! cria son ami. Arrête de bouger, cracheur d'asticots décervelé !

Il ramena le bâton vers lui pour bloquer un coup, puis en abattit l'extrémité contre la poitrine de l'extraterrestre. L'embout métallique se brisa contre l'armure, pourtant il aurait juré qu'elle était faite en plastique.

Mais c'était de toute évidence une matière beaucoup plus solide.

L'extraterrestre passa à l'offensive et Joe devint très occupé à bloquer les coups.

Bien qu'il fut concentré sur sa défense, il pouvait entendre des bruits de combat tout autour de lui.

— Steve ! hurla-t-il. Quand je l'attaque de nouveau, essaie d'atteindre les gradins et de...

Il ne termina pas sa phrase.

L'extraterrestre avait réussi à agripper le bâton. Joe tenta de le lui arracher, mais au contact de l'armure il fut brusquement projeté en arrière. Il rebondit dans le couloir alors que la lumière des lampes vacillait.

— Bordel, cria ReaLea en arrivant sur les lieux, c'est mon pote, ça, enculé !

— Je croyais t'avoir demandé de ne pas venir ici ? cracha Steve tout en réfléchissant à toute allure.

— Tu pensais vraiment pouvoir empêcher une ex-flic de filer un coup de main ? T'es misogyne ou quoi ?

— C'est pousser le bouchon un peu loin pour me traiter de con !

— Qui se sent morveux... Hé, mais il fout quoi ce con ?

L'extraterrestre s'était tourné vers elle et Bree qui venait d'arriver derrière elle.

— Merde ! Je crois qu'il vient de trouver ce qu'il voulait...

— C'est-à-dire ?

— Des femmes ! (Steve se plaça entre elles et l'extraterrestre.) Je ne suis pas un putain de misogyne, juste pragmatique. À leurs yeux, vous représentez un sujet idéal de dissection, alors foutez-moi le camp !

D'autres hommes vinrent en renfort pour s'interposer entre elles et l'extraterrestre... qui était maintenant accompagné d'un autre membre de son espèce.

— Dégagez ! insista Steve alors qu'Adarsh le rejoignait.

ReaLea retint une réplique. Elle devait reconnaître que,

pour une fois, Steve avait raison. Dès qu'elles étaient arrivées, les extraterrestres s'étaient concentrés sur elles.

Sa décision prise, elle pivota, saisit le bras de Bree et la tira derrière elle.

— Vite ! dit-elle.

Elles repartirent en courant.

~

— Elles s'échappent ! gémit Royleen.

— Je l'avais remarqué, merci.

Kiel était agacé. Il bloqua une simple attaque de bâton par le plus grand des aliens. Celui sur sa droite utilisait un couteau qui écorcha une partie plus tendre de sa combinaison. Son servo-bras sortit de l'armure pour frapper l'ennemi, l'envoyant s'écraser contre un mur.

Il commençait à marcher dans la même direction que les femmes lorsque son casque fut frappé par l'extrémité du bâton. Rien ne cassa, mais le bruit de craquement était déconcertant.

Kiel baissa les yeux sur l'alien, la colère clairement lisible dans son regard.

— Assez !

Il augmenta sa vitesse. Cela le forcerait à restreindre ses mouvements, mais il pourrait se battre plus vite.

~

Steve entendit les pas des deux femmes s'éloigner rapidement. Il ne doutait pas de leur courage, mais autant ne pas laisser en étalage le délicieux chocolat pour éviter d'attirer les intrus.

Il ricana. Peut-être qu'après ça on leur donnerait des combinaisons moins moulantes ? Difficile de repérer les femmes quand les différences anatomiques sont dissimulées.

Ses tentatives contre son adversaire ne servaient strictement à rien. Adarsh, lui, avait réussi à placer un bon coup avec son couteau. Enfin, 'bon' si l'on se fiait à la réaction de l'extraterrestre. Mais Adarsh était maintenant hors combat.

Du coin de l'œil, Steve remarqua que, derrière l'extraterrestre, Joe était en train de se relever. Trois autres hommes les avaient rejoints et donnaient du fil à retordre aux envahisseurs.

Profitant de la situation, Steve tourna son bâton et l'abattit de toutes ses forces contre le bouclier, au niveau de ce qu'il supposait être le visage. Le revêtement en or réfléchissant s'égratigna.

Mais il avait désormais toute l'attention de l'extraterrestre.

— Viens un peu là, qu'on cause comme des gens civilisés... espèce d'enculé de ta race !

JOE TOURNA la tête dans la bonne direction... c'est-à-dire les yeux ouverts pour comprendre ce qui se passait. Il entendit Steve hurler et pivota, son regard tombant sur le dos de l'extraterrestre qui l'avait assommé. Il pouvait sentir le sang couler le long de son cuir chevelu et à travers ses cheveux.

Cette merde allait être difficile à nettoyer.

— TRON, ici Gabrielle. (Elle s'était installée dans la chaise du capitaine, sur la passerelle de l'*Archange*.) J'envoie deux de nos nacelles vers le vaisseau ennemi. N'essaie pas d'interrompre la programmation.

— Entendu.

— Quelle est la situation ?

— Nous combattons d'énormes créatures bipèdes en armure. Nous n'avons pas d'armes ici que nous pourrions utiliser sans risque de décompression. Alors, on utilise des bâtons. L'ennemi emploie des armes similaires. Je ne sais pas par contre si c'est par crainte de trouer les murs ou si c'est parce qu'ils ne nous considèrent pas comme une réelle menace. Tout ce que je peux dire c'est qu'avec leurs armures, les intrus sont aussi balaises que nos Wechselbalg avec des armes basiques.

— Compris. Tenez bon, SS1. L'*Archange* va bientôt contourner la lune et sera visible dans deux minutes.

— En attendant, je repars botter des culs. SS1, terminé.

STEVE N'EUT PAS le temps de voir la main. Il avait été distrait en voyant Joe se relever et lancer une attaque dans le dos de l'extraterrestre pour tenter de le ralentir. Cette seconde d'inattention fut suffisante pour qu'il soit pris par surprise. Un bras mécanique avait jailli de l'armure, traversé son casque et frappé son crâne assez fort pour le fracasser.

— KRGHFTH ! (Kiel dégagea sa main du casque d'un air dégoûté, la matière organique éclaboussant son armure.) De la cervelle d'alien ! C'est écœurant.

Il était sur le point de s'engager dans le couloir lorsqu'il sentit un poids contre son dos.

— T'as un alien sur toi ! dit Malo en éclatant de rire.

— Non, tu crois ? J'avais pas remarqué.

— VAISSEAU EN APPROCHE ! cria Melorn. Il vient d'apparaître sur nos senseurs, chef. Il est... gros.

Le capitaine se rapprocha.

— Gros ? Montrez-moi ça. (Melorn lui envoya les informations sur sa grille de données.) C'est quoi ça ? (Il se tourna vers Royleen.) Nous n'avons jamais rien vu de ce genre.

Le scientifique étudia les données.

— Ce vaisseau est propulsé par de la gravitique avancée, capitaine. Je ne peux pas en être certain sans l'étudier davantage, mais cela ressemble beaucoup à de la technologie kurthérienne. Peut-être ancienne, mais c'est très probable.

— Sheaght ! (Le capitaine T'chmon appuya sur le bouton de communication.) Kiel ! Rappelez votre équipe. Prenez ce que vous pouvez et repliez-vous. Nous devons examiner ces nouvelles informations. TOUT DE SUITE !

KIEL RECULA BRUSQUEMENT contre le mur, écrasant l'alien qui se trouvait sur son dos. Il fut ravi d'entendre le gémissement bruyant et irrité de la créature.

— Je parie que ça fait mal, sale insecte.

Il était sur le point d'augmenter la puissance de son armure lorsqu'il reçut l'ordre de repli.

D'un geste brusque, il se retourna et envoya voltiger l'alien qui atterrit trois longueurs de corps plus loin. Il activa son micro pour parler à son équipe.

— Nous devons rejoindre immédiatement le *G'laxix Sphaea*. Prenez ce que vous pouvez au passage. Soyons rapides, mais professionnels. Pas question de commettre la moindre erreur devant ces petites créatures.

Des rires répondirent à sa remarque.

— *GOTTVERDAMMT* ! Merci aux divinités de l'univers, souffla Tron, ils se cassent.

— Chef !

Il activa son micro.

— J'écoute.

— Ici Sergei de l'équipe russe. Ils ont emporté Ivan avec eux.

Tron pinça les lèvres.

— Merde. D'accord, je préviens l'*Archange*. Terminé.

Un autre voyant s'alluma et Tron prit la nouvelle communication.

— Ici Joe.

— Oui ?

— Les intrus se sont barrés. Nous avons un mort et un blessé qui a besoin de soins médicaux et quelques autres qui ont juste besoin de repos. Nous avons aussi deux fuites que nous avons pu colmater temporairement, mais il faudra trouver une solution plus permanente.

— Qui avons-nous perdu ?

Tron se demandait qui il ne verrait plus dans les couloirs.

— Adarsh est blessé. Mais nous avons perdu... (La voix de Joe se brisa et il y eut quelques secondes de silence.) Nous avons perdu Steve.

Tron serra ses poings.

— Compris. Assure-toi que le colmatage tienne jusqu'à ce qu'on puisse faire les réparations nécessaires et amène Adarsh à l'infirmerie. Pour Steve, place son corps en stase. Il aura droit à tous les honneurs, je te le promets. Terminé.

Son regard parcourut le bureau autour de lui, remarquant toutes les petites choses que Steve avait bricolées ou réparées pour lui. Il regarda la chaise où il s'était assis pour leurs longues conversations, quand ils discutaient de leurs expériences respectives dans la Marine et le temps que Tron avait passé en Angleterre.

Il donna un coup de poing à son bureau.

— Fait chier ! cria-t-il.

Il se frotta la main, reconnaissant que la douleur, au moins, l'aidait à se ressaisir.

Il serait temps de pleurer son ami plus tard. Pour l'instant, il avait une station spatiale à gérer, pleine de gens qui avaient besoin de lui, sans parler d'un rapport à envoyer.

Passerelle du VRG *Archange*

LA VOIX de Bethany Anne sortit des haut-parleurs.

— Quelles sont les nouvelles ?

— La station a été attaquée, répondit Gabrielle. Nous avons un mort, plusieurs personnes aux urgences et quelques autres blessés. Et l'un des nôtres a été enlevé par les extraterrestres.

— Nous avons quelque chose capable de les arrêter ?

— *Archange* n'arrive pas à bien les voir pour l'instant. La station est en train de nous transmettre des données et nous avons deux nacelles vides près d'eux. Ils ont pris Ivan, un gars de l'équipe russe.

— Rentre-leur dedans avec les nacelles, Gabrielle. Il faut les arrêter, ou au moins les ralentir. (La voix de la reine était glaciale.) Nous n'abandonnons personne. JAMAIS.

~

— VOUS ÊTES À BORD ? demanda le capitaine T'chmon dans son micro.

— Oui, chef, répondit Kiel. Nous sommes en train de transférer le prisonnier au laboratoire de Royleen.

— Chef ! cria Melorn. Nous avons des vaisseaux en approche rapide !

— Quoi ?

Le capitaine était surpris. Il savait où était le vaisseau

ennemi et ils avaient une bonne avance sur eux. D'ailleurs, ils étaient en train de partir.

Le *G'laxix Sphaea* trembla violemment deux fois, à quelques secondes d'intervalle. Ceux sur la passerelle furent bien secoués. Le spécialiste des communications fut éjecté de son siège. Des alarmes crièrent à travers tout le vaisseau.

— Je veux un rapport des dégâts ! cria Kael-ven T'chmon. Et B'chai, sortez-nous d'ici puis assurez-vous que notre bouclier de camouflage est opérationnel. Il faut nous éloigner le plus vite possible. Et déterminez *comment* nous avons pu être touchés !

22

SYRIE

Lance regarda à l'intérieur du conteneur et hocha la tête. Les deux Gardiens refermèrent les portes derrière lui et le vaisseau s'éleva lentement dans les airs, décollant avec le lever du soleil. Quelques-uns des scientifiques lâchèrent des cris d'orfraie. Quant à l'officiel, il faillit avoir une crise cardiaque quand Lance lui expliqua que le matériel informatique voyagerait dans l'autre conteneur. Pas question de risquer que quelque chose se déloge et blesse quelqu'un.

À moins, bien sûr, que l'officiel préfère voyager dans l'autre conteneur ? L'offre fut rejetée, quel dommage.

Les plaintes et arguments logiques des scientifiques tombaient dans l'oreille d'un sourd. S'ils préféraient rester dans le désert pour y affronter de nouvelles attaques de Daech, ils n'avaient qu'à le dire, ça ne le dérangeait pas du tout.

Un gars en particulier avait piqué une crise de nerfs, jeté son sac à terre et s'était assis sur un rocher. Lance l'avait regardé brièvement, puis l'avait totalement ignoré. L'homme avait été surpris de ne voir personne venir l'aider ou lui parler, ni même essayer de le convaincre de monter dans le conteneur. Quand l'un des scientifiques avait demandé à un Gardien s'ils n'allaient pas faire quelque chose pour ce type, le Gardien avait haussé les épaules.

— C'est un adulte. Il est libre de se suicider par Daesh ou par stupidité, c'est son choix.

L'homme les avait rejoints en courant deux minutes avant le départ.

Akio, le général, Robert et Terry étaient debout. Lance s'assura que tout le monde était bien sanglé. Un passager se plaignit de devoir mettre une ceinture, mais juste à ce moment-là le vaisseau pencha sur le côté. Les quatre hommes n'eurent aucune difficulté à maintenir leur équilibre, mais le récalcitrant se dépêcha de s'attacher comme si sa vie en dépendait.

Lance sortit sa tablette et y trouva un message d'Adam.

EST-CE QUE CELA A AIDÉ ?

Le général ricana et montra l'écran à Akio.

Pour qui faisait attention, le visage du Japonais affichait de nombreuses expressions... il fallait juste savoir les reconnaître. Ses yeux s'écarquillèrent légèrement et ses lèvres se détendirent pour former ce que Lance aurait appelé un sourire chez n'importe quel autre homme.

Il reprit sa tablette et répondit à l'IA que oui, cela avait aidé.

— Papa ?

La voix de Bethany Anne résonnait directement dans son oreille.

— Oui, je t'écoute.

— Quelles sont les nouvelles ?

— Mission accomplie. Je reviens avec vingt-trois survivants.

— Parfait. *Archange* va aider la station spatiale. Il va nous falloir comprendre comment Steve et Adarsh ont fait pour détecter le vaisseau extraterrestre... Nous les avons perdus tous les deux. Pour Adarsh, c'est temporaire. Il est inconscient, mais devrait se réveiller dans une trentaine de minutes. Après quoi, nous irons au Portail Annexe. Tom pense que leurs plans ont été perturbés et qu'ils vont maintenant vouloir repartir. Nous sommes en route pour la lune.

— Compris. Où veux-tu que je livre ma cargaison ?

— Au départ, j'avais pensé les mettre sur l'*Archange*, mais ce n'est plus possible. La base australienne est à présent vide et les derniers groupes attendent le retour d'*Archange* à la base lunaire.

— Pourquoi pas le Colorado ?

— Non, cela les remettrait trop rapidement dans le jeu. Je suppose que si je les garde, ce serait un enlèvement.

— C'est probable.

Lance sourit en réalisant que sa fille n'était pas contrariée par le concept, seulement par les retombées potentielles.

— Bon. Alors, voilà ce que nous allons faire...

Le capitaine de l'USS *Harry Truman* prit l'appel.

— Bonjour, capitaine. Je tenais à vous remercier, dit le Président, pour tout ce que vous et vos hommes faites en Méditerranée. Et je voudrais vous demander un service, qui ne vous prendra que quinze minutes. Cela pourrait perturber vos opérations, mais je vous promets que vous et votre équipage trouverez ça très intéressant.

— Si je peux aider, répondit le capitaine, ce sera avec plaisir.

Intérieurement, il espérait qu'il ne s'agirait pas de recevoir des dignitaires ou un truc dans le genre. Ses hommes étaient crevés, ayant dépassé de plusieurs semaines leur date de retour prévue et il n'avait vraiment pas envie de leur demander de faire du baby-sitting.

— Un très rare conteneur volant va vous rendre visite, expliqua le Président.

— Excusez-moi de vous interrompre, monsieur, mais pourront-ils atterrir sur mon bateau ?

Le capitaine fut surpris d'entendre le Président rire.

— Oh, ne vous inquiétez pas, je ne me moque pas de vous, je vous assure. C'est juste que ce vaisseau ne nécessite aucune piste d'atterrissage. Et avant que vous me le demandiez, non, il ne s'agit pas d'un hélicoptère. Les passagers sont les membres d'une expédition qui ont été secourus par la TRG alors que Daesh allait leur tomber dessus. Quoi que vous fassiez, ne leur soyez pas désagréable. Je vous promets qu'ils seront respectueux envers vous et votre équipage.

— Bien compris, Monsieur le Président.

— Je n'en doute pas, capitaine. Car la Marine n'a pas pour habitude de confier à des imbéciles les commandes de ses navires. Nous vous informerons dès que nous aurons décidé de la meilleure façon de rapatrier ces civils.

— Pourquoi ne pas les déposer directement sur la terre ferme ?

— J'imagine qu'ils pourraient le faire, mais ils ont choisi d'agir ainsi. Et puis, ils souhaitaient voir un porte-avions en action, alors nous faisons d'une pierre deux coups.

Le capitaine était confus.

— Je ne comprends pas... Ils veulent voir notre bateau alors qu'ils ont des vaisseaux qui vont dans l'espace ?

— C'est vrai, mais ils ne peuvent pas rugir sur les ponts au milieu de l'océan. Et puis, il y a deux choses vitales que leurs nacelles ne peuvent pas leur fournir, deux choses qui nourrissent l'âme d'un homme...

— Vraiment ? Quoi donc ?

— Les flammes et le vacarme, capitaine, les flammes et le vacarme. Les jets hurlent en décollant de votre pont. Et, je vais vous faire un aveu, même pour un Président, c'est foutrement cool.

Le capitaine eut un large sourire.

— Oui, chef !

. . .

Station Spatiale Une, L2

BETHANY ANNE s'accorda quelques minutes pour examiner l'étendue des dégâts à l'extérieur de la station.

— C'est bon, dit-elle à Adam, on atterrit. J'en ai assez vu.

Quelques minutes plus tard, Bethany Anne et ses mecs descendaient de leurs nacelles. Gabrielle les attendait sur le pont. Ashur bondit hors du cockpit et haleta. La reine regarda le chien.

— Ça va, gros gourmand, va chercher à manger. (Elle tourna son attention vers son amie.) Quelles nouvelles ?

— Adarsh s'est réveillé et nous a expliqué comment ils ont fait. L'équipe BMW est déjà en train de travailler dessus, pour fabriquer une nouvelle version plus puissante. Nous en équiperons l'*Archange* et le *Defender*.

Les deux femmes marchèrent ensemble vers la sortie et débouchèrent dans un couloir.

— Dis-moi au moins qu'on leur a fait des dégâts ?

— Oui. Une fois que nous avons su où chercher, nos senseurs ont révélé les dégâts qu'ils ont subis. Toutefois, deux minutes après, ils ont fait quelque chose et nous les avons de nouveau perdus. Le capteur de la station n'était pas assez puissant pour les suivre au-delà de dix mille kilomètres.

— D'accord. Quand auront lieu les obsèques de Steve ?

~

SIX PERSONNES ENTOURAIENT LE CERCUEIL. Des amis et des Gardiens constituaient une garde royale, tandis que la reine se tenait à côté. Elle posa une main sur le couvercle, puis avança vers l'estrade et fit face à l'assemblée.

— Je suis fière d'avoir eu Steve dans mon équipe. Je ne sais pas si c'était grâce à ses connaissances acquises dans la Marine, à ses expériences personnelles ou à la chance, mais il lui suffisait de venir, de jeter un coup d'œil, et il trouvait une solution pour tous les défis qui se présentaient à lui.

« Il savait que son avenir, tout comme le nôtre, ne serait pas facile. Il connaissait également les risques de ce boulot. Mais il a vécu comme il le souhaitait. En utilisant ses compétences et en s'interposant entre ceux qui le menaçaient et ceux qu'il aimait. Et c'est ainsi que nous devons tous agir. Que son courage nous serve d'exemple. Ad Aeternitatem, Steve. Un jour nous nous retrouverons, de l'autre côté. En attendant, ton nom restera gravé dans mon cœur. Nous n'oublierons jamais ton sacrifice.

ReaLea, Kris et Bree avaient leurs visages mouillés par les larmes et leur maquillage qui coulait. Elles regardèrent le cercueil décoller du pont de l'*Archange*, traverser le champ d'astéroïdes et se diriger droit vers le soleil.

Bethany Anne avait demandé à tous les membres de l'équipe originale – y compris Adarsh, qui n'avait pas encore fini de guérir – de venir sur le vaisseau pour assister à la cérémonie.

Quand le cercueil ne fut plus visible, la reine se tourna de nouveau vers ses gens.

— Une race extraterrestre nous a attaqués, dit-elle. D'après nos analyses et ce que m'a dit Tom, il s'agit d'une mission d'exploration dans notre système solaire. Avec l'intention de voler nos ressources et de réduire les humains en esclavage.

« Ils ont un portail qu'ils peuvent traverser pour rentrer chez eux. Ils voudraient emporter avec eux tout ce qu'ils ont appris à notre sujet... qui nous sommes, où nous sommes et ce dont nous sommes capables. Nous avons eu de la chance qu'ils n'aient pas repéré notre vaisseau plus tôt. À présent, ils savent qu'ils nous ont sous-estimés. Nous sommes devenus à la fois un problème et un objet de convoitise.

Elle considéra l'assemblée, puis regarda droit dans la caméra qui permettait à tous ses gens d'assister à la cérémonie, où qu'ils soient.

— Mes Gardes, mes Gardiens, mon Élite et vous tous qui avez choisi de me suivre... Une fois de plus, nous sommes en guerre. Cette fois, elle a été déclarée par un peuple hostile qui, comme beaucoup d'autres, pense que ceux qui détiennent le pouvoir ont le droit de l'utiliser comme ils l'entendent. Eh bien... qu'ils aillent se faire foutre !

Ses yeux brillèrent d'une lueur rouge.

— Ils ont commis une erreur monumentale et sont désormais les ennemis à vie de la Reine Garce et des siens. Voyez maintenant ce qui va leur en coûter pour leurs actions !

Elle haussa la voix en se tournant vers le plafond.

— Archange !

L'IE du vaisseau répondit immédiatement, sa voix emplissant la pièce.

— Oui, ma reine ?

— Une fois que seront descendus tous ceux qui doivent retourner à la station, tu nous emmèneras au Portail Annexe à vitesse maximale. Nous tuerons ou capturerons cet ennemi. Aucune reddition ne sera accordée. Est-ce bien compris ?

— Oui, ma dame. Aucune reddition accordée. L'instruction a été enregistrée. Tous les protocoles de verrouillage de ce vaisseau ont été supprimés. Le vaisseau de guerre *Archange* est à présent pleinement opérationnel et combattra jusqu'à la victoire... (Il y eut une brève pause dans le haut-parleur.) Ou jusqu'à la mort, ma reine.

Le rugissement de ceux présents fut si puissant qu'il faillit résonner à travers l'espace pour se mêler à celui des hommes et femmes qui regardaient depuis la station spatiale, la base lunaire, ou sur le *Defender*.

La première guerre entre la Reine des Garces et des extraterrestres avait commencé.

23

VAISSEAU INTERSIDÉRAL YOLLIN, G'LAXIX SPHAEA

Royleen fit le tour de la table où était allongé son unique échantillon. Il aurait préféré une femme, mais il comprenait pourquoi le capitaine avait dû interrompre la mission. Au moins, l'attaque sur le *G'laxix Sphaea* n'avait pas endommagé son laboratoire. Oh, bien sûr, ses assistants avaient dû faire un peu de nettoyage, car le choc avait envoyé beaucoup de choses au sol... dont un récipient en matière transparente qui s'était brisé, mais c'était tout.

Le sujet était attaché et inconscient. L'alien s'était montré très agressif à son arrivée. Heureusement, Royleen avait déjà chargé les systèmes du laboratoire avec les quelques rares éléments communs entre le langage de ces créatures et celui des Yollin.

Non que cela fut très utile au final. Le sujet continua à se montrer agressif, aussi bien dans son langage que dans ses gestes, jusqu'à ce que le scientifique lui administre un produit chimique qui l'avait plongé dans le coma.

Royleen soupira. Il lui fallait obtenir plus d'informations pour le capitaine, alors il allait devoir réveiller l'alien. Il aurait préféré disposer de plus de temps pour travailler sur le corps et lui administrer de nouvelles procédures. Cela lui aurait sans doute fourni des informations plus utiles que les anciennes méthodes qui s'étaient avérées inadéquates.

Maintenant, il lui fallait obtenir des réponses coûte que coûte. Royleen tendit une main pour prendre la seringue qui lui permettrait de réveiller le prisonnier.

— SALLE DES MACHINES, quel est votre rapport ?

Le capitaine T'chmon était sur la passerelle. Les deux dernières journées solaires avaient été éprouvantes. Quelques circuits avaient été endommagés par le second vaisseau qui les avait percutés.

C'était un exemple malheureux de tactique offensive, mais néanmoins efficace. Qu'avait dit le Quatorzième de la Monarchie Yollin à la Bataille de K'lleen ? Un truc du genre « si l'attaque est réussie, que m'importe qu'elle soit élégante ? » Et s'il n'avait pas sidéré les foules par l'élégance de ses manœuvres, au final il avait gagné la bataille.

Il remerciait les dieux que cette fumisterie n'ait pas perduré. Selon lui, il fallait de l'élégance en toutes choses, y compris dans la guerre, comme l'avait décrété l'Univers.

— Encore trois heures solaires, chef, et le vaisseau devrait être de nouveau opérationnel. Cela dit, je conseille de ne pas dépasser les quatre-vingts pour cent si vous pouvez l'éviter.

— Et si je ne peux pas l'éviter ?

— Je pense que nous avons de grandes chances de nous en tirer, capitaine. Mais c'est la fois où nous ne nous en sortons pas qui fout la journée en l'air.

T'chmon éclata de rire.

— Pas faux. Je garderai votre conseil à l'esprit. Terminé.

Il tapota ses ongles sur l'accoudoir de son siège. Royleen

était en train de réveiller l'alien. Il pouvait suivre la procédure sur ses écrans.

Des Kurthériens. Merde, il n'avait pas besoin de ça. Il vérifia tous ses enregistrements. Ils avaient suivi les protocoles et envoyé les signaux nécessaires pour prévenir d'éventuels Kurthériens de leur présence. Il avait tout fait dans les règles et n'avait rien à se reprocher.

Du moins, vis-à-vis de son roi. Quant à savoir si les Kurthériens qui se trouvaient peut-être sur le vaisseau approuveraient ses actions... ça, c'était une autre paire de manches. Il préférait ne pas se précipiter vers le Portail Annexe sans avoir effectué un maximum de réparations. Mais il était urgent qu'il rentre... ce système solaire représentait une opportunité trop importante et il fallait prévenir son peuple de la menace kurthérienne.

Après avoir étudié les données à sa disposition, il avait déterminé que ces aliens n'étaient ni des idiots ni des savants idiots. Ou plutôt, qu'ils avaient récemment acquis la technologie kurthérienne. Depuis combien de temps exactement, il ne savait pas. Par contre, c'était la première fois qu'il entendait parler d'une race qui possédait cette technologie sans être directement sous la coupe d'un clan kurthérien.

Le capitaine T'chmon pinça les lèvres. Il lui fallait absolument transmettre ces informations à son roi. S'il y avait dans ce système de la technologie kurthérienne qu'ils pouvaient s'approprier, son roi deviendrait une puissance sans égale dans ce quadrant.

Quant à lui, son prestige augmenterait d'un cran, sans le moindre doute.

T'chmon activa son micro pour parler avec Royleen. Il lui fallait plus d'informations. C'était d'une importance capitale.

VRG *Archange*

BETHANY ANNE ENTRA sur la passerelle et salua d'un signe de tête la chef des communications, Alyona, qui se trouvait sur sa gauche. Elle marcha jusqu'à sa chaise, qui était légèrement surélevée, et s'assit.

— Nous arrivons dans combien de temps ?

— Cinq minutes, répondit le capitaine Paul Jameson.

— Le capitaine Wagner souhaite vous parler, dit Alyona.

Bethany Anne aurait pu recevoir cette information d'Archange directement... et c'était souvent le cas. Mais tout le monde cherchait à comprendre son rôle sur un vaisseau qui pouvait presque tout faire.

La vampire n'avait dévoilé à personne les capacités d'Archange, pas plus que ses communications avec le vaisseau via Adam. Inutile de bouleverser le statu quo si ce n'était pas nécessaire.

— Passe-le-moi, s'il te plait. (Elle jeta un œil à l'horloge, qui était réglée sur l'heure GMT.) Bonjour, capitaine Wagner.

— Bonjour, Bethany Anne. Que pensez-vous de notre petit spectacle ?

Il sourit.

Le Portail Annexe, dans toute sa splendeur spectrale, était visible sur les écrans derrière lui. Depuis quelques heures, le *Defender* transmettait son flux à l'*Archange*.

— Au risque de paraître pompeuse, capitaine, je crois qu'il n'est pas exagéré de dire que votre intervention a permis à l'humanité de préserver sa liberté.

L'homme cligna des yeux.

— Ah bon ?

— Tom confirme que ce que nous avons là est un Portail Annexe. Certaines espèces en soif d'expansion l'utilisent pour acquérir des informations sur d'autres systèmes solaires avant invasion. Si votre équipage ne l'avait pas repéré, notre visiteur malvenu aurait pu repartir sans que nous en sachions rien. La prochaine fois que ce Portail se serait ouvert, il aurait sans doute déversé une flotte armée jusqu'aux dents.

— Sommes-nous si intéressants que ça ?

— De ce que j'ai cru comprendre, la technologie à bord du *Defender* à elle seule vaut probablement tout l'or du monde. Nous verrons bien si j'ai raison quand nous parlerons à ces ordures.

— Vous voulez bavarder avec eux ?

— Oui, pourquoi pas ? Cela dit, soyons clairs. Si nous discutons, ce sera avec un flingue fourré profond dans leur cul. Mais ça ne nous empêchera pas de communiquer. Je peux pas le fourrer dans leur bouche, ça les empêcherait de répondre à mes questions.

Le capitaine hocha la tête, les yeux pétillants de malice.

— Ça me semble plutôt logique, en effet.

— J'aime à croire que je suis une personne logique, Max. C'est l'un de mes traits de caractère les plus attachants.

Wagner éclata de rire et Bethany Anne entendit quelques ricanements autour d'elle. Tant mieux, elle préférait que tout le monde se détende un peu avant la bataille qui pourrait venir dans quelques minutes ou quelques mois.

L'attente pourrait être longue.

— Vous en êtes où, côté nourriture ? Vous avez besoin de quelque chose ?

— Non, nous communiquons avec l'*Archange*. Tout ce dont nous avons besoin pour l'instant ce sont des palets supplémentaires, histoire d'augmenter nos réserves. Nous en avons plus de quatre-vingts pour cent en attente devant le Portail. Nous avons pu déterminer le côté par lequel ils vont devoir passer et y avons créé un filet capable de neutraliser un vaisseau venant de n'importe quelle direction. Nous allons essayer de les dévier de leur trajectoire. Si nous échouons, nous avons un Plan B d'une nature, comment dire... plus définitive. D'une manière ou d'une autre, ils vont souffrir.

— Parfait. (Elle regarda sur le côté et vit Paul discuter avec le gestionnaire de stock et lever le pouce vers elle.) Je vois que nous allons vous réapprovisionner sous peu. Vous allez nous servir de gardien de but. Si l'*Archange* ne parvient pas à les arrêter, vous devrez à tout prix les empêcher de traverser le Portail. Tu comprends, Max ?

— Le *Defender* n'échouera pas. (Ses yeux se détournèrent un instant.) Cela dit, je vous vois arriver et, franchement, je ne vois pas comment ils pourraient vous échapper. Merde, c'est un foutrement beau navire.

Une voix féminine s'immisça dans la conversation.

— Merci beaucoup, capitaine.

Pendant un instant, Wagner eut l'air confus. Bethany Anne n'avait pas parlé, pourtant cette voix ressemblait beaucoup à la sienne. Puis un large sourire se forma sur ses lèvres.

— Avec grand plaisir, Archange.

— Nous vous aurons rejoint d'ici dix minutes, reprit la reine. Nous vous livrerons les palets à ce moment-là. Est-ce que le nouveau sonar vous convient ?

@@. Ce n'est pas un sonar, Bethany Anne. .@@

Chut ! Ça fait très bien l'affaire pour l'instant. Nous verrons plus tard quel meilleur nom lui donner.

— Ah, oui... (Elle sentit que le capitaine avait lui aussi envie de la corriger.) Mais nous n'avons pas assez de capteurs pour bien couvrir cette zone.

— Nous les déposons au fur et à mesure avec des moteurs gravitiques pour ralentir les plateformes et les déplacer vers les endroits les plus logiques. Elles nous alerteront dès que l'ennemi sera assez près et nous transmettront sa trajectoire. (Les paupières de la vampire tremblèrent pendant une seconde et Max patienta, sachant qu'elle était en communication avec quelqu'un d'autre.) On m'assure que nous aurons une couverture de la zone plus que suffisante d'ici une demi-journée.

— Sauront-ils que nous les avons repérés ?

— On me dit que oui. Nous avons aussi bien des versions actives que passives. Les actives émettent de la chaleur et peuvent facilement être détectées s'ils sont attentifs. Pour les passives, par contre... Nous allons leur tendre un piège.

— En évitant les actives, ils foncent droit sur les passives ? (Elle hocha la tête.) Bien pensé. Voulez-vous que nous préparions certains des plus gros palets, au cas où ?

— Non. Je préfère que tu te concentres complètement sur ta tâche comme si tu ne savais rien et que tu partes du principe que l'ennemi pourrait surgir de n'importe quelle direction. Tu recevras toutes les informations en temps réel, bien sûr, et tu devras t'adapter en fonction. Nous n'avons pas le droit à l'erreur, car il n'y aura pas de seconde chance. Aussi bien pour eux que pour nous, d'ailleurs. Soit ils passent, soit nous les arrêtons. C'est aussi simple que ça.

Le capitaine Wagner secoua la tête.

— Heureusement qu'ils ne peuvent pas foncer au travers. Ils sont obligés de ralentir pour passer, sinon ce serait beaucoup plus difficile.

Le visage de la vampire s'assombrit.

— Ils ont l'un des nôtres à bord de leur foutu vaisseau, alors pas question qu'ils se barrent.

La ligne dans le sable proverbiale avait été tracée... et personne ne la franchirait.

Vaisseau intersidéral yollin, *G'laxix Sphaea*

— QUE DIT L'ALIEN ? demanda le capitaine T'chmon.

Le scientifique regarda vers l'écran. Derrière lui, le prisonnier se débattait sur la table.

— La traduction que je dois utiliser est le russe, ce qui n'est pas la langue à laquelle je m'attendais. Il prétend que sa reine va venir le chercher et répète cela sans arrêt. J'ai dû l'attacher une deuxième fois. Il a failli se libérer.

— Et il aurait fait quoi ? Sauté dans l'espace et volé jusqu'à sa planète ?

— Je lui ai posé la question et il a cessé de se tortiller pour me dire qu'il prévoyait de prendre l'un de mes instruments... (Royleen se tourna et désigna un objet hors de vue de la caméra.) ... et de me tuer avec. Après, il ferait autant de dégât au vaisseau que possible avant de se suicider. Il dit refuser qu'on l'utilise comme appât pour sa reine.

— Appât ?

— C'est un terme qu'ils utilisent qui signifie utiliser une personne pour en attirer une autre dans un piège.

— Il n'a pas à s'inquiéter pour ça ! J'aime autant ne pas rencontrer ce vaisseau. Nous devons retourner à Yoll avec nos informations. Alors qu'il se rassure, il ne va pas servir d'appât.

— Je ne crois pas que vous ayez bien saisi, capitaine. Il est persuadé que cette reine va venir le sauver, que nous l'utilisions comme appât ou non. (Le scientifique haussa ses épaules osseuses.) Je sais que vous pensez que cette espèce est plus intelligente que je ne le croyais au préalable... et vous avez peut-être raison. Mais leur façon de penser est tellement différente...

— C'est là que réside toujours le défi quand on cherche de nouveaux territoires, Royleen. On doit tenter de comprendre les peuples indigènes...

— ... afin de mieux les conquérir et les soumettre, termina le scientifique en riant. Oui, oui, j'ai déjà entendu cette blague, capitaine. Vous étiez sans doute bébé la première fois que je l'ai entendue.

T'chmon préféra changer de sujet.

— Avez-vous obtenu de nouvelles informations au sujet de leur technologie ?

— Seulement qu'elle fut possible grâce à un certain Tom.

J'ai augmenté le seuil de douleur au niveau trois et il a failli se trancher la langue. Il a juste dit Thalès de Miletus.

Le capitaine tapota ses ongles contre l'accoudoir de son siège.

— Ça ne ressemble pas à un nom kurthérien. Cela n'a aucun sens. Les Kurthériens utilisent des noms qui sont des réponses à des questions complexes, souvent de formules mathématiques ou scientifiques. Thalès de Miletus est si banal. Le genre de nom que prendrait l'un de ces... euh...

— Humains.

— Voilà. C'est un nom d'humain.

— C'est un mystère dans une question, entouré d'un rocher.

— Impénétrable, en effet. (Le capitaine se retourna pour lire un nouveau rapport qui venait de s'afficher sur son écran.) Royleen, communiquez-moi toute autre information que vous pourriez découvrir. N'appelez que si c'est urgent. Notre ingénieur vient de m'informer que nous sommes de nouveau opérationnels. Nous rentrons à Yoll.

— On racontera cette histoire dans les bars pendant des années, n'est-ce pas, capitaine ?

— Oh, sans le moindre doute.

T'chmon hocha la tête et coupa la communication.

VRG *Archange*

ASSISE SUR SA CHAISE, Bethany Anne fit la moue.

— Bon, c'est officiel. Je m'ennuie à mourir.

Le capitaine Paul Jameson éclata de rire.

— Nous ne sommes là que depuis trois jours ! Tu es déjà lassée de voir le Portail, les étoiles, ou autre chose ?

— Oui, oui et oui. J'ai besoin de dépenser mon énergie latente.

— Pourquoi pas une séance d'entraînement ?

— Avec qui, toi ? (Paul secoua rapidement la tête.) Je ne peux pas m'éloigner de mon poste pendant que nous attendons l'arrivée de nos invités. Les Gardiens et l'Élite s'entraînent avec les nouveaux gantelets et armures métalliques. Et puis, Jane Dukes a modifié nos armes pour qu'elles soient mieux adaptées au combat sur un vaisseau.

— Tu veux pas aller voir tout ça ? (Paul vérifia son tableau de bord avant de tourner la tête vers sa reine.) T'as pas été équipée ?

Elle s'appuya en arrière dans son siège.

— Si. J'ai un ensemble modifié. Gantelets, genouillères, protège-coudes et bottes. Jane m'a aussi préparé une tenue spéciale, mais n'a pas encore trouvé le temps de me la montrer. Les Gardiens qui se trouvaient sur la station au moment de l'attaque étaient furieux d'avoir été si facilement malmenés. Ils sont persuadés que s'ils avaient pu au moins frapper plus fort, les choses se seraient passées autrement.

— J'ai vu la vidéo. Les extraterrestres ont une combinaison spéciale qui les rend plus rapides et plus forts. Un peu comme une armure de chevalier, mais avec plus de puissance.

— Ouaip. Nous avons pu en récupérer des morceaux qui se sont cassés pendant l'affrontement. La matière est solide, mais pas trop non plus. Sur l'échelle de dureté, disons du six ou du sept. Et puis, elle conduit l'électricité. Ce n'est pas le meilleur conducteur du monde, mais ça fait l'affaire.

— Tu comptes leur donner un petit coup de jus ?

— Pourquoi petit ? Énorme, plutôt. L'équipe BMW est en train de modifier certains palets gravitiques pour qu'ils cherchent, attaquent, adhèrent et pulvérisent.

Paul fronça les sourcils.

— CAAP.

Elle éclata de rire.

— Ouais, j'avais remarqué aussi. En général, ces gars-là se

débrouillent bien avec les acronymes. Bobcat prétend que c'est parce que nos armes sont capables de tout détruire sur leur passage, mais les Gardiens n'arrêtent pas de les charrier avec ça : « système de défense CAAP », « t'inquiète, CAAP est cap de nous sauver ! » (Elle ricana.) Bien fait pour eux, parce que, franchement... CAAP ? À quoi diable pensaient-ils ?

— Ils ne pensaient à rien.

Le visage d'Archange, copie conforme de Bethany Anne, apparut sur l'écran principal de la passerelle.

— Ils n'avaient pas du tout réfléchi au nom. Quand ils ont fait une démonstration du système à Peter et Todd, ils ont expliqué comment cela fonctionnait. Bobcat a dit que ça cherchait, attaquait, adhérait et pulvérisait et Todd à éclaté de rire. C'est lui qui le premier a employé cet acronyme.

— M'étonne pas, dit Paul. Et j'imagine qu'il va les charrier longtemps avec ça.

Le visage d'Archange se transforma, une lueur rouge apparaissant dans ses yeux.

— Ennemi en approche. Je répète. Ennemi en approche.

— Il était temps ! s'écria Bethany Anne en se redressant dans sa chaise. Encore un peu et je pétais un câble.

24

ESPACE, PROCHE PORTAIL ANNEXE

Le spécialiste militaire T'monoth s'agita.

— Chef ! Il y a des capteurs actifs entre nous et le Portail.

Le capitaine Kael-ven T'chmon jura longuement, avec force et véhémence. Il avait espéré que les aliens n'auraient pas repéré le Portail, mais apparemment ce n'était pas le cas.

— Pouvons-nous les contourner ou leur couverture est-elle complète ?

— Certainement pas complète, non. D'après ce que je vois, il s'agit d'une technologie plutôt ancienne. Au moins sept générations.

Le capitaine réfléchit à haute voix.

— Donc, sans doute incomplète, sans doute imparfaite. Mais suffisamment efficace malgré tout. Il leur a fallu autant de temps pour nous retrouver parce que... pourquoi donc, Kael ?

— Peut-être... commença Melorn d'une voix hésitante.

T'chmon le regarda et l'invita d'un signe de tête à poursuivre.

— Peut-être ne s'attendaient-ils pas à devoir nous chercher avant que nous arrivions ? Et il leur aura fallu tout ce temps pour fabriquer un détecteur efficace...

— Ça me semble logique, convint le capitaine. Nous avons été bien assez longtemps à portée de cette hideuse station. S'ils avaient mis en place leur nouveau dispositif et que tout à coup nous apparaissions, cela pourrait expliquer ces étranges et soudaines vibrations que Royleen a détectées dans la station. C'est à ce moment-là qu'ils ont dû activer le système. (Il fit un geste vers les écrans.) Ils sont en train d'en fabriquer, mais ils n'en ont pas encore assez pour couvrir toute la zone comme il le faudrait. (Il tapota ses ongles sur l'accoudoir.) Timonier, conduisez-nous au travers. Travaillez avec le spécialiste militaire pour éviter ces fichus capteurs.

— Ils ont mordu à l'hameçon, annonça Paul. Ils se sont arrêtés et maintenant ils avancent comme sur un champ de mines.

Il restait au moins trois heures avant que le vaisseau soit assez proche pour pouvoir le héler. Tom et Adam avaient réfléchi à ce qu'ils pouvaient faire et suggérèrent de communiquer à travers la soucoupe, qui se trouvait actuellement dans le hangar de l'*Archange*.

Les extraterrestres seraient sûrement très surpris de recevoir un appel d'une soucoupe kurthérienne. Cette pensée fit sourire Bethany Anne.

— Parfait, qu'ils viennent. Archange, fais passer le message et vérifie que nos nouveaux porte-nacelles sont prêts pour l'amarrage. (Elle appuya sur un bouton de sa tablette.) Jane ?

— Oui, chef ?

— Nos connecteurs sont-ils opérationnels ?

— Absolument. Ils ne fonctionnent pas exactement comme ceux qui ont frappé la station spatiale, mais les nôtres sont un peu plus élégants.

— Je préfère notre méthode, de toute manière. Nous en avons combien ?

— Cinq pour l'instant. Le sixième devrait être prêt dans... (Elle fit une pause.) Six heures environ.

— D'accord, on se contentera de cinq. Laisse tomber le sixième si tu as besoin de ressources pour autre chose et repositionne les connecteurs. La bataille commencera dans trois heures.

— Oui, chef !

Bethany Anne coupa la communication et s'appuya en arrière dans son siège, pensive.

— Notre méthode ? demanda Paul.

Elle releva la tête.

— Quoi ? Oh, ça. Les extraterrestres ont réussi à percer le mur de la station en employant des projectiles expansifs et ils sont entrés par le trou. Nous allons faire adhérer une pince d'amarrage à la paroi, puis utiliser une sorte d'acide spécial, de l'induction magnétique et un tas d'autres conneries dont je n'ai strictement rien compris pour ouvrir un passage. Ensuite, on se colle à eux et si c'est bien scellé contre les pertes d'air, on ouvre la porte et on entre. Nous ne savons rien de leur atmosphère, mais ils ne semblaient pas porter de réservoirs sur eux.

— Donc, ça devrait être respirable ?

Paul avait l'air surpris.

— Peut-être. Mais il est possible aussi qu'il y ait quelque chose dans leur air de toxique pour nous, tandis que notre air n'est pas dangereux pour eux... Nous verrons bien.

— Engagez-vous dans la Marine de l'espace, dit Paul en ricanant, pour voyager, apprendre un métier, rencontrer des extraterrestres... et les tuer.

— C'est pas moi qui ai commencé ce bordel, remarqua Bethany Anne.

～

Jane entra dans la pièce en tirant derrière elle une énorme caisse.

— Ça, dit-elle, c'est pour Bethany Anne.

Elle souleva la caisse pour la poser sur la table, où elle atterrit avec un bruit sourd.

John et Éric, qui étaient les seuls présents à ce moment-là, regardèrent de la caisse à la femme.

— Et c'est quoi, au juste ? demanda John.

— Le début d'une armure. Si tu crois une seconde qu'elle ne va pas aller sur ce fichu vaisseau, c'est que tu n'as pas les yeux en face des trous.

— Forcément, il a autre chose en face des trous. Je suis sûr que... euh... ah...

Éric balbutia en voyant Jane le fixer du regard.

— Ça m'a semblé drôle sur le moment, marmonna-t-il en se grattant le menton.

— Je n'en doute pas. Et pour ta gouverne, oui, John a bien rempli tous mes trous.

— Je t'en prie, supplia Éric, n'en dis pas plus. Je suis juste reconnaissant que les murs aient une bonne isolation.

— Oh, tu ne peux rien entendre ? (Elle regarda John.) Tu lui racontes tout, donc ?

John ricana.

— Si tu crois une seconde que je vais avoir honte d'avoir admis que je te fais grimper au septième ciel, va falloir que tu cherches le John que tu crois avoir séduit. (Il se pointa du doigt.) Parce que celui-ci avait le sourire aux lèvres toute la journée d'après.

— C'était insupportable, ajouta Éric. Son ego s'est décuplé ce jour-là. Aucune blague ne pouvait effacer son fichu sourire. Ça faisait si mal de le voir dans cet état.

Jane gloussa. Elle s'approcha de John, se leva sur la pointe des pieds pour lui attraper le cou, le tira vers elle et l'embrassa longuement. Elle regarda de nouveau vers Éric.

— Ce n'était qu'un début. Ce n'était qu'un petit et très chaste avant-goût de ce qui l'attend. (Elle retourna vers la caisse et en déverrouilla les loquets tout en parlant.) C'est le mieux que j'ai pu faire pour l'instant. Je sais que Bethany Anne a besoin de pouvoir facilement bouger et ses os sont beaucoup plus solides, alors j'en ai tenu compte.

Les deux hommes se pressèrent autour d'elle.

— Superbe ! s'exclama Éric alors que Jane sortait un nouveau plastron.

L'objet était cramoisi, avec un crâne de vampire très discret sur la poitrine gauche.

— J'ai des protections pour sa poitrine et son dos, tous les endroits habituels, mais rien de spécial pour la tête, pour l'instant. Tout cela s'adaptera sans problème à ses combinaisons spatiales existantes. Elle peut même l'enfiler par-dessus son armure actuelle, d'ailleurs.

John siffla.

— Elle va être bien protégée, du coup. Et le poids ? (Jane se tourna vers lui, un sourcil arqué. Il leva une main et sourit.) Désolé. Cela n'a probablement pas d'importance pour elle. Elle n'est pas à vingt ou cinquante kilos près...

— Rien qui devrait la gêner, en tout cas, c'est certain, acquiesça Éric. Merde, elle va avoir l'air farouche avec ça. Va falloir lui trouver un casque cool.

— Non, c'est temporaire. J'ai vu les enregistrements du combat sur la station. Dès que j'aurai mis la main sur l'une de leurs armures, je vais la disséquer et je me débrouillerai pour en construire une pour Bethany Anne. Elle sera bien protégée. J'ai des idées, bordel. Elle pourrait être jetée hors d'un vaisseau et survivre un bon moment.

Éric éclata de rire.

— Putain, t'imagines le flot d'injures si ça arrivait ? BAM ! Une explosion alors qu'on marche dans un couloir et elle est aspirée dans l'espace, tournoyant comme une toupie et on ne peut rien faire pour elle. La voilà donc coincée là, à devoir patienter qu'on termine la mission avant de pouvoir la secourir. Elle jurerait plus que jamais ! Énorme.

— Hmm. Mouvement gravitique, en voilà une bonne idée. (Jane prit un air distant.) Vous pouvez pas vous battre sans être en delta zéro l'un par rapport à l'autre, ou très proches. Peut-être que ce sera suffisant. Sans quoi, faudra que je l'équipe d'une sorte de boîte noire qui nous permettrait de la localiser, où qu'elle soit.

— Noooooon, se lamenta Éric. Voilà que part en fumée une occasion de la sauver d'elle-même.

— On peut toujours faire péter le mur nous-mêmes et la laisser être aspirée dehors. (John hochait la tête en parlant, mais s'arrêta brusquement.) Tu réalises que ce truc ne fonctionnerait qu'une fois, n'est-ce pas ? Même si tu fais ça pour de bonnes raisons, elle te le ferait payer chèrement à la prochaine séance d'entraînement.

Éric haussa les épaules.

— Ad Aeternitatem, mon pote. Si c'était la seule façon de la sauver, je la jetterais dehors sans la moindre hésitation et profiterais du spectacle pendant que j'y suis. Si je survis au reste de la mission, il sera toujours temps de s'inquiéter des retombées.

— Et puis, Gabrielle pourra toujours faire disparaître tes bobos avec quelques bisous bien placés, hein ? (Jane lui fit un clin d'œil et se tourna pour partir.) À plus tard, les gars.

Ils la saluèrent, puis John regarda Éric.

— Gabrielle ?

Éric haussa de nouveau les épaules.

— Notre première sortie s'est plutôt bien passée.

— Je t'ai pas entendu rentrer hier soir, à bien y penser.

— Sans doute parce que vous deux étiez trop occupés à faire des galipettes.

— Peut-être bien, hmm. (John préféra changer de sujet.) Et si on appelait la patronne pour voir si elle a quelques minutes de libres pour essayer cette beauté ? (Ils se dirigèrent vers la sortie.) Tu sais, elle reviendrait sans doute à l'*Archange* par voie éthérique si ça ne lui bouffait pas trop d'énergie.

Éric secoua la tête.

— Tu sais, John, grommela-t-il, t'as vraiment le chic pour me gâcher le plaisir.

— Capitaine, appela le spécialiste des senseurs, nous détectons la présence d'un grand vaisseau devant le Portail.

— C'est bien ce que je pensais, répliqua T'chmon. Continuez à avancer, doucement mais sûrement. (Il enfonça un autre bouton sur sa console.) Kiel !

— Oui, capitaine ?

— Votre équipe est prête ? Je vais peut-être devoir vous envoyer aborder leur vaisseau.

— Royleen a-t-il pu étudier la structure externe ? Nos armes vont-elles nous laisser quelque chose à examiner ?

Le soldat éclata de rire.

— Pour cette conversation, supposons que nous n'allons faire que trente pour cent des dégâts prévus. Quel est le plan ?

— Hmm. (Kiel fut silencieux un moment.) Nous chercherons une brèche, que nous utiliserons pour pénétrer le vaisseau. Nous nous dirigerons vers les moteurs et le poste de commandement. Après avoir éliminé les obstacles, nous chercherons comment couper l'alimentation du vaisseau. Cela devrait nous laisser assez de temps pour récupérer ce qui est intéressant et revenir à bord pour traverser le Portail.

— Parfait. Souvenez-vous de ça, Kiel. Le Portail reste notre priorité. Je n'ai pas du tout envie de vous laisser derrière, mais je le ferai.

— Bien compris, capitaine. Nous éviterons de faire du tourisme.

— Sage décision.

T'chmon coupa la communication. Plus que quelques minutes solaires.

Il se tourna vers le spécialiste militaire.

— Les armes sont prêtes ?

— Oui, chef. Nous avons prévu de commencer avec une salve de deux missiles. Après quoi, nous utiliserons des armes à rayons. Notre vaisseau n'est pas très grand, capitaine, alors je ne sais pas ce que ça va donner...

— Moi non plus. D'un autre côté, je suis certain qu'ils n'ont aucune expérience en matière de combat spatial. Je doute qu'ils aient de bons boucliers ou qu'ils sachent quoi faire. On fonce, on frappe et on s'enfuit. Si nous ne parvenons pas à les maîtriser, Kiel devra s'en charger. D'une manière ou d'une autre, nous traverserons ce Portail.

— Je me demande pourquoi ils ne l'ont pas traversé eux-mêmes ? se demanda Melorn.

— Explorer l'inconnu est ce qui sépare les puissants des faibles, répondit le capitaine. Et les Yollins explorent toujours l'inconnu.

Bethany Anne portait son équipement habituel par-dessus sa combinaison lorsqu'elle arriva.

— C'est quoi, ça ? demanda-t-elle en désignant la caisse que les deux Gardes avaient apportée dans sa suite.

— Avec les compliments de Dukes, dit Éric.

— Oh. Eh bien, qu'est-ce que vous attendez ? Ouvrez-moi ça. Qu'est-ce que cette folle a bien pu imaginer cette fois-ci ?

John fit sauter les verrous et ouvrit la caisse. La reine s'approcha pour regarder à l'intérieur.

— Oooohhh... Venez voir maman, mes petits.

PETER SILVERS et Todd Jenkins fixaient Bobcat, qui se contentait de leur sourire.

— Je peux vous garantir que cette caisse causera des dommages inconnus et incalculables à l'ennemi. Les Gardiens devraient apprécier.

— Pourquoi inconnus ? demanda Todd.

— Pourquoi incalculables ? demanda Peter.

— Ma foi... incalculables, car nous ne l'avons encore jamais utilisé, alors impossible de calculer ce qui va arriver. (Bobcat se tourna vers Todd.) Et inconnus parce que, eh bien, nous ne savons pas.

— Merde alors.

— C'est pas grave, dit Peter. On va l'utiliser, comme ça vous pourrez faire tous vos calculs.

Todd secoua la tête.

— Foutus Wechselbalg. Ils ne pensent qu'à se battre.

— Foutus Marines, répliqua Peter en souriant. Ils ne pensent qu'à foutre l'ennemi en l'air avant qu'on puisse se battre.

— Ah, non ! Ça, *c'est* le but de tout combat. On leur fait la tête au carré avant qu'ils n'aient le temps de nous la faire à nous. La meilleure façon de se battre c'est en trichant.

— C'est pas très viril.

— On est pas là pour être virils, on est là pour gagner. Être trop viril peut être dangereux pour la santé. (Todd leva les mains.) Si tout le reste échoue, nous foncerons sous le feu ennemi et nous tuerons tout ce qui bouge.

— Je suis tout à fait d'accord avec cette approche, déclara Peter.

Le Marine donna une tape sur l'épaule de son ami.

— Viens avec moi, Wechselbalg. La Marine t'emmènera où tu dois aller et protègera tes arrières tout le long.

BETHANY ANNE RETOURNA s'asseoir sur la passerelle. Elle aimait l'aspect de sa tenue habituelle en cuir noir, mais ces pièces en graphite de carbone lisse et rouge sang lui plaisaient énormément. Elles n'étaient pas trop gênantes, bien qu'elles fussent un peu lourdes. John avait dit que la masse supplémentaire serait utile.

Peut-être avait-il raison.

Elle avait ses cheveux attachés en chignon et son casque avec elle.

— Écoutez, tout le monde. Plus que soixante secondes avant le moment de vérité. Je veux que tous les départements confirment être prêts.

— Oui, chef, répondit Paul.

On est bons, Adam ?

@@. Archange me dit que oui. L'ennemi a ralenti et prépare très certainement une attaque. Ils sont à six cents kilomètres de nous. Elle aurait tout activé s'ils avaient déjà attaqué. .@@

Parfait. J'aimerais, autant que possible, que l'équipage traverse cette épreuve sans aide de sa part. Il vaudrait mieux qu'ils ne sachent pas à quel point elle est intelligente.

@@. Je considère ça comme un compliment. .@@

Tu peux. Mais que ça ne te monte pas à la tête non plus. Je n'ai pas assez de place en ce moment dans mon crâne pour loger ton ego.

@@. Ça, c'était une blague, n'est-ce pas ? .@@

Exact.

@@. Elle n'était pas très bonne. .@@

Tu as raison, elle ne l'était pas.

— Palets défensifs ? demanda-t-elle à voix haute.

— En ligne, chef.

Bethany Anne attendit un instant.

— Si possible, tout ce qu'ils tirent devrait exploser à cinq kilomètres de nous.

— Cinq ?

— On m'a informé que nous pourrions encaisser sans problème une frappe directe, mais je n'aime pas parier. Par conséquent, on détruit tout ce que l'on peut à cinq kilomètres.

— Entendu, chef.

Bethany Anne regarda autour d'elle et hocha la tête.

— C'est parti, les enfants...

DES ALARMES se mirent à hurler à travers tout le vaisseau. Le capitaine T'chmon retint un juron. Ils étaient tombés dans un piège !

— Feu à volonté ! cria-t-il.

Deux missiles avaient été parés et partirent dès qu'il en donna l'ordre. Ils foncèrent droit vers la cible.

Ils attendirent les secondes solaires nécessaires pour que les projectiles franchissent la distance entre les deux vaisseaux. L'image, qui avait été grossie à l'écran, s'assombrit au moment de l'explosion, afin que la luminosité n'endommage pas leurs yeux. Quelques secondes plus tard, l'éclairage redevint normal et ils virent le vaisseau alien.

Sans le moindre dégât.

— Euh, chef ?

Le capitaine regarda le spécialiste militaire d'un air agacé.

— Recommencez ! dit-il.

Deux autres missiles s'élancèrent vers l'ennemi... avec le même résultat.

T'chmon jura intérieurement.

— Timonier ! Avancez au quart de la vitesse jusqu'à portée de faisceau. Nous avons trop de particules entre nous pour l'instant.

— Deuxième paire de missiles détruite à trois kilomètres, annonça Paul. Pas de problème notable au niveau du bouclier.

— Fais-nous tourner, je veux utiliser les armes moyennes.

— À tes ordres.

— Et au fait, Paul... (Il se tourna pour la regarder.) Je veux ce vaisseau, alors ne l'abime pas trop. D'autant plus que l'un des nôtres se trouve encore à bord.

— Entendu, chef.

— Ils bougent, remarqua Melorn. Ils sont en train de se tourner vers nous.

— Pour présenter une cible plus petite, peut-être ? suggéra le spécialiste militaire.

— Ou alors, dit T'chmon, ils s'apprêtent à riposter.

Pour l'instant, leurs missiles ne semblaient rien faire du tout. La seule explication était... qu'ils avaient des boucliers.

— Chef... ils ont un autre vaisseau au-delà du Portail.

— Ils ont QUOI ?

T'chmon regarda son écran qui affichait une nouvelle zone encerclée. Il s'agissait d'un vaisseau noir qui n'émettait presque rien. Leurs capteurs ne l'avaient repéré qu'à cause des étoiles obscurcies par sa présence.

— Affinez l'image, ordonna-t-il.

Il ne pouvait y avoir aucun doute que ce vaisseau-ci avait été créé par les humains. Il était moche, plus que moche. Il ne put s'empêcher une grimace.

— Ces créatures n'ont aucune classe, grogna-t-il. Je veux savoir ce que ce vaisseau fait et pourquoi il est là. (Il poignarda son moniteur d'un doigt rageur.) Ils ne savent pas créer de la beauté, à part pour l'autre vaisseau, mais ils ne sont pas stupides.

Il enfonça le bouton de son communicateur.

— Kiel ! Je vais avoir besoin de vous, après tout...

～

Bᴇᴛʜᴀɴʏ Aɴɴᴇ s'enfonça dans son siège.

— Feu, dit-elle calmement.

Le capitaine Paul Jameson appuya sur un bouton, sans réaliser que ce geste allait marquer l'Histoire. Il y aurait la période BA pré-guerre et la période BA post-guerre et ils étaient sur le point de basculer de l'un à l'autre. Même s'il y aurait beaucoup de théories dans le futur, personne ne contesterait le fait que le premier coup de feu de toutes les guerres à venir avait été tiré dans son propre système solaire. Et il avait été tiré sur les Yollins qui l'avaient attaquée en premier.

La destruction fut instantanée. Le palet métallique avait parcouru plus de trente mètres de canon, atteignant un petit pourcentage de la vitesse de la lumière avant de frapper l'aile gauche de la cible. L'impact perfora un trou de cinq mètres de diamètre et fit pencher le vaisseau sur un côté.

— Je crois que nous devrions réduire un peu la vitesse, Paul. C'est carrément passé à travers l'aile.

— Tu m'as demandé de ne pas trop abîmer le *vaisseau*, patronne.

— Oui, dut reconnaître Bethany Anne. Pas faux.

～

— Qᴜ'ᴇsᴛ-ᴄᴇ qui s'est passé ? hurla le capitaine T'chmon lorsque le vaisseau fut violemment secoué sur le côté gauche.

— L'aile gauche a été perforée, chef. Le trou est important, mais n'entrave que peu nos mouvements.

— Je comprends, mais qu'en est la cause ? Ils nous ont frappés avec quoi ?

— Il semblerait que nous ayons été touchés par un objet métallique non explosif rendu létal par sa propulsion.

Le capitaine T'chmon se demandait si son spécialiste militaire était volontairement obtus ou si c'était juste son entraînement qui refaisait surface.

— En somme, ils nous ont attaqués avec une barre de métal ?

— Euh... oui, chef.

— Capitaine ! Ils se dirigent vers nous.

T'chmon enfonça le bouton de son communicateur.

— Kiel ! L'abordage est imminent !

— On part de suite, chef !

Le capitaine secoua la tête.

— Non, ce n'est pas nous qui allons les aborder. Ce sont eux qui nous abordent.

Royleen perdit l'équilibre et tomba à genoux lorsque le vaisseau eut un mouvement brusque sur le côté. L'alien, qui se trouvait toujours attaché sur la table, éclata de rire et bredouilla quelque chose. Quelques secondes plus tard, la traduction se déversa du haut-parleur alors que le scientifique se relevait.

— Elle arrive, connard. T'es dans la merde jusqu'au cou.

— Cinq nacelles d'abordage sont en route, annonça Paul.

— Canarde-les avec des palets. Je veux savoir s'ils ont un bouclier.

J'en doute, dit Tom.

Je sais que tu en doutes, mais je préfère en avoir le cœur net avant qu'on essaie de les aborder.

— Nos palets touchent le métal, annonça le responsable de

l'armement. Nous avons perforé l'arrière et l'un des moteurs s'est arrêté.

— Cessez donc de bousiller mon nouveau vaisseau, bordel ! Réduisez le niveau de dégâts produits, mais continuez à les canarder. Ça doit bien les agacer, j'imagine. Ou du moins, je l'espère.

— Possible qu'ils aiment ça, remarqua Paul. Comme de la musique.

Bethany Anne grimaça.

— Ce serait bien ma veine, tiens. Si ça se trouve, je suis en train de faire une demande en mariage en utilisant une sorte de code morse intergalactique.

— Un de nos moteurs a lâché, chef. Il devrait être réparé d'ici quinze minutes solaires.

— Compris.

Le capitaine T'chmon coupa la communication. Ce flot constant de projectiles était exaspérant. À part le premier tir, aucun ne franchissait la protection extérieure.

— Chef, appela Melorn, quelque chose vient de nous frapper et de se coller à notre coque.

— Qu'est-ce que ces humains manigancent encore ? Cela va très mal se terminer pour eux !

Melorn tourna vers lui des yeux écarquillés.

— Capitaine, ils nous hèlent sur les fréquences hautes.

— D'où ? demanda T'chmon. Il n'y a pas d'autre vaisseau dans les parages.

— De celui-là, répondit Melorn en désignant un énorme bâtiment qui venait vers eux.

— ... et je vais monter à bord, espèce d'emmerdeur à deux balles. Vous allez vous rendre ou je vous ferais tous expulser dans l'espace l'un après l'autre. Vous avez attaqué mes gens et en avez enlevé un, ce qui revient à une déclaration de guerre. Vous avez perdu. Alors, rendez-vous ou vous êtes morts.

Bethany Anne termina d'enregistrer son message.

C'est bon, Tom. Envoie ça dans toutes les langues qu'ils sont susceptibles de comprendre.

Elle se leva de sa chaise.

— Paul, je te confie le commandement du vaisseau jusqu'à mon retour.

Le capitaine fit glisser sa console jusqu'au siège que la reine venait de libérer et s'y installa.

— Entendu, patronne.

Bethany Anne quitta la passerelle, escortée par sa garde rapprochée jusqu'à la baie de décollage.

— Chef, le message nous parvient en plusieurs langues. Je n'ai pas encore la traduction.

— Traduisez-moi ça, Melorn, mais j'imagine qu'ils doivent dire un truc du genre « rendez-vous ou vous êtes morts ». C'est ce que je dirais si j'étais à leur place.

Le capitaine T'chmon regarda autour de lui, considérant son équipage. Ceux qui lui faisaient confiance pour les ramener chez eux sains et saufs, peut-être même enrichis.

Il s'en était fallu de peu, mais il avait échoué.

Une fois de plus, il enfonça le bouton de son communicateur.

— Kiel, venez au centre de commandement.

— Tout de suite, capitaine.

Il ne fallut qu'une minute solaire au soldat pour arriver.

— Permission d'entrer, chef ?

Le capitaine T'chmon appuya sur un bouton pour ouvrir la porte.

— Permission accordée.

— Vous vouliez me voir, capitaine ?

T'chmon regarda une nouvelle fois autour de lui avant de décrocher ses quatre jambes du fauteuil.

— Suivez-moi, dit-il.

Ils quittèrent ensemble le centre de commandement. Tous les spécialistes se regardèrent d'un air confus. Il était interdit au capitaine de quitter son poste pendant une bataille...

À moins qu'il n'abandonne son navire.

Royleen leva les yeux lorsque Kiel et le capitaine entrèrent dans son laboratoire.

— Nous avons remporté la victoire ? demanda-t-il.

T'chmon secoua la tête.

— Pour l'instant, non. Détachez le prisonnier. Kiel, amenez-le avec nous.

Il ne fallut que quelques instants au scientifique pour libérer l'alien. Celui-ci baragouinait des propos incompréhensibles, mais il ne résista pas au soldat.

Tous les trois quittèrent le laboratoire.

Tout en marchant, T'chmon activa le micro qui lui permettrait d'être entendu à travers tout le vaisseau.

— Ici votre capitaine, commença-t-il...

Le combat fut terminé avant même de commencer.

Les dispositifs d'abordage rapide furent connectés... du moins, quatre d'entre eux le furent. Le cinquième ne fonctionnait pas correctement. Le temps de faire les ajustements nécessaires, l'annonce tomba comme quoi les extraterrestres s'étaient rendus.

BETHANY ANNE avança résolument à travers les couloirs du vaisseau avec ses Garces et son élite, leurs casques sur la tête. Ils croisèrent de nombreux extraterrestres, certains portant la même armure que lors de l'attaque sur la station. Ces derniers déposaient à leurs pieds ce qui ne pouvait être que des armes. À un moment donné, ils s'arrêtèrent en trouvant une autre de ces créatures prostrée devant eux. Il leur indiqua un couloir sur la droite.

Bethany Anne secoua la tête.

— Je crois bien que c'est le truc le plus foutrement zarbi que j'ai jamais vu, marmonna-t-elle. Pourquoi sont-ils tous si dociles ?

Scott haussa les épaules.

— Soit c'est leur façon de se rendre, soit c'est un piège très bien orchestré.

— Ils semblent rendre leurs armes bien assez vite, remarqua Darryl.

— En même temps, ce n'est pas comme si on savait les utiliser. D'ailleurs, si ça se trouve, ce ne sont pas de vraies armes, mais des fausses qu'ils utilisent pour s'entraîner.

Ils atteignirent une grande porte. Un bouton se trouvait sur le mur à côté. Ils appuyèrent dessus. Le passage s'ouvrit sur une pièce plutôt vide, facilement deux fois la hauteur d'un extraterrestre. À l'intérieur, ils trouvèrent deux de ces créatures et un humain.

— Merde alors, murmura Scott, celui-là a quatre jambes.

— Ses vêtements sont aussi plus élégants, remarqua Darryl, et il a l'air plus posé... pour un extraterrestre. Et on dirait que nous avons trouvé Ivan.

Bethany Anne se tourna vers John.

— Je veux qu'il soit avec nous.

John se sépara du groupe pour s'avancer vers les extraterrestres. Il désigna Ivan, puis montra le groupe derrière lui. La créature à quatre pattes fit un signe de tête au soldat qui n'en avait que deux et Ivan fut relâché. L'homme fit quelques pas, mais ses jambes flanchèrent.

Le Garde sauta pour l'attraper avant qu'il ne tombe au sol. Il l'aida à se relever et à marcher.

Ivan avait l'air mal en point.

— Que deux d'entre vous le ramènent sur l'*Archange*, ordonna la reine. Je souhaite échanger quelques mots avec ces deux-là.

Ses yeux brillèrent à l'intérieur de son casque.

25

VAISSEAU INTERSIDÉRAL YOLLIN, G'LAXIX SPHAEA

@@. *Bethany Anne, nous avons trouvé un langage qui peut servir pour communiquer avec eux. Je peux traduire tes paroles à travers le haut-parleur....@@*

Non. *Je vais leur parler directement. Tom, assure-toi que je ne me trompe pas sur les nuances... Euh, attends, je peux la parler, cette langue ?*

Oui, c'est une langue organique, avec des clics peu fréquents que tu peux imiter en claquant ta langue contre le palais de ta bouche.

Je peux respirer leur air ?

Oui.

D'accord. Eh bien, c'est parti...

— Les gars, je vais enlever mon casque. On m'informe que l'air est respirable et je vais tenter de communiquer avec ces deux-là.

Alors qu'elle tendait ses mains, elle vit John et Éric se dépêcher d'enlever leurs casques avant elle. Elle roula des yeux tout en terminant son geste.

⁓

— Certains d'eux sont petits, fit remarquer T'chmon après que le premier alien ait emporté leur captif.

— Le sacrifice que vous faites, capitaine... est-ce que même ils s'en soucient ? Ont-ils le sens de l'honneur ?

— Je ne sais pas. Mais j'ai échoué. Je n'entraînerai pas tout le vaisseau dans ma disgrâce.

— Ce fut un honneur, capitaine T'chmon.

Il se tourna vers le soldat.

— Je suis juste Kael-ven, à présent. Je ne mérite plus ce titre de capitaine. Je l'ai laissé derrière moi lorsque j'ai quitté mon poste.

Kiel secoua la tête.

— Pour moi, vous serez toujours le capitaine. (Il se retourna.) Regardez. Ils enlèvent leurs casques.

Kael-ven considéra les aliens et remarqua que celui qui avait aidé le prisonnier à marcher avait, tout comme son compagnon, enlevé son casque juste avant le troisième. Celui avec l'armure fantaisiste.

Ils furent tous les deux surpris de voir qu'il s'agissait d'une femme et que, malgré sa petite taille, elle s'avança devant les deux gardes. C'était donc elle qui commandait. Ils furent encore plus étonnés de l'entendre parler en Gaijon, une langue assez commune, qui était employée depuis des milliers d'années solaires.

— Vous êtes ? demanda-t-elle.

— Jusqu'à récemment, j'étais le capitaine Kael-ven T'chmon du vaisseau yollin intergalactique *G'laxix Sphaea*.

La femme le foudroya de son regard rouge luisant.

— C'est donc vous qui êtes responsable de l'attaque contre mes gens ? D'avoir tué l'un des miens et en avoir enlevé un autre ? Ou l'ordre venait-il d'une personne au-dessus de vous ?

Kael-ven se tourna pour regarder Kiel.

— Elle me pose une question juridique. N'étant plus un membre de l'armée, je suis tenu par mon honneur de lui répondre à titre personnel. Souhaitez-vous intervenir pour protéger les secrets militaires ?

— Quels secrets, Kael-ven ? L'univers entier sait que le roi nous commande et s'il n'est pas assez puissant pour en répondre, qui l'est ?

L'ex-capitaine regarda de nouveau l'alien et commença à répondre à ses questions.

BETHANY ANNE ATTENDIT pendant que les deux extraterrestres discutaient. Elle supposait que l'ex-capitaine avait besoin de clarifier... quoi, au juste ? Elle n'en savait rien. Ou alors, il demandait une permission ? À présent qu'il n'était plus capitaine, peut-être était-il considéré comme un criminel de guerre ? Difficile de savoir.

L'extraterrestre se tourna de nouveau vers elle.

— En tant que capitaine de ce vaisseau, j'avais pour ordre d'explorer cette région et de permettre à mes scientifiques et à mes conseillers d'acquérir des ressources militaires ou technologiques, ainsi que des matières premières qui permettraient à la monarchie yollin d'étendre son territoire. C'est notre héritage d'agir ainsi. Tous les grands peuples utilisent l'expansion pour grandir.

— Non, pas tous les grands peuples. Juste des trous du cul de taille galactique.

Bethany Anne avait parlé en anglais, mais elle demanda à Tom de traduire son commentaire en Gaijon.

Elle regarda le deuxième extraterrestre. Son armure était éraflée sur le plastron.

— Et vous, vous êtes ?

— Chef militaire Kiel.

Il fallut deux tentatives pour obtenir la bonne traduction.

Bethany Anne réfréna son envie de cogner la créature. C'était celle-là qui avait tué Steve.

— Je m'occuperai de vous plus tard. Vous serez jugé pour avoir tué l'un de mes hommes dans le cadre d'une guerre injustifiée.

— Quelle guerre ? demanda Kael-ven. Kiel agissait sous mes ordres et nous avons tout fait pour limiter les pertes de vie. Si cette station spatiale n'était pas si laide et fragile, nous aurions peut-être employé d'autres méthodes. Mais en aucun cas avions-nous l'intention de tuer qui que ce soit.

Bethany Anne jeta un œil à l'ex-capitaine.

— Cela sera pris en compte. Quant à votre question, oui, votre roi, par ses actions, nous a déclaré la guerre, tout comme l'ont fait les Kurthériens. Ces derniers ont pour l'instant la priorité. Cela dit, j'accorderai à votre roi une chance de me foutre la paix lorsque je franchirai votre Portail.

— C'est impossible ! s'exclama Kael-ven. Personne n'est autorisé dans l'espace yollin sans en avoir obtenu l'accord préalable. Par le simple fait de traverser le Portail, vous serez en infraction et notre armée vous attaquera.

— Mais j'y compte bien, répliqua la reine d'une voix glaciale. À présent, dites-moi qu'elle est la coutume chez vous en cas de reddition ? Notez que nos termes seront peut-être meilleurs, peut-être pires. Dans tous les cas, c'est moi qui déciderai lesquels nous utiliserons au final. Et si vous tentez une ruse pour me tromper... Sachez que c'est votre équipage qui pourrait le plus en souffrir. Est-ce bien compris ?

Il fallut deux tentatives, puis une troisième où ils répétèrent les termes avant qu'ils se mettent finalement d'accord.

Kael-ven se redressa, les écailles chitineuses et anguleuses de son corps se croisant, son dos raide alors qu'il regardait la reine.

— Mon nom est Kael-ven T'chmon, anciennement capitaine du vaisseau intergalactique yollin *G'laxix Sphaea*. J'offre ma vie contre celles de mon équipage... *toutes* celles de mon équipage, car ils ne faisaient que suivre mes ordres, tout comme moi-même je ne faisais que suivre ceux de mon roi.

L'extraterrestre plia ses jambes en deux jusqu'à ce que sa tête se trouve au niveau de celle de Bethany Anne.

— Ma vie est la vôtre.

La vampire considéra la tête penchée, offrant de toute évidence une partie plus tendre de son anatomie pour qu'elle puisse y porter un coup mortel.

— Kael-ven T'chmon, que se passerait-il si au lieu de prendre votre vie, j'exigeais sept... (Elle employa ici un terme que le Gaijon fut incapable de traduire.) ... de servitude honorable, pendant lesquelles vous ne devrez jamais tenter de vous échapper ou de tricher ?

Kael-ven releva la tête et la secoua de droite à gauche.

— Quel est ce mot que vous avez employé... 'année' ?

Merde, Tom. Ils utilisent quoi comme unité de temps ?

Tu pensais à quoi, sept années ?

Oui. C'était une période standard de servitude il y a quelques milliers d'années. Je pense que nous avons un peu moins de cinq ans pour nous préparer et franchir le Portail. J'aimerais obtenir son aide et celle de son peuple, si possible.

Le mot traduit est sept années solaires. Mais Bethany Anne...

Pas maintenant. Laisse-moi finir.

— Je crois que le bon terme est 'années solaires', dit-elle à haute voix.

— Sur votre honneur, vous jurez que vous subviendrez aux besoins des miens et que tous ceux sous mon commandement seront épargnés ?

— Kiel devra m'affronter en combat singulier. Il survivra, mais il goûtera à la douleur. Je ne peux permettre que la mort de mon homme reste impunie.

John s'éclaircit la gorge.

— Euh... Excuse-moi, Bethany Anne, mais je ne pense pas

que ce soit une bonne idée de créer un tel précédent. Cela suggère que tu vas personnellement venger chaque personne qui est tuée dans notre camp.

Bethany Anne se tourna pour regarder son Garde.

— Ce n'est pas ça du tout, John. Kiel sera puni, mais ça ne sera pas dans une cellule. Il fera amende honorable. Leur roi, par contre... lui, il est à moi.

— Oh, ça me dérange pas du tout que tu t'occupes des chefs d'états – ils sont à ton niveau, après tout. Mais je m'inquiétais que tu te mettes à affronter tous les guerriers et on ferait quoi, alors ? On se tourne les pouces ?

Bethany Anne ricana.

— Je vois très bien.

Elle se tourna de nouveau vers les extraterrestres.

Pendant qu'elle parlait avec le Garde, ces deux-là s'étaient élancés dans un vif débat. Celui en armure finit par incliner la tête et Kael-ven tourna la sienne vers la reine.

— Kiel accepte de vous affronter en combat singulier. Toutefois, il veut s'assurer que s'il vous blesse, le reste de mon équipage ne subira aucunes représailles de vos hommes ?

Bethany Anne hocha la tête puis s'approcha du soldat en armure.

— Vous pensez pouvoir encaisser un coup de poing là-dedans ?

Kiel regarda son ancien capitaine.

— Ai-je bien compris ? Elle voudrait frapper mon armure ?

Kael-ven confirma que c'était bien la traduction qu'il avait reçue lui aussi.

Kiel ouvrit grand les bras.

— Je me demande si ça va me chatouiller...

Son corps, armure incluse, fut violemment projeté contre le mur derrière lui et il s'écroula au sol alors que des alarmes retentissaient dans ses oreilles. Les données qui défilaient sur sa visière confirmèrent que la zone thoracique avait subi une réduction considérable.

— Kiel ! cria Kael-ven. Vous allez bien ?

— Oui. Non... Je suis à peu près sûr que je vais bien, mais elle m'a frappé avec quoi ?

Le soldat se releva avec peine pendant qu'il parlait.

— Son poing, répondit l'ex-capitaine.

— Mais... ce n'est pas possible !

Avec ses gantelets, Kiel tâtonna sa poitrine et trouva l'endroit où se trouvait l'entaille.

— Ou peut-être que ça l'est, marmonna-t-il.

Il demanda à la combinaison de couper les alarmes et prit la résolution de ne plus jamais laisser cette humaine le frapper si librement.

Il venait d'apprendre une précieuse leçon.

Kiel se positionna de nouveau à côté de Kael-ven et fit un signe de tête à l'humaine.

— J'accepte.

Temple du Clan aux Monts Daba, Hubei, Chine

— Je t'avais bien dit qu'aucune bonne solution ne reste impunie, se plaignit Zhu lorsque Shun lui annonça la nouvelle. On aide à vaincre l'ennemi et maintenant nous sommes coincés sur cette maudite montagne jusqu'à ce qu'on meurt de vieillesse.

Shun essaya de le raisonner pendant que Bai et Jian inspectaient les lieux, mais il était évident qu'ils suivaient malgré tout la conversation.

— Je crois que notre succès a incité les scientifiques à demander notre aide, car ils nous connaissent bien.

— Ce n'est pas si mal que ça, remarqua Bai. Ça me rappelle les parcs de la ville.

— Les parcs de la ville, grogna Zhu, sont entretenus tous les jours. Et puis, là-bas, tu n'as jamais eu à craindre les insectes ou que des animaux sauvages te sautent dessus au milieu de la nuit.

— Ils en ont après le Clan Sacré.

Ils se tournèrent tous vers Jian qui était en train de fixer les arbres. Sentant leurs regards sur lui, il se retourna et comprit qu'ils voulaient davantage d'informations.

— Le Clan Sacré possède une technologie qu'ils souhaitent acquérir. Et nous ne sommes pas la seule équipe sur le coup.

Shun tourna la tête pour cracher dans les buissons.

— Comment diable allons-nous obtenir plus de balles en argent ?

Zhu pinça les lèvres.

— Attends, j'ai peut-être une idée.

Il se dirigea vers le groupe de scientifiques.

— Super, grommela Bai. Que le péquenaud de la campagne aille parler à ceux de la ville.

Trois semaines plus tard, VRG *Archange*

Les femmes – aucun homme n'était présent – étaient assises à la grande table avec Cheryl Lynn. Chacune fixait sa tablette et étudiait les résultats des premières ventes. Bethany Anne et Gabrielle étaient occupées ailleurs. Ils allaient tous partir au Japon.

— J'ai du mal à croire que j'ai ce beau gosse pour moi toute seule, murmura Jane Dukes en feuilletant le calendrier. Hé, Paula la taupe est aussi sur cette photo ! (Elle montra l'image aux autres, désignant l'arrière-plan.) Cette salope a intérêt à ne pas harceler mon mec ou je vais lui foutre mes chaussures dans le cul.

— T'excites pas comme ça, dit Cheryl Lynn, elle est aussi sur l'une des photos de Scott.

Elle tourna son calendrier pour la lui montrer.

Patricia, Barb et Ecaterina l'examinèrent attentivement.

— Elle a l'air Européenne, remarqua la Roumaine. Peut-être Allemande.

Elle passa en revue les autres images en ignorant les hommes. Elle en avait un à la maison qui lui convenait parfaitement. Il s'occupait même de Christina en ce moment, lui permettant de passer un peu de temps entre filles.

Ils avaient convaincu Bethany Anne de surveiller une nouvelle fois leur fille pendant quatre heures le week-end prochain pour qu'ils puissent manger une pizza au même restaurant où Nathan l'avait emmenée la première fois qu'elle était venue à New York.

— C'est incroyable. (Les autres femmes se tournèrent vers Cheryl Lynn.) Nous avons vendu plus de deux cent trente mille copies du calendrier... et ça, c'est juste en Australie.

Quelque chose gênait Ecaterina, mais elle n'arrivait pas à déterminer quoi. Elle prit de nouveau sa tablette.

— Où sont les autres clichés que Mark nous a donnés ? Tu sais, ceux qu'il a pris quand il faisait du repérage...

Cheryl Lynn lui donna l'adresse du site internet où ils étaient stockés et Ecaterina commença à les étudier, à la recherche du moindre indice.

Ignorant les bavardages autour d'elle, la Roumaine chercha jusqu'à ce qu'elle comprenne enfin ce qui la perturbait.

— Nous avons un souci, mes sœurs.

Les autres femmes se tournèrent toutes vers elle. Ecaterina posa sa tablette sur la table, la fit pivoter et la glissa vers ses amies. Sur l'écran était affichée une photo agrandie où l'on pouvait nettement voir la femme qu'elles avaient surnommée Paula la taupe.

— Elle ne cherche pas à s'immiscer sur les photos de vos hommes, expliqua-t-elle, elle les chasse.

— Évidemment ! s'exclama Jane, sourire aux lèvres. Toutes les garces nous envient nos mecs.

— Non, dit Patricia en comprenant où la Roumaine voulait en venir. Il ne s'agit pas de leur mettre la main dessus pour s'envoyer en l'air. Tu veux parler de chasser, *vraiment* chasser, n'est-ce pas ?

Ecaterina hocha la tête.

— C'est ça. Je reconnais cette lueur dans son regard. J'avais la même quand je chassais dans la montagne. Elle est en chasse. Et je doute qu'elle soit la seule. Il y a des gens qui chassent nos hommes.

— Ils ne chassent pas qu'eux, grogna Janc, toute trace d'humour à présent évanouie. Ils veulent éliminer nos mecs pour atteindre Bethany Anne.

Patricia fronça les sourcils, le ton de sa voix durcit.

— Dans ce cas, ils sont mal barrés. Car il n'est pas question que je les laisse faire.

Nara, **Préfecture de Nara, Japon**

Quelqu'un frappa brutalement à sa porte. Banri Arakawa n'attendait personne à cette heure de la matinée. Sa femme et lui venaient tout juste de finir le petit déjeuner.

— Yuko ? murmura-t-elle à peine.

Voyant le regard courroucé de son mari, elle n'en dit pas plus.

Il se leva et se dirigea vers la porte. Peut-être était-ce sa fille désobéissante. Ça lui ferait plaisir de la revoir, bien sûr, mais elle avait causé bien assez de chagrin avec tous ses mensonges et sa façon immonde de vivre dans la rue, tout ça pour le contrarier. Elle devrait être très docile et devenir une femme convenable pendant longtemps avant qu'il ne lui démontre ne serait-ce qu'un peu d'amour.

En ouvrant la porte, son regard se braqua instinctivement à la hauteur où aurait dû se trouver la tête de Yuko. À sa place, il vit les médailles d'un militaire.

— Monsieur Arakawa ? demanda l'officier.

— C'est bien moi, dit-il. Il y a un problème ?

— Votre femme et vous devez venir avec moi.

— Yuko a-t-elle fait une bêtise ? Pourquoi avons-nous des ennuis à cause de sa disgrâce ?

Peut-être n'aurait-il pas dû la jeter dehors, après tout.

— Non, votre fille n'a rien fait de mal. Nous devons rencontrer de hauts dignitaires, veuillez vous habiller en conséquence. Je ne peux vous accorder que vingt minutes.

Banri invita l'officier à attendre à l'intérieur pendant qu'ils se changeaient. L'homme put entendre le mari et sa femme discuter à voix basse pendant qu'ils s'habillaient.

En moins de vingt minutes, ils étaient prêts. Tous les trois sortirent de la maison et montèrent dans une voiture qui les attendait. Banri fut surpris lorsqu'ils furent déposés à un petit aéroport en dehors de la ville, où un hélicoptère diplomatique les attendait.

Une demi-heure de vol plus tard, le couple était escorté hors de l'appareil. De nombreuses personnes étaient là pour les accueillir et tous inclinaient la tête à leur passage, en signe de respect.

Banri ne comprenait pas pourquoi on leur faisait tant d'honneur.

Ils arrivèrent enfin dans un grand stade en plein air et franchirent l'entrée d'un côté du terrain où se trouvait une grande estrade. Sur celle-ci étaient rassemblées plusieurs personnes. Des milliers d'autres étaient installées dans les tribunes et le brouhaha ambiant était assourdissant.

Le couple, qui venait d'un petit village et d'une époque très différente, fut bouleversé. Ils traversèrent le terrain sous les acclamations et se retrouvèrent bientôt devant le premier ministre du Japon, mais ce ne fut qu'en lui serrant la main qu'ils réalisèrent de qui il s'agissait.

— C'est un honneur de vous rencontrer, dit l'officiel. Je suis heureux que vous n'arriviez pas trop tard.

— Pourquoi ? demanda Banri. J'ai posé plusieurs fois la question, mais personne n'a rien voulu m'expliquer. Qu'avons-nous fait ?

— Oh, vous n'êtes pas au courant ? (Les yeux du ministre pétillèrent de malice alors qu'il regardait sa montre.) Ce sera flagrant dans un instant.

Il leur faisait encore face lorsque le silence se fit brusquement dans le stade.

Banri se retourna et vit que ceux sur l'estrade regardaient vers le ciel. Protégeant ses yeux de sa main, il les imita et vit quelque chose descendre à travers les nuages.

Quelque chose de gros.

De vraiment très, très gros.

Le silence devint encore plus pesant.

Il s'agissait d'un vaisseau spatial !

Banri tendit l'oreille, mais il avait beau essayer, il n'entendait aucun bruit de moteur.

Puis, de nombreux autres vaisseaux noirs – beaucoup plus petits, ceux-là – se déversèrent du plus gros et tournoyèrent dans les airs, encerclant le périmètre.

Enfin, une nacelle plus grosse qui ressemblait à un vaisseau miniature, se détacha du groupe et descendit pour se poser devant l'estrade. Une porte s'ouvrit et deux hommes en sortirent. Ils s'avancèrent en regardant tout autour d'eux. La sécurité, pensa Banri.

— Yuko ! s'écria sa femme.

Son regard retourna à l'entrée du vaisseau et là il vit un homme japonais, portant la tenue d'un guerrier avec une épée dans son fourreau. Il escortait une belle jeune femme. Ses cheveux étaient relevés et ses vêtements exquis.

C'était sa fille.

Yuko Arakawa, qu'il avait accusée de vendre son corps dans la rue, était aujourd'hui honorée. Elle venait dans ce stade avec un vaisseau spatial, entourée de milliers et de milliers de ses compatriotes qui l'acclamaient.

Banri sentit une larme couler sur sa joue.

Il s'était trompé. Il avait laissé son orgueil et ses vieilles habitudes guider ses exigences et ses accusations à l'égard de sa fille. Alors qu'elle avait essayé, avec respect, de lui faire comprendre.

Il passa son bras autour de sa femme, la tirant vers lui. Il approcha la bouche de son oreille.

— Excuse-moi, murmura-t-il. Je ne suis pas digne d'être le père de notre enfant. Ni même le mari de sa mère. (Il y eut une pause.) J'ai été un homme têtu et stupide.

— Tu l'as été, reconnut-elle, sa voix à peine audible au-dessus de la foule qui scandait. Mais cet homme a toujours été en toi, lui aussi. Alors à présent, va te réconcilier avec notre fille et lui présenter tes excuses.

Il hocha la tête et se tourna vers les deux personnes qui étaient en train de monter les marches. Banri remarqua l'emblème sur l'épaule du guerrier. Un crâne blanc avec de longs crocs sur un fond rouge. Et personne n'essayait de lui serrer la main.

Il accueillit sa fille, les larmes aux yeux, alors que les acclamations fusaient tout autour d'eux.

— Pourras-tu un jour me pardonner ? demanda-t-il en inclinant la tête.

Banri savait qu'il ne pourrait jamais effacer ces mots si durs qu'il lui avait adressés. La honte l'accablait.

Elle s'approcha de lui et entoura ses bras autour de sa taille. Il la prit dans les siens, ses larmes ruisselant sur son visage jusqu'à tomber dans les cheveux de sa fille.

Le vacarme de la foule, déjà assourdissant, augmenta d'un cran.

Yuko lâcha son père et se tourna vers sa mère qu'elle prit à son tour dans ses bras en l'embrassant sur la joue.

Elle regarda vers la nacelle. Quatre nouveaux Gardes en sortaient.

— Papa, maman, je voudrais vous présenter ma patronne, la PDG de la Société TRG, Son Altesse Royale la Reine Bethany Anne...

À SUIVRE

L'AVENTURE SE POURSUIT DANS

« UN PLAT QUI SE MANGE FROID »,

treizième volet de la série
« Le gambit kurthérien ».

∽

Vous avez trouvé des erreurs pendant votre lecture ? Signalez-les nous pour que nous puissions les corriger ! Il suffit d'envoyer un email à french@lmbpn.com.

Qu'avez-vous pensé de ce livre ? Écrivez une critique ou notez-nous avec des étoiles. Si vous lisez ces lignes sur votre Kindle, il suffit d'aller jusqu'à la toute dernière page de ce bouquin et votre liseuse vous demandera automatiquement une note. Si vous lisez l'édition poche, vous devrez vous connecter au site où vous avez commandé le livre pour le noter ou le commenter.

LMBPN International est un éditeur indépendant. En tant que tel, le plus gros de nos revenus sert à financer de nouvelles traductions. Nous n'avons donc pas le budget pour lancer de grosses campagnes publicitaires. Par conséquent, les critiques constructives et les notes étoilées sur Amazon nous sont d'une aide précieuse, car cela permet d'accroître considérablement la visibilité de nos livres et d'atteindre de nouveaux lecteurs qui ne connaissent pas encore nos séries. Par ce petit geste, vous nous permettrez de traduire en français plus de livres et de séries.

À la fin de ce livre, vous trouverez une liste de tous nos ouvrages. Peut-être y découvrirez-vous un autre à votre goût ? Nous avons également inclu un lien pour vous abonner à notre bulletin d'informations et un autre pointant vers notre Page sur Facebook. Inscrivez-vous à l'un ou l'autre (ou les deux) pour ne rater aucune de nos prochaines parutions.

UN PLAT QUI SE MANGE FROID

L'histoire continue dans le treizième livre,
« Un plat qui se mange froid »

[insert cover here]

Disponible sur commande dans toutes les bonnes
librairies ou par Abonnement Kindle.

NOTES DE L'AUTEUR

Note du Traducteur : le texte ci-dessous a été écrit par Michael en 2016 et concerne la toute première édition en anglais. Toutefois, j'ai décidé de laisser ces notes intactes afin que le lecteur puisse se faire une idée de l'état d'esprit de l'auteur à l'époque.

Merci. Je ne peux assez répéter ma joie que vous ayez non seulement acheté ce *douzième* livre, mais que vous l'ayez lu jusqu'au bout ET qu'en plus vous lisez ceci aussi.

J'écris ces notes quatre semaines et cinq jours après avoir écrit celles pour le livre précédent.

Commençons par mettre les choses au point pour ceux qui s'intéressent aux aléas de la vie d'un auteur.

Tout d'abord, l'abonnement Kindle. Je ne m'en passerais pour rien au monde. La seule chose qui pourrait me faire l'abandonner, c'est si Amazon faisait quelque chose de dramatiquement foireux pour les auteurs indépendants (c'est déjà arrivé, d'ailleurs, mais c'était avant que je ne commence à publier). À l'heure actuelle, l'abonnement Kindle représente environ la moitié de mes revenus. Pas question, dans ce contexte, de changer quoi que ce soit.

Ceux qui prônaient, en janvier-mars, qu'il fallait se diversifier admettent à présent (pas tous, mais un certain nombre) que les bénéfices de Kindle sont trop bons pour être ignorés. Voilà donc qu'être exclusif à Amazon (quelque chose qui était auparavant mal vu) est devenu la norme dans la communauté des auteurs indépendants. Il est difficile de disputer les chiffres. Je ne fus pas le premier à lancer le débat, notez bien, j'étais juste agacé par l'attitude de certains qui traitaient presque religieusement l'idée d'être sur toutes les plateformes de vente.

Dès le départ, cela a toujours été ce qui me gênait. Je ne suis pas religieux (dans les affaires), je suis pragmatique. Je ne me suis pas diversifié parce que, tout simplement, je n'avais pas le temps d'apprendre comment utiliser toutes ces plateformes différentes. Rester avec Amazon paraissait la bonne solution pour moi et il s'est avéré que j'avais raison.

Aujourd'hui, de nouveaux fans s'abonnent à Kindle en voyant le nombre de livres que j'y ai publiés.

Le mois dernier, j'étais dans le Top 100 des auteurs Kindle avec le plus de pages lues en Amérique et en Angleterre... GÉNIAL ! Remarquez, si je me fie au bonus que j'ai touché, je devais être plutôt en bas de l'échelle (proche du n°100... peut-être même n°100). Mais bon, ce fut pour moi à la fois un choc et un véritable bonheur.

Jusqu'à présent, je n'ai parlé de ça à personne excepté ma famille. Pas à mes amis écrivains, pas à la famille lointaine, personne.

Mais maintenant, je vous le dis à vous !

Bon sang, on dirait que je vais encore devoir montrer à quel point je vous aime, vous mes fans ! Accordez-moi une seconde que je me remette de mes émotions <sniff>.

Bref. La version courte c'est que je vais continuer à utiliser l'abonnement Kindle tant qu'Amazon continuera à traiter les auteurs indépendants aussi bien qu'ils le font actuellement.

Maintenant, parlons couvertures !

Avez-vous vu les nouvelles que nous avons faites pour les six premiers volumes et pour *Les intrus d'un autre monde* ? Elles sont signées Andrew Dobell. Je vous ai déjà parlé de lui dans le passé... Son travail est phénoménal.

Merci à vous tous pour vos gentils mots sur les nouvelles couvertures. Cela me rassure que l'argent dépensé l'a été à bon escient.

Là, j'attends de recevoir les dix derniers chapitres. Pour que le livre sorte en août, il faut que je fasse une dernière relecture, l'envoie à mon équipe de bêta-lecteurs, reçoive leurs corrections et apporte les ultimes touches au livre... tout ça dans les trente-quatre heures qui viennent !

Le n°13 paraîtra probablement la première semaine d'octobre. Je VEUX qu'il sorte en septembre, car mon but est de publier un livre par mois. Toutefois, en écrivant ces lignes, je me rends compte que j'ai écrit douze romans, deux nouvelles, ai participé à deux anthologies et co-écrit deux livres en dix mois. Si on compte les omnibus, j'ai contribué à dix-huit titres en trois cents jours. Rien que pour la série du « Gambit kurthérien », cela représente 900.000 mots.

HÉ ! J'AI CASSÉ LA BARAQUE ! LOL...

Voilà qui me rassure. Ce n'est pas que je veuille ralentir, c'est juste que mettre la pression le dernier jour du mois comme je vais le faire ce mois-ci n'est pas sympa pour ceux qui m'aident. Alors, à moins de pouvoir accélérer les choses à mon niveau, je ne devrais pas pousser injustement les autres pour qu'ils compensent mes problèmes de calendrier.

Quelqu'un connait Giorgio A. Tsoukalos ? *[NdT : il s'agit de l'un des producteurs et intervenants dans l'émission « Alien theory » diffusée en France sur RMC Découverte puis sur RMC Story]* Un fan m'a demandé si je pouvais l'inclure dans l'un de mes livres à venir. Je trouve l'idée rigolote (dans le bon sens du terme – je pense qu'il y a assez de gens qui le harcèlent pour ne pas en rajouter une couche). Donc, si vous le connaissez et pouvez nous mettre en contact, faites-le s'il vous plaît !

Je recherche aussi un amiral de la marine à la retraite qui serait d'accord pour rejoindre l'équipe pour les batailles spatiales à venir. Des astronautes seraient pas mal aussi !

(Notez que je suis agnostique lorsqu'il s'agit de nationalité, alors je me fiche de quels pays ils sont... du moment que vous comprenez que je ne parle que l'anglais, alors des traductions ne marcheraient pas.)

Je crois que cela couvre les personnes avec qui je voudrais discuter et que j'aimerais pouvoir intégrer dans la série.

Maintenant, à propos de Steve (et ça va encore être une histoire embarrassante)...

L'autre jour (vendredi soir), je venais de terminer le chapitre 20 et de l'envoyer à Stephen. Je lui ai dit que c'était terminé pour ce jour-là. Il ne restait plus que cinq chapitres à écrire, alors j'ai cherché quelqu'un avec qui fêter ça...

Mais ma famille n'était pas là. Mon épouse était en Californie, un fils à un match de foot et l'autre au boulot. Alors, que faire ?

J'ai décidé de me rendre dans un steakhouse chic. (Putain ouais !) Bob's à Grapevine, dans le Texas, pour être précis. On m'y avait offert un repas pour la fête des pères (l'année dernière, si je ne me trompe pas) et je me suis dit que, cette fois, j'allais m'offrir moi-même un bon steak.

HA !

J'arrive sur place.

Hôtesse : Avez-vous une réservation, monsieur ?

Moi : Euh, non.

Hôtesse : Il y a actuellement une longue attente. Voulez-vous manger dans la salle du bar ?

Une autre hôtesse m'y conduit et je vois que les seules

places disponibles sont un canapé en cuir qui a l'air très confortable et deux chaises autour d'une table basse. Le genre d'endroit où l'on irait prendre un verre avec des amis avant le repas, mais pas du tout le repas lui-même. J'ai donc préféré attendre mon tour. On me donna un biper et je retournai patienter au bar, où je m'installai sur le canapé.

Savez-vous ce que fait un auteur digne de ce nom lorsqu'il doit attendre, assis seul sur ce canapé luxueux ?

Il écrit, bien sûr.

J'ai sorti mon ordinateur portable et j'ai démarré un nouveau chapitre.

Le problème, voyez-vous, c'est qu'une table était prête pour moi quarante-cinq minutes plus tard, alors que j'étais en plein milieu d'une scène importante. Je me suis levé, je suis allé à l'accueil et on m'a conduit à ma place. Je me suis assis, j'ai sorti mon portable et j'ai continué à travailler – parce que j'étais en plein milieu d'une scène ! Je ne pouvais pas m'arrêter là.

Ils viennent, prennent ma commande et je continue... jusqu'au moment où Steve est tué et que Tron se souvient des moments passés avec lui.

Et voilà que je me retrouve en sanglots. Impossible de retenir les larmes.

Sérieux, 90 kilos de masculinité et j'arrête pas de chialer et d'essuyer mes joues en plein milieu d'un steakhouse chic.

BORDEL !

C'était terriblement embarrassant... Mais, le côté positif, c'est que j'ai pu terminer la scène et ranger mon portable.

Tu vas me manquer, Steve. Tu vas me manquer.

On se retrouve au prochain livre !

Michael Anderle
29 août 2016

CONNECTER AVEC L'AUTEUR

Site web :
   https://lmbpn.fr/

Bulletin d'informations :
   https://lmbpn.com/fr/email/

Page Facebook :
   https://www.facebook.com/lmbpnfr

AUTRES LIVRES PAR

LMBPN INTERNATIONAL

Pour une liste complète des livres de LMBPN International, voir à cette adresse :

https://lmbpn.com/fr/livres/